清澈的爱

张泊寒 著

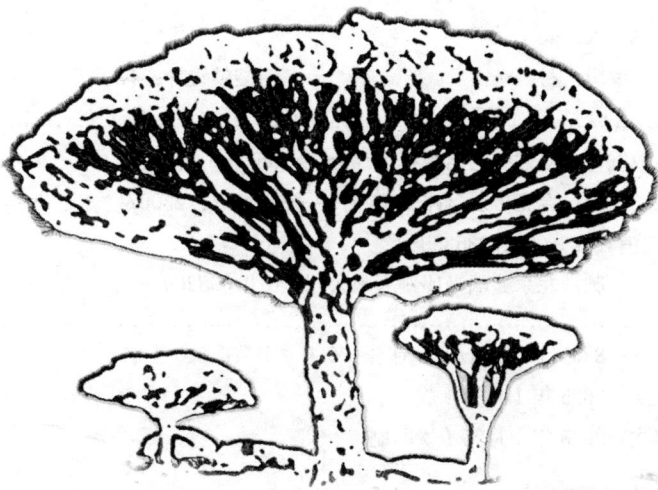

时代出版传媒股份有限公司
安徽文艺出版社

图书在版编目（CIP）数据

清澈的爱 / 张泊寒著. -- 合肥 ： 安徽文艺出版社，2025.1
ISBN 978-7-5396-8029-3

Ⅰ．①清… Ⅱ．①张… Ⅲ．①报告文学－中国－当代
Ⅳ．①I25

中国国家版本馆 CIP 数据核字(2024)第 044083 号

清澈的爱
QINGCHE DE AI

出 版 人：姚 巍
责任编辑：柯 谐   装帧设计：婉 莹

出版发行：安徽文艺出版社   www.awpub.com
地   址：合肥市翡翠路 1118 号   邮政编码：230071
营 销 部：(0551)63533889
印   制：北京鑫瑞兴印刷有限公司 (010)69820968

开本：880×1230 1/32 印张：9.5 字数：240 千字
版次：2025 年 1 月第 1 版
印次：2025 年 1 月第 1 次印刷
定价：79.80 元

2015 年 3 月 29 日，正在亚丁湾索马里海域执行护航任务的中国海军护航编队临沂舰搭载首批 122 名中国公民，从也门亚丁港安全撤离。到 4 月 7 日，护航编队从也门共撤出中国公民 621 人，并协助来自 15 个国家的 276 名外国公民安全撤离。

——中共中央党史和文献研究院《中国共产党一百年大事记》

中国故事的新时代书写（代序）

这是一次向往之旅。

在一个春光明媚的季节，蒙古族青年张阿美与发小和文波开启索科特拉岛之旅。

这是一次心灵之旅。

异域岛屿上，风光旖旎，民族风情浓郁，动植物独特珍稀。中华、阿拉伯文明相互碰撞交融，让旅途渲染上浪漫色彩。

这是一次冒险之旅。

当战机结伴掠空，当飞弹呼啸成群，当初击掌相约"冒险"之旅，如今一语成谶。

也门本土上的兵戎相见，让相距500公里的索科特拉岛笼罩在战争边缘的阴霾里，孤悬在阿拉伯海上。

战火让辽阔天空难觅客机的翱翔，浩瀚大海罕见船舶的航迹……战火，阻断了回家的路。顿时，京城的喧闹、草原的清香、假日的休闲，在张阿美、和文波心中，弥足珍贵。

海上风浪起，岛上云遮月。回家，成为唯一的奢望！

这是一次感动之旅。

有份牵挂，来自祖国，来自亲人。犹如在一碧千里的大草原上，在那蒙古包袅袅炊烟中，额吉（蒙古语，意为"母亲"）寻找顽儿回家的那一声声呼唤。

一个盛世而又伟大的祖国，一群可爱的外交官和海军官兵，在旅居海外的公民危难之时显身手。

　　"流动的国土"微山湖舰，在惊涛骇浪的亚丁湾劈风斩浪，带着祖国和亲人的殷切嘱托，来接顽皮的孩子回家。

　　那迎着海风猎猎招展的五星红旗，那鲜红的"祖国派军舰接亲人回家"的条幅，让远足的游子蹒跚着找到了回家的路，在委屈中，有了投入母亲怀抱般的哭腔……

　　19天的索科特拉岛风云突变，让张阿美在30岁时第一次明白，她这个喜欢碎碎念的小老百姓，对"祖国"二字有了更加刻骨铭心的情感体验。

　　是的，"无论走到哪里，祖国都在你身后"！

　　是的，"我和我的祖国，一刻也不能分割"！

　　这是写给祖国，这是写给我亲爱的祖国的情书。爱，炽热的爱，深深地埋在心田。爱，清澈的爱，如同火山，抑制不住随时迸发。

　　这是一次情牵梦绕之旅。

　　抑制不住随时迸发的，还有张阿美对孤悬在阿拉伯海上的索科特拉岛的牵挂，虽然时光荏苒，却从未改变……

目 录
Contents

楔 子

2023 年 4 月 27 日 21 时许，张阿美哄着 4 岁半的女儿丢丢上床睡觉，她习惯性地打开手机看新闻：

"经习近平主席和中央军委批准，当地时间 4 月 26 日，中国海军导弹驱逐舰南宁舰、综合补给舰微山湖舰紧急驶赴苏丹，执行撤离我在苏丹人员任务。当地时间 27 日 10 时许（北京时间 27 日 15 时许），首批撤离的 678 人已随海军军舰安全抵达沙特吉达港。"

"微山湖舰？"张阿美心里一个激灵。

张阿美一个鲤鱼打挺跃下床，跑向客厅。她急于收看新闻，需要马上给"饥肠辘辘"的手机补充能量。

丢丢揉了一下惺忪的眼睛，一个翻身，骨碌下床，跟着往客厅跑。

接上电源，张阿美坐在地毯上，全神贯注地收看新闻：

"此次苏丹紧急撤离任务，是中国海军继 2011 年利比亚撤离行动和 2015 年也门撤离行动后，第三次派军舰执行海外撤离任务。担负此次撤离任务的兵力由正在执行第 43 批护航任务的导弹驱逐舰南宁舰和综合补给舰微山湖舰临时编组而成，携带舰载直升机一架，任务官兵 490 多名，其中特战队员数十名。首批撤离的 678 人中，中国公民 668 名，外籍人员 10 名。"

丢丢偎依过来，伸出小手抚弄张阿美胸前的龙血树吊坠。

张阿美摘下吊坠递给丢丢。

新闻还在播报中：

"执行紧急撤离任务的海军军舰于 26 日上午提前抵达并靠泊苏丹港后，迅速在码头设立安全警戒区域，特战队员持枪担负警戒。在中国驻苏丹大使馆武官、工作人员和海军官兵引导下，准备撤离的人员在码头进行登记和安检后登舰，撤离过程安全、有序。随后两艘军舰驶离苏丹港，于当地时间27日10时许（北京时间27日15时许），先后靠泊沙特吉达港，完成人员转接后再次迅即奔赴苏丹港，执行后续接运任务。"

张阿美心潮澎湃："微山湖舰又赴苏丹撤侨了。当年，在战火中，我们也是被微山湖舰从索科特拉岛撤离出来的呀！"

丢丢在把玩吊坠。

吊坠是张阿美亲手做的，龙血树币是她在索科特拉岛兑换的。当年在岛上兑换龙血树币，还颇费周折。

龙血树币的材质坚硬，在做吊坠的过程中，张阿美的耐心一次次被考验，在屡战屡败中，她费了好大一番心思才成功钻孔。

丢丢闻声看了一眼自言自语的张阿美，又低头把玩吊坠。

丢丢把玩吊坠很开心，张阿美也很开心。

在成功做成吊坠时，张阿美就产生了把它当做传家宝的想法。丢丢对龙血树吊坠的痴迷，让张阿美很有成就感。

"萨阿迪亚，你就要登上军舰了，等你老了，可以给你的孙子、重孙子讲讲这个故事。我想他们一定会说'哇，奶奶你太酷了'。"张阿美突然想起当年撤离索科特拉岛之前，向导阿里跟她说的这句话。"萨阿迪亚"是阿里给张阿美起的阿拉伯名字。

张阿美一把揽过丢丢，晃动着她的小身子："妈妈给你讲讲索科特拉岛历险记吧。"

丢丢"呵呵呵"的笑声悦耳。她还没到完全听懂长篇故事的年龄。

张阿美的思绪，已经飞回到2015年，飞回到索科特拉岛……

向往
——直扑索科特拉岛

当年，蒙古族女孩儿张阿美怀揣着人生梦想，从内蒙古赤峰进京求学，大学毕业后留京定居。她是一位颇有才气的插画师，作品经常刊发在报刊上。

2009 年夏天，张阿美心情舒畅，因为她的发小和文波跑到北京来找她玩。两小无猜的她们叽叽喳喳地聊往事、聊近况、聊未来，一起享受美食，一起观看电影。

当时正值美国动画片《飞屋环游记》上映。影片讲述了 78 岁的气球销售员卡尔·弗雷德里克森自小就迷恋探险的故事：

当卡尔·弗雷德里克森还是一个孩子时，遇到了有着同样探险梦想的女孩儿艾丽，他们一块长大并结婚相伴到老。

卡尔·弗雷德里克森与老伴艾丽拥有共同的愿望——去南美洲的"仙境瀑布"探险。

然而，老伴的去世，让原本不善言辞的卡尔·弗雷德里克森性格更加孤僻。

这时候，政府计划要在卡尔·弗雷德里克森所居住的地方进行重建，而他不愿意离开和妻子拥有美好记忆的屋子。正当政府打算将卡尔·弗雷德里克森送到养老院时，他决定实现和妻子毕生的愿望。

不过，卡尔·弗雷德里克森并不是打算一个人去，而是和自己的屋子一起去。他在屋顶上系上了成千上万个五颜六色的氢气球。当遮掩气球的帐篷掀开时，色彩斑斓的气球全部腾飞起来，卡尔·弗雷德里克森的屋子拔地而起，飞向空中。

正当卡尔·弗雷德里克森独自享受这伟大之旅时，突然传来一阵敲门声，结果他发现自己最大的"噩梦"就在屋外——一个过分乐观、自称为"荒野探险家"的 8 岁男孩儿罗素。但一切为时已晚，卡尔·弗雷德里克森只好带上罗素一起踏上这惊险刺激的探险之旅。

张阿美、和文波坐在影院的第一排。她们在 3D 技术中跟随主人公进行紧张、刺激而又令人感动的冒险之旅。

卡尔·弗雷德里克森夫妇的故事，把和文波看得红了眼圈。而张阿美怎么也没想到，那座彩色屋子会以令人惊讶的方式落在"仙境瀑布"旁边……

2014 年 11 月 15 日，张阿美、和文波参加了一个"穷游十周年"聚会。面对着巨型世界地图板，她们竟然不约而同地在索科特拉岛的位置上郑重地签下自己的名字。两人相视一笑，击掌相约："让我们来一次冒险之旅吧！"

索科特拉岛，像魔力磁石般吸引着张阿美、和文波。

索科特拉岛之旅随即被张阿美、和文波提上议事日程。她们决定尽快以自己的方式去索科特拉岛，探寻如同《飞屋环游记》中的仙境。

索科特拉岛隶属也门共和国索科特拉省，坐落于距离也门海岸约 380 公里的阿拉伯海中，是位于印度洋中最独特、遭到破坏最少的原生态岛屿，面积约 3650 平方公里。

索科特拉是一个充满神奇色彩的岛屿。岛上拥有美丽而丰富的自然景观：俯瞰大海的山脉，棕榈、甘蔗覆盖的平原，一望无际的大海，石灰岩簇拥而起的高原以及深邃而狭长的峡谷……

大约在 1800 万年前，索科特拉岛从非洲陆地断裂开，在茫茫的海洋上流浪。最后，它似乎是累了，歇脚在了阿拉伯海与亚丁湾交界处，再无心前行。

经过长期的地理隔绝，索科特拉岛上滋生并进化出一套世界上独特而又极为别致的动植物生态系统。索科特拉岛上的825种植物中，有37%是独一无二的，在地球上其他任何地方都难以见到。90%的爬行动物和95%的蜗牛，也是岛上独有的。岛上还栖息着140多种珍稀鸟类。

由于稀有生物种类多，索科特拉岛被誉为"印度洋的加拉帕戈斯"和"最像外星的岛"。2008年，索科特拉岛被联合国教科文组织列入世界自然遗产名录。

索科特拉岛上最著名的，当数龙血树。当人们在龙血树树干上割开一个小口，血一样鲜红的汁液就会流淌出来。古人确信，这就是龙血。龙血树也因此而得名。龙血具有奇特的止血功效。

为了奔赴梦想的仙境——索科特拉岛，张阿美足足准备了半年时间。她四处搜寻索科特拉岛上的旅行社，并通过回信速度和遣词造句来判断对方是否合眼缘。

在社交网络上，未曾谋面的俄罗斯女子波利娜突然给张阿美发来了一家旅行社负责人的联系方式。

波利娜去过索科特拉岛，她诚恳地说："试试联系这个人吧，你不会失望的！"

波利娜推荐的这个旅行社负责人叫阿里·亚赫亚。张阿美简称他"阿里"。

果不其然，在与不下十家旅行社联系后，张阿美发现阿里相当靠谱，还给了不错的折扣。张阿美蹬鼻子上脸，她更加肆无忌惮地想起什么就发邮件问一下。虽然时时处于张阿美邮件的轰炸下，但阿里总是耐心礼貌地及时回复，并显得游刃有余且悠然自得。

交流了足足两个月后，张阿美与阿里在邮件中确定了行程。张阿美一度觉得，阿里至少有30岁，不然招架不住自己如此碎碎念的攻势。

确定了行程，张阿美开始并成功诱惑和文波同行。张阿美庆幸的是，若非有着 20 年的默契，和文波大概会因为时常更改机票以及各种突发费用而烦心吧？作为发小，和文波一直很想跟随粗通阿拉伯文化的张阿美来一次经典之旅，并将翻译重任交给她。

一个小麻烦出现，也门对华有电子签证业务，但我国边境检查规定必须持有纸质签证才能通关。

张阿美心里有些发慌。她听说，办理签证最快也得七天。

张阿美拿着旅行社发来的邀请函跑到三里屯，忐忑不安地走进也门共和国驻华大使馆申请签证。

大使馆的院子里冷冷清清的。在一间办公室里，一个胖胖的西装男看见张阿美，微笑着打招呼并招待茶水："有什么事情需要帮助吗？"

张阿美说明来意。西装男指着一幢房子说："你带着邀请函去秘书那里，她会负责帮你办好的。"

秘书认真翻看了张阿美提供的资料，十分认真地告诉她："邀请函为旅行社私人出具，并非官方文件。抱歉，出于对你安危的考虑，无法帮你办理。"

机票和行程基本确定，索科特拉岛之行却要夭折在签证上。张阿美心急如焚。

张阿美跑出去找刚才那位西装男，看看他是否可以帮忙讲讲情，通融一下。她也意识到，毕竟其他人办理的都是商务签证，而自己只是个游客。

西装男依旧笑容满面，他把手指撮在一起，做出阿拉伯人"等一等"的习惯手势："你在沙发上坐一会儿，我办完事儿马上来帮你。"

大约 15 分钟后，西装男回来了。他接过张阿美的材料看了看："你是去旅游吗？"

张阿美点点头："我想去索科特拉岛。"

西装男脸上露出惊讶的神情。张阿美注意到，办公室里其他几个也门人的脸上，也分明流露出惊讶之色。"大概是被中国人的识货震惊了吧？"张阿美得意地想，她心中的自己正坐在沙发上，跷起的二郎腿得意且有规律地晃动着。

西装男把张阿美从沙发上拎起来，领着她去找秘书。西装男出马果然奏效，秘书友善地同意给张阿美办理签证，并且不需要传说中的七个工作日，而是第二天即可。

张阿美走出办公室时，秘书关切地对她说："一定要注意安全啊！"

对于秘书"抱歉，出于对你安危的考虑，无法帮你办理""一定要注意安全啊"的善意表达和提醒，张阿美并没有多想。此时的她，已全身心地沉浸在成功办理签证的喜悦和激动中。

西装男说，他七年前陪同阿联酋的一个王子去索科特拉岛玩过。张阿美一边应承着点头，一边不过脑子地琢磨："王子，一个多么高大上的存在。"

张阿美怎么也没想到，自己的索科特拉岛之行，竟然与阿布扎比王子有着一段邂逅"王室"、求助未果的经历。

顺利地办理了签证，张阿美高兴地与西装男告别。西装男凑近了低声说："也门人都很喜欢中国的，你一定可以玩得很开心。"张阿美神色一凛，突然意识到还未请教他尊姓大名。西装男递过名片：使馆签证官。

有如此平易近人的使馆签证官开绿灯，张阿美感觉轻松得整个人都要飞起来了。

未等走出大使馆，张阿美迫不及待地掏出手机，告诉和文波顺利办理签证的惊喜。电话的另一头，传来和文波一串欢快的回应：呵呵呵呵呵……

阿里建议张阿美，可乘坐迪拜到索科特拉岛的直达飞机，免去经过也门本土的周折。

张阿美、和文波天天盯在也门航空官网上，等着放票。两人计划 4 月 11 日启程。

谁知，在 3 月初，阿里突然发来邮件：也门航空决定在 3 月 22 日直飞后关闭这条直达航线，预计 9 月再开通。

这条航线本来每个星期就只飞一次，这样一来，可以选择的出行路线就更少了。也就是说，按照原计划的行程时间，张阿美、和文波必须要经由也门本土转机才能前往索科特拉岛。

和文波不由自主地开始流露出对安全问题的担心。张阿美从容自若，提出了一个大胆的计划：干脆就坐 3 月 22 日那次直飞航班吧，总好过转机也门本土吧！

对于张阿美的决定，阿里点了好几个赞。他高高兴兴地替张阿美、和文波订机票去了。在与两名中国游客素未谋面之前，他豪爽地为她们垫付了 1500 美元机票钱。

张阿美又一次猜测，阿里怎么也得 40 岁。她听说索科特拉岛民收入并不高，能这样相信异国他乡的陌生人并"一掷千金"，肯定是个大叔级的人吧？

张阿美跟阿里敲定了一个七天六晚的环岛全景游计划，每天三餐和露营、向导、司机费用全部包含在内，并赠送两个晚上的酒店住宿。

阿里把旅游路线附在地图上，一并发给张阿美。他还建议："好不容易来一次，干脆把你们原来计划的七天六晚改成十天吧，我再给你们优惠点儿。"

张阿美被说动了。

在商议更改行程时间时，和文波表示单位请假困难。张阿美只好婉拒了阿里的热心建议。

在激情飞扬的筹备中，张阿美终于熬到 3 月 21 日。和文波如约而至，带着行李箱出现在张阿美的家门口。两人打了一辆出租车，直奔机场。

北京国际机场，空客 A380 在发动机的轰鸣声中仰起头，冲上蓝天……

张阿美、和文波走得义无反顾，但她们正一步步走进危险之境。

2014 年 9 月，也门反政府武装——胡塞武装夺取首都萨那，后来又占领南部地区，迫使总统阿卜杜拉布·曼苏尔·哈迪前往沙特避难。

战火，一直在也门本土上燃烧。

2014 年，中国驻也门大使馆多次发布警示信息，提醒在萨那的中国公民如无特别紧急事务应尽快撤离，同时建议近期拟前往也门的中国公民谨慎考虑出行计划。

2015 年 2 月 12 日，在外交部例行记者会上，发言人华春莹在回答记者提问时说："针对也门国内形势变化，1 月 19 日和 2 月 7 日，中国外交部两次发布安全提示，提醒在也门中国公民和机构加强安全防范，减少外出，并与使馆保持密切联系，同时建议近期拟前往也门的中国公民谨慎考虑出行计划。"

而就在张阿美、和文波出发的前一天，也门首都萨那两座清真寺遭自杀式爆炸袭击，造成 100 多人死亡，数百人受伤。

或许张阿美没有看到也门局势的相关新闻和外交部的安全提示，但她听说过从国内出发的航班服务和食品很一般。这次亲身体验了一下，张阿美感觉所言不虚，尤其是食物，简直没可圈可点之处。但这并没有影响她出行的愉悦。

空客 A380 上的 Wi-Fi 功能极佳，这让张阿美兴奋不已。机上有免费的 10MB 流量，打开手机搜索"on air（广播）"就可以检索到。用完 10MB，还可以在线用一美元购买 600MB 流量。只是，飞离中国国境后，机上才提供上网服务。

等飞机一飞离中国国境，"没网会死人"的张阿美立即高兴地上网。她先给阿里发了个邮件："我们出发了！"

迪拜当地时间凌晨 3 时许，张阿美、和文波满脸困意地从飞机上走下来，一脸迷茫地在三号航站楼里寻找着前往一号航站楼的方向。经过几个机场工作人员的指引，两人一路狂走，终于到达了简陋且狭小的一号航站楼。

此时，也门航空的柜台还没有开始工作。

和文波拉着张阿美穿过安检去免税店转转，合计着要不要再买点什么礼物给向导和司机。最终，和文波还是买了点自己用的小玩意儿。在张阿美看来，这就是逛街中的纠结女性都会干的事儿。

也门航空 IY853 次航班二月刚刚开通，现在就急急忙忙地打算不飞了。

IY853 次航班飞往索科特拉岛的时间是上午 8 点多。或许是本季度最后一趟直飞航班的缘故，航班显得一副懒散的样子，姗姗来迟。当飞机开始在跑道上滑行时，已经 8 点 40 分了。

起飞前，张阿美掏出相机，她要给即将乘坐的空客 A320 多拍几张照片。如今也门动荡不安，张阿美不知道这趟航班何时才会恢复航行。

张阿美、和文波坐在经济舱的第一排，这里空间挺大，她们很满意。虽然机上设施略显陈旧，但航程并不长，服务也很贴心。烤土豆配肉酱，是她们乘机期间的正餐。

空客 A320 在黄沙上空飞翔。不久，漫漫黄沙被甩在后面，湛蓝的阿拉伯海映入眼帘。很快，索科特拉岛狭长的海岸线出现了！张阿美难抑兴奋，把相机镜头对准海岸线。但舷窗脏到无法对焦，她只好屈服。

空客 A320 降落，索科特拉岛机场相当袖珍。走下飞机，蓝天白云给人清新之感，湿润的海风吹拂在脸上，十分惬意。

缘分
——向导是个大学老师

张阿美、和文波笑着闹着，彼此相互拍照。一个当地大爷级的男子，还调皮地冲进镜头搞怪了一下……

张阿美、和文波收起笑容，走进索科特拉岛机场一间屋子填写入境表的时候，发现一个又黑又瘦、上身衬衫下身裙子的男青年举着接机牌，在玻璃门外微笑着看着她们。也是，飞机上下来的唯二的东亚脸太好辨认了。

张阿美、和文波过了安检，男青年迎上前来。他就是张阿美在网上一直联络的旅行社负责人阿里。

阿里彬彬有礼，与张阿美、和文波一一握手。

在也门现代社会，同事和朋友见面一般握手问候。但也门人见面的传统礼仪之一是吻手或吻脸。下级对上级或下层对上层人物吻手或吻脸表示尊敬，平级之间吻手表示亲密，亦有以此礼节表示感谢之意。晚辈对长辈，甚至还有吻膝盖、吻脚的礼节。在工作和生活中，也门人基本以西方化的"先生""女士""小姐"等相称。普通老百姓的日常生活中，经常以"萨的格"（朋友）相称，表示亲热。

阿里对远道而来的陌生中国女性游客，只是以现代文明的握手方式相迎，自然也不会以"萨的格"相称。

张阿美目测，阿里的身高也就一米六五，瘦得跟猴子一样，鬈鬈的黑发顽皮地在头顶上翘着。由于长得太黑，他笑起来牙齿显得格外白。让张阿美油然而生一种莫名其妙的滑稽感的是，他整个上腭的牙齿，全都铲子状向外突出，每次抿嘴都显得很费劲儿。

由于阿里如此黑瘦，张阿美在之后的日子里每次看见他，都不由自主地想掏小费给他并双手合十。

虽然阿里衣着乡土气息十足，但他时刻表现得彬彬有礼，客气温和的微笑时刻挂在脸上，一副老成世故的样子。无论问什么问题，他都对答如流，似乎见惯了好奇的客人。

张阿美惊讶阿里的年轻，忍不住问起年龄。他回答"芳龄二十四"，并主动介绍自己的职业——大学老师。

其实，阿里只是负责替旅行社收发邮件，向导一职会由其他人来承担。由于张阿美信口在邮件里问了一句："要不要真人出现为我们这次旅行做向导？"阿里就真的跟学校请了假，专程来作陪。

瘦猴儿一样的阿里试图帮助张阿美拎箱子。自认为人高马大的张阿美下意识地说不用不用，心里却在想："我的箱子都可以装你两个了。"

阿里走在前面引路。

张阿美、和文波跟着阿里来到一辆灰突突的越野车前。司机艾哈迈德身材圆滚滚的，他露出淳朴的笑容，帮忙把行李箱塞进越野车后备厢里，之后腼腆地打了个招呼。阿里解释，艾哈迈德英语不在行，让他代为表示欢迎。

阿里垫付了那么多机票钱，张阿美实在不好意思继续拖欠。上车后，张阿美叫和文波把藏在背包深处装着美元的信封掏出来给阿里。

阿里接过信封，但他并没有拿出钱来数一下，而是随意地放在了副驾驶的手套箱里。似乎在他眼里，这两位中国游客是天底下最值得信任的人。

张阿美问阿里，这些天的游玩费用需要什么时候给他。阿里笑着回答："不要急，先好好玩。"

越野车朝着索科特拉省首府哈迪布前进，沿途美得令人窒息的大海引起张阿美、和文波各种发自肺腑的惊呼。

每次惊呼，艾哈迈德就惊讶地扭头看她们一眼。张阿美发现，艾哈迈德扭头的时候，脸上堆满了笑容。那笑容里，似乎包含着当地人的自豪和对来客真诚赞美自己家乡的好感。看得出，他很享受这种惊呼。

天气非常炎热。

虽然车窗开着，风呼呼地吹进车来，但张阿美依旧热得浑身汗如雨下。她本想叫艾哈迈德打开空调，但瞥见仪表盘上放着一块脏兮兮的花斑羊皮，还有阿里那随意搭在旁边的黑脚丫子，便硬生生把这句话咽了回去。

探险旅程尚未开始，但张阿美可以看出大致的艰苦程度。或许，索科特拉岛并不适合喜欢享受的旅行者。

越野车驶入哈迪布城区。放眼望去，一条混着石子的土路就算是首府最豪华的中心大道了。

中心大道两旁是浅色石头垒成的平顶小房子，显得格外破旧，最高的也没超过三层。

男人们戴着脏兮兮的头巾，穿着花里胡哨的各色长裙，飘逸地走在暴土狼烟的街道两旁。张阿美第一眼看过去，不知为什么有倒吸一口凉气的感觉。

阿里把张阿美、和文波送到索科特拉旅馆。这是整个城区唯一的四层楼建筑。让张阿美惊讶的是，这里竟然还使用英式的楼层定义，本来她们住在三楼，也被定义为二楼。

两人气喘吁吁地爬到三楼，不善言辞的老板掏出钥匙打开房间门。阿里用非常"娘"的姿态斜靠在门框上，跟张阿美、和文波交代着下午的行程。

目前，张阿美、和文波有两个小时的时间洗澡和休息。索科特拉岛上没有供应热水的习惯，洗澡全部是冷水。

能入张阿美法眼的，也就是房间了。一只巨大的蜜蜂状飞虫在轻盈地飞舞着，吓得和文波到处躲闪。

张阿美问阿里那是什么 bee（蜜蜂）。

阿里回答简单粗暴："哇 bee。"

听说哇 bee 不叮人后，张阿美、和文波再也无暇管它。

房间的镜子很特别，它比正常的镜子高出一米多。张阿美每次照一下镜子，都要用力地踮起脚尖。

张阿美掏出早就预备好的礼物递给阿里，诚恳地说："谢谢你这么相信我们，小礼物不成敬意，希望你喜欢。"

阿里颇有些意外，迟疑了一下才接过去。

张阿美怂恿阿里打开看看。阿里低着头努力打开盒子。看到礼物时，他很难做到矜持，脸上露出高兴的表情，上嘴唇完全无法包住铲子一样的门牙。

阿里收起脸上那种应付游客的职业礼貌表情。他右手按在胸口，用一种阿拉伯古老的礼节表示感谢。张阿美没有仔细去看他的眼神，但能感觉到些许孩子般的开心。

阿里从外面关上房门的同时，提醒张阿美、和文波在里面锁好，还说两个小时后来接她们吃大餐。

一路奔波，张阿美、和文波终于得到了休整空间，她们也不管冷水不冷水，争先恐后地冲进洗手间痛快地洗了起来。把一身臭汗洗掉，张阿美感觉整个人清爽了许多，她重新涂好防晒霜，打好粉底，换了轻便的衣服打开门。

一个黑瘦的人正坐在三楼大堂的沙发上。张阿美眯着眼睛仔细辨认，直到那个人冲她打了声招呼，才敢确认是阿里。

旅馆在中心大道的东头，吃饭的地方在西头。

饭馆门口连个标牌也没有。外面闲散地或蹲或坐了几个裙装男子，正慢条斯理地吃着什么。他们发现张阿美、和文波后，都好奇地盯着看，目不转睛。

张阿美主动招手后，他们立刻受宠若惊地放下手里的食物回礼。

阿里和艾哈迈德引着张阿美、和文波走进大堂，一群小苍蝇"轰"一下飞起来。男人们停下手里的活儿看着她们，眼珠也不动一下。

在一张四人桌旁站定，阿里招呼服务生过来擦桌子、铺桌布。所谓铺桌布，就是用喷壶在桌面上喷点水，然后铺上一张一次性塑料布而已。

张阿美、和文波讪讪地坐下赶着苍蝇，心里对凳子的卫生状况抗议着。

阿里在这里颇受欢迎，他挨个回复餐厅里各色人的问候。艾哈迈德腼腆地坐在旁边，看着阿里花蝴蝶一样的"外交"，默然不语。

张阿美发现，厨房门口竟然画着颇为小清新的画，她不顾大家的围观，跑过去拍起照来。

饭菜端上来了。不愧是张阿美所熟悉的阿拉伯风格，来就来一大盘子，绝不含糊。

菜一上桌，苍蝇像是打了鸡血般前赴后继地拥上来。她们忙不迭地挥手赶着，直至后来即使有苍蝇趴在饭上，也可以做到熟视无睹。

此时，沉默寡言的艾哈迈德冲张阿美、和文波点点头，率先伸出手，朝着大盘子里的米饭抓了下去。

阿里一阵风般走过来，和颜悦色地问："你们喝什么？七喜还是百事？"

沙拉中还配了小葱，但索科特拉岛的葱并不辣。

真的饿了！张阿美、和文波早已把淑女形象抛之脑后。烤鱼新鲜，张阿美忍不住吃得快了些。她一抬头，感觉大家吃得都挺争气的。

在一张地图上，阿里已用红线标注了行进路线。当天下午，张阿美、和文波就要开始她们第一天的探秘活动。

阿里介绍，他们要去的艾哈斯特峡谷是一处国家公园，那里可以看到很多奇异的植物和动物，还有一个小小的泳池，走累了可以去歇一歇。下一个游走目标是得雷沙海滩，那里有个很高的白色沙丘，完全是由季风之力堆积起来的，旁边还有一个美丽的泻湖。

艾哈迈德边开车边跟坐在副驾驶上的阿里聊天，越野车里回荡着阿拉伯传统音乐的调调。

张阿美、和文波坐在越野车的后排，眼睛不识闲，饶有兴致地各自向窗外张望着。

沿着海岸线，越野车一路朝山间驶去，沿途景色渐渐由海滩变为砾石。

一些低矮平顶的石头房子不时出现在视野中，粗糙的墙壁上镶嵌着缝隙很大的窗户，院子里种着"外来物种"椰枣树。在张阿美看来，在其他阿拉伯国家，椰枣树很常见，而在这如同外星的岛上，椰枣树的存在似乎略显尴尬。

不时有石头硌一下车轮。除却海岸边平整的柏油路，剩下的路似乎都是靠车轮轧出来的。很多季风期湍急的大河，此时完全干涸了。越野车颠簸着，从满是石头的河床中开过去，颠得张阿美、和文波不停地上蹿下跳。

植被从海边稀少的矮草变成虬枝丛生的灌木，一棵棵龙爪状的小树长着稀疏的叶子，显示着地理位置的不同。渐渐地，绿色越来越多起来。

远方出现怪石丛生的大山，从山体结构可以很清晰地看出地壳运动的巨大力量。和文波感慨："索科特拉岛真是几步一景，绝不重样啊！"

山路崎岖，这也给了艾哈迈德展示高超车技的机会。而张阿美、和文波，则被路边偶然出现的瓶子树的俊俏吸引了目光。在碧绿混着沙土色的山间，突然出现嫩粉色的娇俏瓶子树，是多么诱人啊！

树木越来越多，草也越来越丰厚，越野车停在一处树荫环抱的空地上。阿里招呼张阿美、和文波下车，从这里徒步，20

分钟就能到达他说的那个小泳池。

20分钟这种话,张阿美是不相信的。在尼泊尔徒步被向导长期忽悠15分钟路程的她,警觉地问阿里:"以我们的体力,20分钟真的能到吗?"

阿里又费力地用上唇包了一下干燥的铲子牙,说也许半个小时。

轻装上阵,每人只是拎了瓶水。阿里边走边说小泳池有多么适合这种热天泡澡。

地上的小石头很多,并且都圆圆的,走路挺费劲儿。张阿美怀疑这里曾是河道,那岂不是意味着前方出现的石头将会更多更大?

果不其然,走着走着,张阿美越来越难以下脚了。

看着前面穿人字拖轻松前进的阿里,张阿美忍不住问他硌不硌脚。

阿里回过头,眯着眼睛说:"我是索科特拉人,别说穿拖鞋,光着脚都没问题。"

张阿美从阿里看自己的表情中,分明读到了一种淡淡的蔑视。

一种树,如同灌木,枝条很高,叶子却稀疏,在索科特拉岛上可谓遍地皆是。

张阿美好奇地问阿里:"这是什么树?"

阿里走到树边,揪下一片叶子说:"这是麻疯树,叶子可以消炎治伤。"

张阿美马上来了劲儿,她撸起袖子,展示自己上午挠破的胳膊,让阿里帮忙涂一涂。

阿里的手很黑很糙,像是布满皱纹的老人的脸,但指甲白多了。张阿美心里禁不住发问:"这真是一个24岁年轻人的手吗?"

不过,张阿美此时认为阿里的裙装跟此地无比和谐,并且也是他在整个环岛游中穿得最干净的一套衣服。彼时，张阿美还认为他又脏又土。

不远处有座阶梯状的大山，和文波被它怪异的形状吸引，时不时抬头看看。地上石头太多，稍不留意就会崴脚或者摔倒，必须全神贯注地看路行走。

张阿美注意到，大山最高处有零星几棵蘑菇状的植物。

张阿美说："那一定就是传说中的龙血树吧！"阿里的声音远远飘过来："没错，那就是龙血树，它们就喜欢长在高海拔的地方，绝不屑长于低谷。"

张阿美高兴起来，对于龙血树，百闻不如一见，"今日只能远观敬佩，等来日驱车上高峰再拱手拜见不迟"。

张阿美豪气冲天地向远处的龙血树点点头，却不料被脚下的石头绊了一个趔趄，差点栽倒。

"乳香王国"阿曼并不是乳香最早的发源地，连阿曼人都承认，很久以前，他们的祖先是从也门发迹的。

遇到乳香树，阿里为张阿美、和文波展示了一下如何取香。他俯身拿起小石块刮擦树皮，便有汁液从伤口渗出，等汁液完全结晶干透，用刀子刮下来，就成了乳香颗粒。

乳香树的伤口显露出红黄相间的颜色，张阿美称奇："不是我说，这伤口看着可真像掰开的烤红薯啊。"

随着河床上的石头大规模出现，路几乎完全消失。大家在平地上走路都如同爬山，现在只好颤巍巍地扶着石头保持身体行进的平衡。张阿美心中油然而生摸着石头过河的感觉。

午后的山间，天气非常炎热。张阿美感觉衣服里洗着桑拿，一瓶水很快喝得见底。

一个小时后，终于到达了那个所谓的"小泳池"。

看着阿里高兴地脱下了衣服，张阿美站在原地，大张着嘴与和文波对望："坑啊，说好的泳池呢？只是个人工小水洼啊！"

瘦弱的阿里脱得只剩个裤衩，黝黑的身体站在一块大石头上。他怂恿张阿美、和文波下去游一游。

看着那破破烂烂的小水池，连兴致勃勃带着泳衣的和文波都顿时失去了兴趣。她们无语地走到水池边，脱了鞋泡脚。

阿里在水中舒爽地游着，不时吐着泡泡。

一对金发碧眼的夫妇在向导的带领下从远处走来，并跟张阿美、和文波打招呼。与他们休闲的吊篮背心和短裤、拖鞋相比，张阿美、和文波全副武装得简直令人无语。

他们还开玩笑说："水里有鳄鱼。"

张阿美强颜欢笑，心想："这么浅的水，有个屁的鳄鱼！"

和文波晃动着脚丫逗着水里的小螃蟹，并掏出紫苏味的话梅糖与张阿美、阿里分享。阿里见张阿美、和文波都兴趣顿失，感觉自己游也没什么意思，就爬上来穿衣服。

张阿美吃着糖，狠狠地穿鞋。这个环境，让酷爱摄影的她连相机都懒得掏。

阿里穿衣服很有一套，不需要避讳，他用铲子牙咬着那庞大的裙子在身体外面形成一个屏障，里面怎么脱、怎么换绝不会走光。

张阿美无聊地用在阿曼学会的方言跟阿里"套磁"，倒引起他的兴趣，长篇大论地解释古老的索科特拉岛方言与阿拉伯语的不同特征。

"不愧是大学老师，随时随地都要'掉书袋'。"张阿美一个耳朵听，一个耳朵冒。一向喜欢学习的和文波由于完全依靠张阿美翻译，所以对于这样的学习机会，也没有怎么去把握。

返回到越野车旁，又跋涉了一个多小时。看到悠闲地等在那里的艾哈迈德，张阿美、和文波摸着颤颤的膝盖，都忍不住要哭了。挣扎着爬上越野车，她们死也不想动了。

张阿美的潜意识感觉到，阿里在对艾哈迈德八卦她俩有多弱不禁风。虽然张阿美听不懂，但只需看艾哈迈德不时投过来的同情目光就知道了。

坐在越野车里，张阿美、和文波不停地擦汗。艾哈迈德特别懂事地上车来发动了引擎，回头微笑着说着什么。阿里忙跳上车来解释："车开起来就凉快了。"

原路返回，山路自然依旧崎岖。

张阿美、和文波终于见识到了瓶子树是如何生根成长的，它们真的如传说中的那样不需要土壤，凭空从石头缝里冒出来，变出一个大腹便便的滑稽身体，顶着一脑袋娇艳的鲜花，简直是萌者无敌。

哈迪布东边不远处，就是得雷沙海滩。远远看到一条狭长的纯白沙丘斜靠在粗粝的山石上，仿佛一位不着寸缕的美丽少女，懒懒地躺在那儿，也不怕石头硌伤娇嫩的肌肤。

这里的沙子细白柔和，海浪颜色较深。风起，大家的衣服猎猎作响。

阿里告诫张阿美、和文波，这里不适合下水，非要下水的话，去海滩对面的泻湖。

泻湖里，一群群银色的小鱼在游泳，速度快得无法捕捉，令张阿美的相机都甘拜下风。和文波兴高采烈地脱掉鞋子，跑进水里追小鱼。

张阿美时刻被相机所累，轻易不沾沙子和水。虽然不肯下去，但她也可以用脚试试水温。张阿美感觉到，羊脂玉般透亮润泽的泻湖竟然是温热的。她想，下去泡一泡肯定很舒爽，但衣服大概就会被风吹走，再也找不回来。

泻湖边经过湖水常年的冲刷，积起了海盐带。一不留神，张阿美踩了一脚牲口粪。她坚信，一定是经常有大牲口来这里舔舐盐分。

满地巨大完美的珊瑚，让和文波时不时地发出赞叹："真想捡几个当纪念品啊！"可索科特拉岛机场的安检非常严格，这些宝贝一概不准带离，一经发现马上追回，或许还会引起不必要的麻烦。

在大风里吹着吹着，张阿美、和文波竟不约而同有了尿意。看看四下无人，她们打算悄悄去大沙丘下的岩石中"撒个野"，半路却遇见了刚才那对金发碧眼的夫妇，似乎正打算在惊涛拍岸中裸泳。

可是尿意上来谁还管他裸不裸呢，总不能站在旁边看着他们脱吧？和文波一马当先地朝着那堆造型奇特的岩石走去，张阿美紧随其后……

舒了口气，张阿美、和文波朝着刚才那对夫妇"裸泳"的地方走了过去。

"说不定真的可以看到裸体呢！"她们邪恶地揣测着。但最后失落地发现，金发碧眼夫妇谁也没脱光，只是穿着泳衣站在大浪中玩水。

张阿美突然看见，阿里朝她们走过来。他的头巾围在脖子上，在风中凌乱地飘动着。他腰间扎了根宽宽的皮带，半根皮带耷拉在裆前，随着行走摆动着，像是男人的那个东西。

看到阿里衣冠不整的样子，张阿美顿时生羞，想掩面。

阿里走过来，一脸严肃地说："我是来叫那对金发碧眼夫妇别游了，今天风大，太危险了。"

阿里在张阿美身旁走过，走向金发碧眼夫妇。张阿美顿时感觉阿里那瘦小的身板高大起来，而自己却猥琐不堪。

夕阳西下，得雷沙在一片红色中越发妩媚。阿里和金发碧眼夫妇一起走了回来。

一只大螃蟹突然冒出来。阿里停住脚步，饶有兴致地看着张阿美、和文波对螃蟹大喊大叫。螃蟹很惊慌，它没想到周围竟然有好几个不速之客，手足无措地愣在那里，进也不是退也不是。

螃蟹身后是那对金发碧眼夫妇，他们来自澳洲。妻子见到大螃蟹立刻来了兴趣，走过来用矿泉水瓶逗它。

估计螃蟹从来没有被这么多人围观过，它勉强维持着尊严，举着大钳子向人们示威，但左冲右突的努力，都被矿泉水瓶挡了回去。

最后，和文波有些不忍心看螃蟹这么可怜，给它留了一条逃往大海的路。螃蟹慢慢地朝海水爬去，将身子藏进了浪头里。

夜色降临，一行人回到了哈迪布。他们在餐馆外面摆了张桌子，凉凉快快地点餐。张阿美、和文波吃到了索科特拉岛不同凡响的流行主食——大饼，热着吃很美味，凉着吃很酥脆。

也门人的饮食比较简单，高粱面、玉米面和小麦面做成的大饼是每天的主食。肉食主要有牛肉、羊肉和鸡肉。也门本土的蔬菜、瓜果种类丰富，菠菜、土豆、青椒、西红柿等四季都有供应，西瓜、香蕉、杧果、香瓜是最受人们喜爱的应季水果。

但对于索科特拉岛来说，这些果蔬多少有些奢侈品的感觉。也门人习惯以午饭作为最重要的正餐。香蕉蘸蜂蜜是也门人主要的餐后甜点，重要宴请一般还提供具有也门特色的"宾特索哈"（意为"盘中少女"，上撒蜂蜜的酥香烤饼）作为餐后甜点。大部分人还喜欢在饭后喝砂糖红茶和咖啡。

提起蜂蜜，这可是也门的特产之一。人们特别喜爱蜂蜜，平常百姓家家户户都吃蜂蜜，消费量不小。也门有一句话这样赞誉蜂蜜："一天一勺，医生不找。"

至于茶中加糖，张阿美、和文波是享受不了的。

阿里面前摆着小小的一杯奶茶。张阿美发现奶茶竟然分为三层，非常好奇地问他是怎么做的。

阿里轻描淡写地说，服务员有自己的办法，并推荐张阿美尝尝配奶茶用的罐头牛奶。张阿美喝了一口，口感非常浓厚。和文波在品尝了这种牛奶后，非常坚定地打算带几罐回去。

服务员走过来，替大家上茶，阿里特别嘱咐他不要加糖。张阿美喝了一口，感觉还是有点过甜。张阿美猜测，这就跟外国人来中国吃饺子说不要醋，热情的中国人还是忍不住给加点醋提味一样。

艾哈迈德通过阿里翻译，问张阿美、和文波为啥不喜欢加糖。

"咋解释好呢？太甜了齁得慌。"张阿美说。

阿里见张阿美的解释很不着调，自作主张地说："你们一定是不需要这么多热量吧？"

阿里不愧是大学老师，张阿美再次甘拜下风。在张阿美看来，阿里一个乡村风十足的大学老师，却时刻冒出《走近科学》的腔调，可谓之反差萌。

回到旅馆，阿里说明天开始就要露营了："准备好你们的东西，等着索科特拉岛给你们惊喜。"

在惊喜到来之前，张阿美、和文波必须匆忙地洗衣服，因为汗臭衣服积攒得太多。她们不得不在屋子里拉起长长的晾衣绳，让衣服在风扇"呼呼"旋转下风干。

这是张阿美、和文波在索科特拉岛度过的第一个夜晚。虽然风扇和夜间才开始工作的空调一起吵闹，但也无法惊扰她们香甜的睡梦。

守株
——保护区的不速之向导

第二天的旅游路线，阿里依旧在地图上用红线标注，并开始进入全面露营状态。这一天的行程一目了然：从首府哈迪布出发，前往有军队保护的迪哈姆里海滩，那里是全岛最适合浮潜的地方，有着无数美丽的珊瑚和灵动的小鱼。午饭后向山中进发，沿着山路一直开上霍姆希尔，那里生长着大量的龙血树和瓶子树，它们共存的画面非常难得，并且山顶上还有一个天然泳池景色无边。最后到达东部的阿赫尔沙滩露营，这里有从两座高大无比的白色沙丘中间流淌出的清澈小溪，一直流向大海。而大沙丘背靠黑色怪异的山峰，色彩的强烈反差也非常值得一看。

由于时差关系，张阿美、和文波很早就起来了。她们一边悠闲地收拾东西一边听着歌，一切都搞定后拎着行李箱下楼。

阿里还未出现。张阿美正要鄙视阿里没有时间观念，他却推门走进旅馆大堂。阿里一脸惊讶地看着她们："不是约好九点的吗？你们怎么八点二十就下楼了？"

被阿里这么一问，张阿美、和文波看了看表，果然下来得太早了。而阿里也提前40分钟到了。张阿美蛮不讲理地说："大家扯平了。"阿里笑笑，接过她们的行李箱出了门。

艾哈迈德打开越野车后备厢，里面塞得满满当当——帐篷、毯子、煤气罐、锅碗瓢盆，快要塞不下两个行李箱了。副驾驶位置，阿里的黑脚丫子下放着一盒新鲜鸡蛋，还有一塑料袋小小的绿色柠檬。

越野车开到昨天就餐的餐馆，先吃早饭，然后去采购露营餐饮所需的一些调料。

哈迪布的清晨，几座标志性的小山总用轻纱状的云彩半遮半掩着自己的容颜，冷色调的山景与前面暖色调的村落形成了一幅和谐的画面……此后多年，张阿美多次回味起这美妙的早晨。

一位阳光小哥挥汗如雨，他在做甩饼。小哥见张阿美不好意思地站在一边看，便友好地叫她进去拍照。环境脏乱差，但张阿美觉得，越是这样的地方弄出来的东西就越好吃。

煎蛋摆上了桌子。索科特拉岛本地几乎没有什么鸡，鸡蛋全靠本土船运而来。

罐头牛奶和普通红茶摆在一起。张阿美一本正经地表示，要亲自试一试分层奶茶的制作。她端起牛奶"唰"地一倒，奇迹发生了！

看到张阿美成功分层，阿里也吃惊了。张阿美突然觉得，阿里有些娇惯，竟然连奶茶分层都不会。

早饭的标配：一杯茶、一碟大饼加煎蛋、一盘洋葱鸡蛋豆子泥。岛民们很爱吃豆子泥，不是跟鸡蛋煮就是跟芝士煮。但张阿美每次吃的时候，都会觉得自己在吃咸味红豆沙，并且味道太淡。

在与苍蝇的搏斗中，大家"乒乒乓乓"地结束了早饭。

阿里领着张阿美、和文波去银行换钱。

阿里问她们想换多少。

张阿美、和文波任性地说："一人200美元。"

阿里惊讶地张大了嘴："你们想买什么？用不了那么多啊！再说这个全景游里面一日三餐也都包括了。"

张阿美、和文波坚持己见："万一遇到想吃的或者想买的呢？"事实证明，阿里是对的，整个行程结束，她们大概只用了50美元。

200美元相当于也门币4万多里亚尔，张阿美、和文波顿时感觉自己成了富婆。和文波觉得钱太脏，取出纸巾仔细包起来，然后塞进兜里。

阿里打算去采购调料。和文波眼尖，看到街边有卖番石榴和西红柿的摊子，打算买一些吃，并央求阿里带着去。

阿里却不肯接和文波递过去的钱，径直跑向摊子。张阿美五指撮在一起，对艾哈迈德做了一个"等一等"的手势，与和文波下车去追阿里。

这一追不要紧，整条街的商贩都目光灼灼地围观并热情地招呼张阿美、和文波买他们的东西。

一位罕见的头巾包裹不严露出脸的老大娘，手里举着几根蒜苗，一定要张阿美买。

"可是我要蒜苗干吗呢？"张阿美不停地说着"对不起"。

老大娘也模仿着张阿美的语气说"对不起"，并娇羞地扭扭身子做了个鬼脸，不再为难她。

张阿美好不容易看到正在买西红柿的阿里，像看到救星一样跑到他身边。

阿里并没责怪张阿美、和文波乱跑，还在跟摊贩们有说有笑。

付钱时，阿里推开了张阿美递过去的钱，借口是："你的钱面值大，他们找不开。"和文波、张阿美只好傻笑着跟在阿里身后，像左右护法一样。

越野车上，番石榴的清香弥漫开来。

和文波迫不及待地用湿巾擦了擦番石榴，递给张阿美和艾哈迈德。而阿里则挑剔地说，他不爱吃番石榴。

张阿美端详着黄黄的、小小的果实："虽然番石榴并不是石榴，但是否会酸涩难吃呢？"张阿美咬了一口，汁水四溢，一种熟悉的酸甜果香混着意外的姜味爬上了舌头。

张阿美惊讶地看着果子，和文波惊讶地看着她。

"索科特拉岛的番石榴很不本分，竟然自带姜味，这对于妇女们来说真是一个好消息。"张阿美心里想着，又咬了一口。

阿里又去买辣酱和调味汁。

坐在越野车里等候的张阿美、和文波便成了人们围观的对象。总是有好奇的岛民过来扒着车窗看，艾哈迈德就负责向他们解释张阿美、和文波是从哪里来的。

张阿美、和文波感觉路边的两个老大爷穿得很有趣，情不自禁朝着他们笑起来。其中一个瘦一点儿的老大爷立刻笑眯眯地用手拍了一下另一个的头，叫他看张阿美、和文波，意思是来生意了。被拍头的老大爷走过来，拎着一袋小柠檬问买不买。张阿美指着越野车座椅底下的柠檬，说已经有了。于是老大爷就强行送给了她们一袋。

阿里回到车上，张阿美问他柠檬怎么卖的。阿里说四袋大概150里亚尔。张阿美感觉柠檬虽然不贵，可那个大爷穿得补丁摞补丁，自己真的不该白要他的。

越野车行驶一个多小时，到达了迪哈姆里保护区。这里视野开阔，标志物是海面上的两个小小山头。海滩上没什么沙子，全被红白色的鹅卵石覆盖，海水深邃，即便日照强烈也并无浅蓝的色调出现。

艾哈迈德去准备午餐。

阿里带着张阿美、和文波来到一个小窝棚里。窝棚是用各种大珊瑚堆积起来的，地上铺着凉席，张阿美和衣而坐。

阿里奇怪地问："你不打算下水吗？"

张阿美担心下水不好拍照，任凭阿里三寸不烂之舌如何游说也不肯换泳衣。和文波看到美丽的海滩，早就雀跃不已，高高兴兴地换泳衣去了。

在凉爽的海风吹拂下，张阿美抱着一本日记，守着阿里留下的一壶热茶坐在窝棚里，望着大海出神。

远处，阿里带着和文波下水。张阿美认为，虽然他们语言不通，但给个机会让和文波练练口语也是很有必要的。

在一片耀眼的阳光下，只有张阿美和她的玩具留在岸边。"就像故事中的那样，如果我在太阳底下的和平场景中突然消失，也很合情合理。"张阿美冥想着。

好像在沙滩上发现了什么。张阿美穿过乱石，小心翼翼地靠近它，竟然是一颗龙珠，并且是悟空爷爷的四星珠！不愧是外星般的小岛，这种东西都可以被发现。如果自己的内心也可以像《寂静岭》中的阿莱莎一样用"里世界"来展示的话，那一定会呈现这样的模式：无法逾越的偶像崇拜和无法忘怀的漫画故事，散落在一个不知名的遥远的海岛上，周围除了阳光、石子、贝壳和珊瑚，绝不会有警报声，也绝不会有怪物……

没有去海里浮潜的张阿美在"自导自演"着故事，证明自己的光阴没有虚度。

还是摆一个酷炫的姿势吧，张阿美开始自拍。她听到远处的和文波在水中高兴地大叫着什么。

一个小时后，和文波激动万分地从水里走上来。经过单独相处，原本羞涩的和文波已经跟阿里熟悉了许多，也自在了许多。和文波掩饰不住兴奋，向张阿美描述水中的盛景：五颜六色的小鱼、一米多长的小海豚……

和文波去冲澡换衣服，窝棚里只剩下张阿美和阿里。张阿美在日记本上记录昨天以来发生的事儿，顺便问了阿里好多旅途中的细节。

阿里浑身湿漉漉地坐在张阿美旁边，目不转睛地盯着日记本上那满纸凌乱的中文字迹。张阿美清晰地闻到阿里头发上的海腥味。

阿里对张阿美说："一直没有机会认真讲，谢谢你送我的礼物。"

张阿美被阿里真诚的目光搞得浑身不自在，结结巴巴地回答："礼物又不贵，你知道中国这样的小商品很多。"

　　阿里接过话头："虽然不贵，但你走心了。"阿里再次将右手按在胸口，郑重地向张阿美道谢。

　　为了岔开话题，张阿美问阿里哪里可以看到变色龙。阿里打着手势详细描述着变色龙可能出现的地方，并承诺如果看见一定帮她逮一只玩。

　　张阿美被阿里身上的海腥味熏得只能"呵呵呵"。

　　和文波冲澡归来，张阿美感觉她就像一束阳光，驱散了窝棚里的阴霾。张阿美松了口气，赶紧站起来，帮和文波晾泳衣去了。

　　司机兼厨师艾哈迈德端来了一个巨大的铁盘，里面摆着三条一尺来长的大鱼。虽然经过熏烤，可看起来鱼依旧不像死透的样子。

　　和文波指着其中一条黑色的鱼说："刚才在海里看到过这条！"

　　阿里笑嘻嘻地开始擦拭盘子，准备盛饭。艾哈迈德坐在一边，他撕开装柠檬的袋子，将柠檬切成瓣儿摆放在大家旁边，随时可用来调味。

　　张阿美、和文波的饭盛在单独的盘子里，艾哈迈德和阿里则共用一个大盘子抓着吃。

　　张阿美费力地用叉子挑开鱼肉，试图帮大家分一分，可是手法极其不专业。阿里接过叉子挑了挑，鱼就要碎成渣渣了。

　　这时，经验老到的艾哈迈德温柔地一把夺过叉子，出神入化地将鱼肉完整地从骨头上剥离下来，整个过程不到两分钟。

　　大家眉开眼笑地夸奖起艾哈迈德来，他黑黑的脸上浮现红晕，一边笑一边打开辣酱瓶子。

　　阿里说，艾哈迈德以前是个渔夫，这种事情对他来说实在太简单。

　　鱼皮虽然很黑，但鱼肉极为鲜嫩细滑。岛上所有的食物做法都简单随性，但食材的新鲜，恰如其分地得到了极致发挥。

和文波吃了一口，娇滴滴地要张阿美拿相机拍一拍雪白的鱼肉。

美美地吃了一顿，张阿美、和文波捧着饱餐的肚子坐在阴凉处喝茶。

阿里收拾起餐具去洗刷。他们的分工渐渐浮出水面：阿里负责讲解和刷锅洗碗，艾哈迈德负责开车、做饭，而张阿美、和文波则是全程十指不沾阳春水。

阿里和艾哈迈德，丝毫没有给张阿美、和文波任何虚情假意的客套感觉，她们也只当是自己家的哥哥弟弟在忙活。

坐上越野车，张阿美发现多了一个老爷子，正跟阿里挤在副驾驶上。

还没等张阿美好奇发问，阿里就解释起来："老爷子行动不便，想从这里回村子，正好我们可以捎他一程。"

搭载老人的这一路，艾哈迈德和阿里都比较拘谨，既不开玩笑，也不大声说话。等老人下了车，张阿美忍不住揶揄起他们来。

阿里只好再次解释："岛上的人都比较尊敬老人，不管是不是自家长辈，只要有老人在场是不能乱讲话的。"

午后，天气越发炎热起来，越野车由海边向深山中开去。

一路崎岖难行。"不夸张地说，去霍姆希尔这段山路，最好不要张嘴说话，不然很有可能被颠得咬了舌头。"张阿美打趣地说。大家"配合"地笑起来。

在几处比较险峻的路段，和文波吓得都不敢向窗外看一眼，但艾哈迈德还是轻车熟路地开过去了。

越野车在两旁压迫过来的巨石和树木中缓缓行驶，慢慢看到了山顶上的平原。

刚刚爬到山顶，阿里就叫艾哈迈德停在一棵树冠比越野车都要大的树下。

张阿美、和文波争先恐后跳下车："这就是龙血树吗？"

阿里坐在越野车里，悠闲地看着张阿美、和文波。

张阿美拍完照片，趴在车窗前问阿里这到底是不是龙血树，和文波也凑了过来。结果，阿里说这个只是龙血树的亲戚，并且还有毒。他还说，辨认方法是看树皮颜色。"龙血树的树皮是灰色的，而这棵树的树皮是白色的"。

真正的龙血树，树冠形成的圆形很完美，这棵树充其量只是"略圆"。张阿美在心中默默给这棵挂羊头卖狗肉的树取名"者行孙"。

和文波、张阿美悻悻地转过身，重新打量起"者行孙"，却被树后面一个怪异的"小家伙"吸引了目光。

"小家伙"就是"萌者无敌"的瓶子树，又叫"沙漠玫瑰"，它大张着嘴，一副惊讶的样子，仿佛第一次看到人类踏足外星。

张阿美、和文波捂着胸口，感觉自己被深深地萌坏了。世上怎么会有这样奇形怪状的植物呢？它身材圆滚滚的，粗壮的枝干上什么叶、什么花都没有，可头顶上却长出一簇簇粉嫩的小花，简直就是天然的花瓶。

从 2 月底开始，索科特拉岛上的瓶子树就进入了开花期，一直热热闹闹开到 5 月。瓶子树将所有的美丽都集中在了头顶，身体只是随性地长一下，不计较身材美感。

顽强生长在大石头上的瓶子树，让张阿美忍不住移步上前采访一下："请问你是怎么吸收水分的？"

欣赏过山顶平原上的几棵瓶子树后，张阿美、和文波几乎忘了要去寻找龙血树。阿里催促她们跟着进入保护区，徒步一小时去观看山顶上的天然泳池。她们只好又一人拎一瓶水，不情愿地在炎热中跟着阿里的拖鞋足迹走进了树丛。

途中，一个当地人走过来跟阿里寒暄几句，便一起同行。

和文波有点怀疑地看着那个人。张阿美对陌生人的突然加入也略有腹诽，她尽量委婉地问阿里："这个人是干吗的呀？"

阿里看透了张阿美的心思，马上安慰她不要怕，这个人在霍姆希尔保护区工作，一旦有游客，他们约定俗成地成为向导，但基本做不了什么向导工作，只是象征性地在旁边跟一跟赚点零钱。

阿里补充说，这个钱早已包含在整个旅行费用中了，让张阿美别担心。

那个同样又黑又瘦但表情淳朴的向导尴尬地站在前面，笑着等大家跟上去。张阿美倒觉得自己小人之心起来。

她仔细端量，发现向导的衣服特别旧，似乎很久没换过。这样一比较，原本在张阿美眼中邋邋遢遢的阿里，突然显得整洁光鲜起来。

穿过一片不停钩挂衣服的灌木丛，张阿美突然看见了《寄生兽》中的米奇站在那儿。米奇其实是一棵年轻的瓶子树，还未长成大腹便便的样子。

一棵"者行孙"被瓶子树的花朵众星捧月一样托起来。"者行孙"并不完美的树冠和白白的树皮，都显示了它的赝品身份。可再一抬头便发现，前面漫山遍野都是正宗的"孙行者"——龙血树！

阿里多次坐在树荫中等着慢腾腾的张阿美、和文波，而那个向导为了显示自己不偷懒，从不坐下等，甚至都不怎么往树荫里站。张阿美、和文波在后面被数量众多的龙血树迷了眼，已经没办法用正常的速度行走了。

途中遇到一棵龙血树，还很年轻，树冠尚未发育丰满，藕节一样的枝干涨得圆滚滚的，用针扎一下似乎就会喷出水来。

阿里指着树干说："看到这些伤口了吗？有人需要取龙血树的汁液，就在树上挖个洞，汁液会渗出来凝结，拿回去磨成粉用。龙血粉有美容消炎的功效，据说产妇大出血喝了马上就会好。"

树身上有令人疼痛的伤疤，由于汁液本身也是血红色的，看起来就像人的伤口结痂一样。

阿里突然指着对面山崖说："看，龙血树宝宝！"

近视眼的张阿美马上端起相机调节焦距，朝阿里指的方向看去。果然，一棵独苗傻乎乎地站在山崖上，枝干上只有一簇头发状的叶子在风中凌乱着，样子非常蠢萌。

张阿美听说，由于岛上大量放牧山羊，现在已经很难见到自然生长的龙血树苗了。而且龙血树生长极其缓慢，一年才长10厘米左右。

张阿美、和文波暗暗下定决心：要为保护龙血树尽自己的一份绵薄之力，明天开始吃本土羊肉！

一条清澈的小溪自始至终伴随在行进路线的左侧。其实，所走的这条路也是河床，只不过现在是枯水期，要到10月丰水期雨水才会渐渐充盈河道。随着脚步的行进，河水冲刷的痕迹越来越明显。

张阿美专注脚下难走的道路，一抬头看见远处那个天然泳池，竟觉得好像是海市蜃楼般梦幻。一池绿水如同浮在半空中，凌驾于远处蓝色的阿拉伯海之上，视野无敌，景观无敌。

从这里开始，他们的行走由上坡变为下坡。

张阿美打定主意不下去，不然没办法选择最佳的拍照角度。和文波也犹豫起来，因为池子里有一个瑞士大叔占据了最好的位置，他的向导旁边也跟着一个霍姆希尔保护区的向导。

两方的向导和霍姆希尔保护区的向导，闲闲地站在岸边聊天。和文波懒得去找地方换衣服，于是也决定不下水了。张阿美、和文波跟几个当地人围坐在一起，天南海北地聊起来。

阿里扭头看着瑞士大叔，问他开心不开心。大叔很高兴地说："我这次是来探路的，下次要带全家一起来！"他还形容自己是一条又大又白的鱼，怎么晒也晒不黑。

阿里转回身来，问张阿美："你还会来这儿吗？"

"已经被龙血树和瓶子树虐到血槽全空的我，当然是一定一定会再来的。"张阿美毫不犹豫地说。

阿里听到张阿美的回答，把头朝向太阳的方向，若有所思地笑起来。张阿美从侧面看去，阿里的铲子牙无比突出，她趁机抓拍了几张照片。

见张阿美、和文波都不下水，阿里站起来拍拍屁股，叫她俩一起回去。张阿美不情愿地恳求，能不能多待一会儿。阿里解释，一会儿要去阿赫尔海滩露营，要让她们赶上海边落日的美景。

既然还有落日要看，只好恭敬不如从命了。归途，张阿美、和文波忍受着依旧炎热的阳光，一步一挪。

沿途，还是满坑满谷的龙血树。

一棵已经死去的龙血树出现。张阿美脑海里浮现"百足之虫，死而不僵""瘦死的骆驼比马大"等俗语来形容着，又感觉不恰当。

张阿美、和文波流着汗、喘着粗气，形容枯槁地跟在阿里后面。

她们历经艰险，终于走出了保护区。走到越野车前站定，张阿美感觉脑袋一阵阵发晕，似乎被晒得脱了水，不一会儿，晕乎乎的感觉又变成了剧烈的头痛。

艾哈迈德想要发动越野车，但被张阿美叫停了。她担心原路下山那么颠簸，自己一定会吐给大家看的。阿里皱着眉头问："头痛？"坐在越野车里的张阿美脸色青白，有气无力地点点头。

张阿美、和文波的所有药物都塞在箱子里，而箱子又被塞在后备厢，拿起来很麻烦。

谁知阿里变戏法般掏出一盒在当地来说包装精美的阿司匹林泡腾片。他拿出一颗泡腾片泡在水里，让张阿美喝下去。抱着死马当活马医的想法，张阿美一饮而尽，5分钟后竟然满血复活。

神秘
——露营阿赫尔夜惊魂

从高高的霍姆希尔下到海边平坦的公路上，走了没多远，就看到一座白色的"城池"高高耸立在路边。那巍峨的气势，让张阿美想起了《指环王》中的某些国度。

"白城"远去，"黑城"出现了。由于颜色和形态的转变，黑城显得更像一座外星堡垒。这样大面积的黑色压下来，让张阿美感觉如同《独立日》中的飞碟。

黑城渐渐变成了兽族的堡垒，这里地表似乎被龙吐出的火焰熔化过，不再那么棱角分明，却似乎更加吓人。一些巨大的白色沙丘以几公里的长度"趴"在兽族堡垒下，黑白颜色对比更为明显。

快到阿赫尔的时候，这里就像是火焰燃烧的中心地带，熔化得一塌糊涂。越野车仿佛正快速地接近神龙隐居的地方。

张阿美看着阿赫尔，并在心中描绘着眼前的画面：最左边有个大口山，有两个奶子状的纯白大沙丘，还有在两丘中间绿地上潺潺流出的清澈小溪。

也门亚丁来的十几个小伙子正在这里高兴地玩耍、野炊，他们看到张阿美、和文波后，冲过来求合影。在张阿美的建议下，一群人仿照日本小有名气的青年漫画家德田有希的星星手势摆动作。当然，由于人太多，最后星星变成了银河。

张阿美本以为亚丁来的小伙子今晚也会在此露营，谁知不一会儿，他们就热热闹闹地开车跑掉了。

阿里和艾哈迈德分别去卸行李、做饭了。十分钟没见，他们连帐篷都搭了起来。

小溪汩汩地流淌着，里面时不时蹿过两条小鱼。小溪一路朝着面前的大海奔去，形成一个小小的入海口。

张阿美走到海边回头一看，大口山上隐隐笼罩着一层黑气。张阿美心想，若是孙行者在这里，一定会大喊一声"有妖怪"吧！真正奇怪的是，这层黑气不管阴天、晴天还是白天、晚上，都若即若离地笼罩在黑色的山体上，永远不曾离去。

和文波在海边望着夕阳西下，发现了一条因海水潮起潮落出现的沙滩反光带。索科特拉岛的日落超级迅速，往往是傍晚5点半多一点儿的时候，一个不经意，天就黑了。阴云密布，令整个阿赫尔的明亮度越发降低。

张阿美、和文波一言不发地站在海边。白天的兴奋劲儿刚过去，此时潮起潮落，最适合收拾心情回味一下一天的乐趣。可在这里，张阿美总觉得似乎哪里不太对劲儿。

天色暗了下来。

张阿美、和文波钻进各自的帐篷，将脏衣服换下来。她们走出帐篷一看，四面八方压下来的黑暗，已经将这里完全笼罩。只有靠近海滩那边，阿里他们点的灯证明这里还有人的存在。

张阿美罩着一件巨大的白袍子，还以吉普赛人的方式包起头，很拉风地飘逸而过，不料被软软的沙子陷住脚，险些给迎面走过来的阿里磕个头。阿里怀里抱着一卷大凉席准备铺在地上，让张阿美、和文波坐等艾哈迈德正在烹饪的美食。

大凉席可以容纳多人同时横躺，是阿拉伯人居家旅行的必备物品。

狼狈中，张阿美看不清阿里的脸，只觉得他本来就已经很黑的脸上，两个眼睛深陷在眉毛下面，像两个黑洞。张阿美感觉阿里的两个"黑洞"惊奇地看着自己这一身极不东亚的服饰穿在东亚人身上。

黑暗中，阿里露出耀眼的白牙说："你这身倒是挺好看的。"

也许是因为黑暗可以遮掩一些尴尬，阿里从向导的身份中脱离出来，用正常人的语气夸张阿美，但他似乎又觉得不好意思，所以夸了一半就开始往回收敛。

阿里在张阿美眼前形成的画面是：一个梗着脖子歪着头的黑瘦青年，紧紧搂着一个等身高的凉席卷，神情十分严肃，又有些可笑。

稳住重心的张阿美终于可以再现飘逸的"仙风道骨"，她淡淡地回答："这算什么，我还有更好看的。"

张阿美背着手如同菩提祖师一样，大步流星奔着艾哈迈德的灶头走去，留下黑不溜秋的阿里待在原地摸不着头脑。

艾哈迈德将新鲜的土豆切成细条儿油炸。和文波在一边陶醉地吸着鼻子："炸薯条的香味可真大。"艾哈迈德憨厚地笑笑，举手示意还没全部做好，让她们再等等，一会儿拿到凉席上去吃。

张阿美、和文波回到帐篷附近的凉席上。阿里准备好热茶，点了一盏超亮的露营灯放在那里，吸引了许许多多飞虫前仆后继地往上撞。飞虫和灯刺眼的亮度，令她们几乎没法睁眼，只好央求阿里把灯关了。阿里却说，关灯就没法好好倒茶。

这时，阿里想到自己没有拿糖，起身到停在海滩上的越野车上取。张阿美、和文波趁机把灯熄灭，并拆了个小零件让它意外地坏掉了。

阿里捧着糖罐子走到席子跟前，嘴里发出"啧"的一声，对灯的突然失明表示奇怪。他蹲下摆弄起灯来："怎么今天就坏了？真是不长脸！"张阿美、和文波互相看了一眼忍住笑，装作同样犯愁地说："是啊，这么暗，什么都看不清。"

阿里站起来，从席子旁边的岩石上拿起一盏新灯。

"太可恶了！"张阿美、和文波刚才只顾着弄坏这个灯，完全没注意到旁边还有一盏！

灯亮起的一刹那，万千飞虫又扑了过来。阿里毫不介意地坐在飞虫的包围圈里，修理起坏掉的灯。而张阿美、和文波不得不假装崩溃地在一旁帮忙。

张阿美找了个借口把阿里支走，趁机将小零件安到灯上。

阿里回来继续修灯，灯"巧合"地被修好了。张阿美、和文波坐地鼓掌，夸阿里技术精湛。阿里不明就里，竟顺水推舟地得意自夸起来……

张阿美觉得，灯再亮一会儿眼睛都要瞎了。最后，在张阿美、和文波的强烈要求下，阿里把灯关了。

张阿美、和文波喝着热茶，望着云层中闪现的星星。

和文波略有些担心地问阿里："今夜能看到银河吗？"

阿里耸耸肩，给出了70%的委婉否定。

张阿美、和文波逼迫阿里讲故事。阿里咽下一口茶，开讲索科特拉岛的故事：

很久很久以前，索科特拉岛由一只大鸟守护着。

大鸟的翅膀将索科特拉岛从东头到西头全部笼罩起来，形成一个保护伞。大鸟不知疲倦地俯视着岛上的众生，保护他们免遭一切苦厄。

一条巨龙对富饶的索科特拉岛产生了兴趣，想将岛屿据为己有。大鸟当然不同意，于是一只鸟与一条龙展开了殊死大战。

结果，巨龙惨败，鲜血淋漓地一个猛子扎进海里，再无踪影，它的血落在岛上形成了龙血树。

大鸟继续守卫着岛屿，直到人类开始变坏，彼此不再信任并产生了忌妒之心。大鸟觉得心好累，就离开守护很久的索科特拉岛，不知飞到哪里去了……

张阿美陷入神往中，为何索科特拉岛的传说多半与龙有关？联想到这里奇特的地质环境，独一无二的生物种群，张阿美开始有点相信，这里真的曾经有过龙，或者是一种与龙很像的神秘生物。

身后的树丛里发出一阵响动，张阿美从沉思中惊醒。三人不约而同地朝后面望去，但除了黑暗，什么都没有。阿里愣了一会儿，轻松地说："一定是羊。"

为了缓解陡然紧张的情绪，阿里又讲了个真实的故事：

几十年前，一个很能干的索科特拉岛年轻人，与邻居家的少女相互爱慕。他上门求亲，却被少女的父母拒之门外，原因是门不当户不对。得不到父母的认可，他们就私奔了，逃到山里过起穴居的生活。

不久，少女的父兄寻上门，将她强行拖回家关起来，不准见人。年轻人每日匍匐门外，哭求爱人回归，却得不到任何回音。

过了几年，他才得知，爱人已经嫁人，而且生了孩子，听说过得很好。他又去爱人的新家，试图当面确认爱人是否变心。

这回，他被爱人冷漠地拒之门外，当年的情意早已付诸流水。他失魂落魄地回到洞穴里，每日对着石壁喃喃自语，就这样在洞中生活了几十年。

若有人拜访，他总会神神道道地问："你的爱人还在你身边吗？"不管来人是谁，也不管什么时候，他只重复着这一句话……

故事讲完了，阿里并没有说明当事人现在的情况。虽然缓解了刚才突如其来的紧张，可大家又因为故事结尾的悲剧色彩而陷入沉默。

张阿美试探地问："要玩真心话大冒险吗？"

阿里立刻两眼放光，听完游戏规则后更是跃跃欲试。

阿里斜躺在张阿美的左侧，和文波坐在她右侧。游戏以手心手背定胜负。阿里一上来就输了两次，做完几十个俯卧撑的他依旧觉得自己可以翻盘，结果还是输。

张阿美、和文波让输了的阿里去把艾哈迈德的裙子偷过来，他开始耍赖，死活不肯去。张阿美又叫阿里去亲一下艾哈迈德，他继续打滚耍赖不肯去。"男人之间怎么可以做这种事呢。"阿里对张阿美的提议进行抗议，"生平从未见过如此厚颜无耻之徒！"

艾哈迈德在远处呼唤阿里，让他过去帮忙，似乎烹饪接近了尾声。阿拉伯人做饭总是慢慢悠悠的，况且现在只有艾哈迈德一个人掌勺，效率自然更低些。

阿里离开之前，用手指点着张阿美说："这事可不算完哦！"他还惦记着游戏的胜负，还耿耿于怀张阿美恶作剧般的提议。

在距离凉席右侧五六米远的地方，就是张阿美、和文波的帐篷。两顶帐篷相距约一米。

张阿美双手抱膝，正打算扭头跟和文波说个刚想起的段子，突然感觉余光里有什么东西亮了一下。起先，张阿美以为是萤火虫，可这附近怎么会有萤火虫呢？绝对没有！

张阿美好奇地将脑袋转向右侧，看到和文波的帐篷里，似乎有人在玩手电筒，开了关，关了开，帐篷里就一下一下地时亮时暗着，映照出帐篷的黄绿色。

张阿美很清楚自己不是在做梦，黑暗中那个亮度如此清晰显眼，绝非普通生物可以做到的。

那一刻，张阿美还没有汗毛直竖。张阿美拍拍和文波，叫她也往右边看。在两人的注目下，和文波的帐篷里依旧发出有规律的黄绿色光芒。

和文波注视着，声音有些发颤："那是什么？"

张阿美强装镇定："是你的手电吧，可能接触不良。"

和文波掏兜，摸出她的小手电给张阿美看。

这下，张阿美真有点儿懵了："帐篷里究竟是什么鬼？"

两个人大气不敢出，僵硬地坐在那里。帐篷里最后一次发出亮光后，便陷入黑暗中。虽然张阿美、和文波都想像恐怖片的主人公那样过去一探究竟，但谁也不愿走上前去。

远处传来阿里和艾哈迈德的说话声，肯定不可能是他们在搞恶作剧。

这时，阿里端着一些盘子走过来。两人争先恐后向他描述刚才发生的事情，就连不怎么说英语的和文波也突然语句通顺起来。

阿里像看精神病患者一样看看她们，然后朝着帐篷走过去。

张阿美捏了把汗："万一他被什么怪物吃了，那我们可怎么办啊？"

阿里拉开和文波的帐篷，整个人探进去四处摸索，除了脏衣服和洗漱用品，其他什么都没有。他又绕到帐篷后面，只看到一些羊蹄子印，但羊肯定不会发光。

最后，阿里的结论是："你们眼花了。"

圆滚滚的艾哈迈德端着锅走过来，阿里把刚才发生的事给他转述了一番。艾哈迈德一屁股坐在凉席上，一边掀锅盖一边狐疑地看着帐篷那边。阿里一边讲一边对张阿美、和文波露出"你们好胆小"的表情。艾哈迈德则用半通不通的英语笑着安慰张阿美、和文波没事儿，还做出一个"有鬼我来打"的动作。因为艾哈迈德体形庞大又为人和善，他过来以后，张阿美、和文波安心了很多。

他们围坐在席子上。再次点亮的灯光，已经不会打扰到张阿美、和文波的眼睛，因为她们的心思全都跑到帐篷里去了。

艾哈迈德做了非常美味的意大利面和炸薯条，尤其薯条炸得恰到好处。可张阿美、和文波都食欲缺乏，勉强吃完阿里强行盛的一盘面条。放下盘子，她们忧心忡忡地望着帐篷。

艾哈迈德善解人意地表示，他可以睡在帐篷外，彻夜守护她们。可张阿美、和文波根本连帐篷都不敢进，犹豫再三，她们决定留在席子上和衣而睡。

这不是张阿美第一次睡在海滩上。上一次是在 2008 年的阿曼，她和阿曼当地的几个小伙伴一起躺在略硬的沙地上，枕着海浪声沉沉睡去。

张阿美想不到现在又要睡在海滩上，还得枕着海浪，然后不远处是"闹鬼"的帐篷。张阿美看了看本来就很紧张的和文波，决定丢掉心里的犹豫，抱着毯子躺在凉席一侧。和文波睡在另一侧。

艾哈迈德一个人占据了很大的地方，很快进入梦乡并打起呼噜。"说好的守护我们呢？"张阿美心里念叨着。

阿里整个人横躺在张阿美头顶旁，半支着上身跟她唠嗑。偶尔有阿里的唾沫星子飞溅到脸上，张阿美心想就当辟邪了。

因为怕蚊子叮眼皮，张阿美用头巾将脑袋和脖子都蒙起来，仰面看着模糊的天。似远似近的星星在浪潮声和呼噜声中将人的精神拽进了另一个时空，寂静神秘的阿赫尔留下一个难解之谜。

张阿美絮絮叨叨地跟阿里描述着帐篷里发光的细节，他难得和蔼地应承着。但张阿美可以感觉到，阿里完全不相信。

过了一会儿，张阿美就忘记了奇异的发光事件，跟着阿里的声音去了马来西亚——他曾经留学的地方。那里占总人口三分之一的华裔给阿里留下了很深的印象。他用马来式英语绘声绘色地说，那里的中餐不好吃，米饭黏黏的，炒菜也怪怪的。

张阿美闭着眼解释，马来的一些菜式融合了东南亚风格，并不能一概而论地代表真正的中餐口味。不一会儿，阿里的声音渐渐远去，她瞌睡了。

眼前的星空飞速地压下来，张阿美消失在梦的彼岸。

梦中，似乎有一只温暖的手摸着她的脑门舒缓地往后捋，好像小时候受惊吓后额吉的抚慰一样。

"那感觉无比真实，难道是帐篷中发光物的主人在安慰我？"张阿美事后臆想。

心声
——我还要再来索岛

从黑暗与神秘中穿越回来，张阿美睡得竟然非常深沉，醒来觉得精神焕发。

海风的潮湿，还是让张阿美、和文波一身接一身地出汗，头发也黏黏地粘在一起。最后，她们接受阿里的建议，去旁边的小溪里洗澡。

小溪在树丛环抱的天然屏障中，非常浅，只能找相对深一点儿的地方下水。张阿美、和文波小心翼翼地在岸边寻找着落脚点，然后缓缓坐进流动的溪水中。

溪水并不凉，而且水流很温柔。张阿美感觉泡在里面特别舒爽。两个人借着清早的阳光，用阿赫尔的溪水好好地洗了个澡。

一切收拾妥当出来一看，艾哈迈德那边已经炊烟袅袅了。阿里则在摆盘子、摆调料。大家在席子上坐好，仿佛昨夜什么事儿都没发生过，高兴地吃起了早饭。

一个全身黑纱的老婆婆背着一个包走过来，在大家旁边一屁股坐下，拿出很多东西。张阿美、和文波惊诧地看着她。

老婆婆跟阿里比比画画地说着什么，并把打开的包放在大家面前，里面是一些羊毛编织的腰带状物品和巴掌大的几袋红色粉末。

不等阿里说话，张阿美指着红色粉末说："这个难道就是龙血粉？"

阿里点点头，说老婆婆就是来卖这些东西的，问她们要不要。

张阿美、和文波当然想买一些龙血粉，只是阿里又吓唬她们说，可能回中国时过不了海关检查。想着以后还会遇到卖的，两人就矜持地一人要了一袋，每袋300里亚尔。

那个羊毛编织的"腰带"又是什么呢？原来此物当地名为萨比祖尔，阿拉伯语为哈扎姆，用它可以将人体盘腿动作实现到最轻松化。

艾哈迈德特别热心地想替张阿美、和文波展示一下，可是老婆婆的羊毛带显然没有适合他的尺寸。幸好还有瘦猴阿里，他一番展示，让张阿美、和文波差点惊掉下巴，立刻每人买了两条，准备回国盘腿用。

海滩上，螃蟹们垒起一个个小沙堡。

张阿美突然发现有一群海鸟，她很想走过去看看。谁知她还没走到跟前，海鸟们就纷纷逃掉了。这样看来，也许索科特拉岛上唯一怕人的就是海鸟了吧？

在接下来的几天里，山羊、秃鹰、椋鸟、疑似小浣熊、大蚂蚁、野猫，纷纷为张阿美、和文波展示了强大的战斗力和厚脸皮。

艾哈迈德在修理越野车。张阿美、和文波见距离出发尚有点儿时间，就在附近转悠。即使是阳光明媚的大清早，张着大嘴的山依旧被黑气笼罩着。

出发了。张阿美、和文波跳上越野车，一路向西。这一晚，她们将会露营海思沙丘露营地。路边的海岸线，正式由阿拉伯海变成印度洋，沙滩超级白，晃得人根本睁不开眼。

阿里懒洋洋地坐在副驾驶上问："有人想去印度洋里游泳吗？不去我们可就走啦！"

阿里自从昨晚讲了自己曾在马来西亚留学后，很多时候就完全停不下来地在每句话的结尾都要夸张地加一个"啦"字，什么"好啦""不啦""走啦"，一直持续到张阿美、和文波撤离。

　　和文波第一次见到印度洋，跃跃欲试地跳下越野车，一个人朝着海边走去，打算开开眼。张阿美坐在越野车里尚且觉得非常晒，和文波这样从越野车到海边走个来回，想必也是爽翻了。

　　因为沙子太柔软，越野车直接开到海边一定会陷下去。"这都是因为艾哈迈德太重了！"张阿美暗自将责任推卸给无辜的艾哈迈德。15分钟后，被太阳晒得晕乎乎的和文波回到越野车上。

　　继续向西。不一会儿，路两侧就由浅色的沙土变为深色的山体。

　　阿里笑着回头："看看看，山里都是瓶子树啦！"

　　张阿美、和文波又一次被瓶子树萌坏了，上次是在高高的霍姆希尔保护区，而这里只是普通高度的小山。山体颜色不同，衬托得瓶子树也更加美艳，且独霸一方，这里没有龙血树和它们抢风头。

　　和文波昨晚念叨着还想吃番石榴，阿里告诉她得遇到卖水果的。张阿美、和文波以为阿里只是说说，谁知越野车径直开进了一个小村子。

　　这个村子住着三五户人家的样子，一些小学生正走在放学路上。小学生们看到张阿美、和文波，就好奇地围观起外国人来。阿里坐在越野车上朝村子里喊话，很快走出几个男人。他们互相行礼后，拿出来一些黄色、绿色的番石榴和其他水果。

　　张阿美见阿里又在掏钱，急忙从兜里掏出钱递到前面，却被他一巴掌拍回去："No啦！"

　　小学生们穿着校服背着书包，直愣愣地盯着张阿美、和文波看。如果对视上，他们立刻露出不好意思的笑容，然后继续直愣愣地盯着看。

　　张阿美掏出相机想给小学生们拍照，他们立刻四散逃开，仿佛相机会收了谁的魂魄一样。来不及逃的小学生用课本挡住脸，后面一个小学生彻底逃不开，就露出了认命的尴尬笑脸。

一个长得尖嘴猴腮的萌小孩儿念叨着"我看看，我看看"，爬上了车窗。

张阿美转过头，笑眯眯地瞅着他。萌小孩儿见张阿美看他，迟疑地露出了笑容，也露出两颗小龅牙。

张阿美举起相机，试图拍萌小孩儿的大头照，但他看到相机的刹那真是吓坏了，"啊"了一声，一个后仰从车踏板上掉了下去，一连倒退了好几步，手还捂着心口，表情十分凌乱。周围的小学生见他这副样子，忍不住大笑起来。萌小孩儿缓过神来，也跟着大家一起笑。

互相熟悉了一会儿后，小学生们就很高兴地让张阿美拍照了。他们主动扑上来，再近点拍也不怕了。两个男孩子看到照片后，还一起嘲笑身后路过的小孩儿表情不好……

小学生们围在越野车的两边，追着张阿美、和文波用英语问名字，然后他们自报家门说自己叫什么。除此之外，彼此就没别的相通语言了，只是傻笑与握手齐飞，汗水与沙土一色。

阿里买来索科特拉岛的木瓜。木瓜不仅长得奇形怪状，而且特别柔软，一戳一个洞，有点像中国北方的冻柿子。张阿美、和文波都十分期待木瓜的味道。

艾哈迈德猛踩油门，越野车朝着露营地驶去。路上无聊，张阿美就随手拍摄一下副驾驶上毫无坐姿的阿里。

阿里的裙子花色太对张阿美的品味了，可惜他不肯脱。按理说，阿里应该在白半袖外面再穿个衬衫才算正式，许是因为张阿美、和文波太随性，他索性也不顾及形象了。

沧桑的24岁青年阿里，露营的几天里完全没刮胡子，头发持续狂野鬈翘疯长，让张阿美、和文波以为他平日就是这样的。倒是艾哈迈德一直保持着衣冠楚楚。

途中在瓦迪稍作休息，碧绿的水中有好多小鱼在游玩，一块卡车头那么大的"搓脚石"淡定地站在湖水中央。张阿美抱着膀子站在一边想："这得多大的脚才能用起来？"

露营地，大家将睡在一个四面透风的贝都因人的小窝棚里。有个洗手池，突兀地戳在旷野中。洗手池旁边有棵麻疯树苗。张阿美走过去仔细一看，洗手池的水正好流到树苗的坑里，养活了这棵尴尬的植物。

再远一点儿是一个孤立的厕所，棕榈叶编的墙将其分成两间，一个是蹲坑，一个是坐便，都装上了淋浴喷头。当然，依然只能洗冷水澡。

虽然小窝棚看起来很简陋，但经历过昨夜露营惊魂，像这样有自动冲水厕所和充分展示科学魅力的淋浴设备，还不用担心出现神秘发光现象的地方，让张阿美、和文波十分放松。

张阿美、和文波在窝棚中的矮沙发上舒适地坐下，享受着午间透过棕榈叶吹进来的干燥的沙漠风。

说起来，贝都因人做这种白天凉快、晚上不冷的小棚子，还真有一套。

负责看管这个营地的老伯走进棚子打招呼，并坐在旁边跟阿里和艾哈迈德聊起天。

老伯闲来无事是要嚼卡特的，这种东西在也门的流行程度，简直不亚于中国的口香糖。很多嚼过的人都把它描述为"嚼下去马上精神抖擞"。

据说萨那的家庭一到周四、周五、休息日就夫妻双双嚼卡特，然后共赴巫山云雨。有时候连孩子也跟着嚼。

卡特是分品质的，有钱人嚼的都是优质产地的柔嫩鲜叶子，穷人嚼的是普通产地的干硬老叶子。即便如此，一个月赚100美元的人也会花掉90美元去买卡特。索科特拉岛虽然产卡特，但因为水土关系，质量并不好，全靠也门本土运过来。

卡特树是一种终年常绿的灌木植物，生长环境多为丘陵、山区和高原地带，株高大多培育在一米左右，以便于人们采摘嫩叶。卡特树原产于埃塞俄比亚的山区，传入也门大约已有上千年的历史。

目前，世界上绝大多数国家认为卡特树叶含有轻度麻醉物质，视其为麻醉品，嚼食也被视为非法。1981年，阿拉伯麻醉品事务管理局将卡特与鸦片可卡因归为一类麻醉品，沙特和埃及都将卡特列为严禁入关的麻醉品。

也门男女都有咀嚼卡特的习惯，每天花费好多时间。因卡特种植占用耕地和水源，对也门经济社会发展影响很大。

近年来，也门政府曾数次努力，颁布决定试图阻止卡特消费的进一步发展，但均因遇到强大的社会阻力而不了了之，以致卡特消费愈演愈烈，成为也门社会的严重弊病。

也门政府正决心和民间有关机构通过研讨会等方式，积极探讨抑制卡特消费的有效途径，以赢得社会各界的支持，从而达到杜绝卡特消费对也门经济社会的消极影响。

张阿美朝阿里挤眉弄眼："你是不是没事儿也嚼这个啊？"

阿里倒很意外地正色道："我家里管得很严的，要是我嚼了卡特，就会败坏家族名声。"

张阿美撇撇嘴："你看你如此不修边幅，还家族名声呢，什么家族名声？"阿里没理张阿美，出去洗盘子了。

张阿美后来才知道，这个瘦猴的家族渊源竟然相当有趣。

老伯举着两片卡特叶子，轻盈迅速地插在张阿美日记本侧面的钢圈里，说是留给她做个纪念。看叶子如此嫩绿，长得好像香椿芽，想必老伯也是从自己的存货中挑了好一点儿的给客人赏玩吧。

张阿美小心翼翼地把卡特叶子夹在日记本里，以后它干了，就可以成为很不错的书签了。

穿上衬衫的阿里举着水果慢慢走过来，他的裙摆在风中飘扬。看到他这个样子，张阿美又习惯性地想掏小费……

艾哈迈德圆圆地卧在一边给老婆打电话，他是个特别顾家的人。每次提起老婆，他总是一脸崇拜和自豪。他的身材实在太"上镜",叫张阿美如何不拍他。

打过电话的艾哈迈德如同嚼过卡特一样,高兴地准备起午餐。午餐要吃大饼夹金枪鱼、洋葱、豌豆、西红柿、沙拉。

阿里切好水果,和沙拉、大饼一起摆在旁边:"快吃吧,很好吃啦!"

艾哈迈德做饭真的很有天分,随随便便拌的沙拉都十分有味道。张阿美、和文波在吃光一切之前,迅速拍了一通美食照。

张阿美感觉,切开的软皮木瓜,果肉也很像冻柿子,稀软稀软的,甜到忧伤,吃的时候简直不是在咬,而是在喝。

门外,一个黄色的身影探头探脑地走过,这就是索科特拉岛最有名的鸟类——埃及秃鹰。

张阿美不知道索科特拉岛的秃鹫为啥叫埃及秃鹰,只知道这种鸟又傻又呆,不飞的时候好几只凑在一处溜达溜达,就像母鸡般无害。别看它们呆呆的,一见有人吃饭就会凑过来,若没人注意,想凑多近就凑多近,伺机偷走你吃剩下或闲置的食物。

秃鹰的脸长得很特别,令人无语。任它们再无害,张阿美一看那一张张脸也很像是鬼见愁。

吃饱喝足,大家全都打起了哈欠,于是趁着风吹得正爽,分别躺在软沙发的各个角落,睡起了别提多惬意的午觉。

下午,阿里又来催促出发,要带她们出去转。昏昏沉沉的张阿美、和文波挣扎着起来上车,跟着阿里去附近看一个溶洞。从露营点开车过去,需要半小时左右。

一些孩子见到有越野车开过来,老远就开始狂奔,跟着车的方向一起并驾齐驱。他们一边跑一边举起一只手掌冲着你,另一只手攥成敲门的样子,连续叩向展开的手掌并大声喊叫。

和文波看见后,好奇地问阿里:"他们那个手势是什么意思?"

阿里说:"那是孩子们自己发明的'你好'手势,但大人是不用的，明白啦？"

越野车开上山的时候，遇到游玩的亚丁那帮小伙子下山。他们十多个人挤在小皮卡的车厢里，颠得灰头土脸，但还不忘热情地跟张阿美、和文波打招呼。皮卡扬起的沙土，全钻进越野车里。

看见像伏地魔咧着大嘴哈哈笑的洞口，张阿美忍不住跟和文波吐槽："咧嘴就咧嘴吧，你看那嘴里拉丝儿的口水啊，邪恶到家了！"在索科特拉岛，很多山上都可以看见这种咧着嘴笑的洞穴，看起来很傻，也略觉得有些吓人。

山洞里空间很大，但并不深，从洞口进去就是一个灰尘堆积的坡，走上去每一步都要轻轻的，不然灰尘会满天飞，也不知道为什么洞里的灰尘如此轻盈。

山洞里有很多石块垒成的圈，和文波觉得很奇怪，便去问阿里石圈是干吗的。

阿里应付地回答："是住人的啦。"

和文波跑来跟张阿美念叨。张阿美觉得阿里的这个回答十分不靠谱，便去找他再次询问石圈的用途。

阿里见她们都坚持要问，才从与艾哈迈德的聊天中脱离出来仔细讲解："石圈是给来这里野餐的大家庭用的，每个家庭固定在一个圈子里吃喝，洞外还有一个圈是专门用来做礼拜的。"

张阿美翻译给和文波之后想，和自己一开始想的羊圈、鸡圈实在谬之千里。

山洞干湿分离很合理，一边是灰扑扑的高坡配着几个"鸡圈"，另一边是溶洞乳岩淅淅沥沥的常年滴水。水滴石穿，滴出了好多"石碗""石杯"。张阿美心想，悟空要是带着猢狲们冲进来，都可以直接当水帘洞用了。

一只黑山羊见张阿美到"水帘洞"拍照，便一直傻乎乎地跟在她身后。张阿美走到哪儿它就跟到哪儿。要是回头对视，它还要冲张阿美"咩"地叫一声，似乎替代了远处海聊的阿里。

张阿美走出山洞。阿里问："和文波去哪里啦？"

张阿美四下看看，呼喊了几声，远远地听到和文波在山洞外的高处回应。

张阿美小跑几步爬上去，见和文波正对着一棵直挺挺的"黄瓜树"拍照。张阿美拉上她回到越野车里，大家又在尘土飞扬中下了山。

晚饭前，阿里拉着张阿美、和文波到露营地不远处的沙丘转转。

这座沙丘气势磅礴地横卧着，到了跟前发现蛮有大漠风情的感觉。此时正值太阳快落山，景色不错，沙子的细腻程度可以用来洗碗洗盘子。这里视野开阔，极目望去，夕阳躲在云彩后面，漫天红霞飞。

艾哈迈德来了个美人卧，张阿美要他摆个姿势，准备拍几张照片。但他顺势举起手机在耳旁，装作打电话的样子。或许艾哈迈德是真的要给老婆打电话，张阿美感叹他真是个无论何时何地都想着老婆的大好人。

和文波在沙丘上郑重地写下"我还要再来索岛"，之后依依不舍地回到越野车里，打道回宿营地。

艾哈迈德与阿里去张罗做饭了。张阿美、和文波冲过冷水澡后，拿着晾衣绳四处找地方悬挂，最后勉强挂在棚子的一侧，然后开始洗衣服。这几天积攒了一堆汗臭衣服，她们一趟趟轮流拿着衣服去孤独的小洗手池那里洗，真是你方唱罢我登场，直洗得手指发麻，不亦乐乎。拧干最后一件衣服，她们才松了口气。

一轮昏黄的月亮，带着彩色月晕挂在了天上。

四下望去，又是黑黑的一片。大漠的风悄无声息地停了下来，云缓缓地流动。

和文波失落地望着天空说："今晚又看不到银河了吧？"

阿里跳出来，不合时宜地说："我觉得很有可能看不到啦！"

吃过晚饭，几个人坐在沙发上歇着。顶棚上一盏惨白的太阳能灯吸引着沙漠中的各种飞虫，一只蝙蝠还扑进来打了个酱油。

阿里拍拍手，兴奋地说："咱们接着玩'真心话大冒险'好不好啦？这次带上艾哈迈德啦！"

此时，艾哈迈德正在专注地玩着手机，他找出一个弹钢琴的 App 聚精会神地用粗手指戳着，被阿里打断后很是郁闷。阿里拉上艾哈迈德是想为自己翻盘报复张阿美、和文波。

谁知艾哈迈德有新手的"好运气"，上来就连输好几次。第一次，他勉强做了 20 个俯卧撑后，喘着粗气滚到一边说："不行了不行了，这个游戏太让人害怕了。"接下来几次，不是艾哈迈德输就是阿里输。

艾哈迈德每次输了，就一言不发坐到一边，拿出手机严肃认真地开始弹钢琴。

阿里说艾哈迈德觉得玩这个游戏心理压力太大，要用弹钢琴来缓解一下。

艾哈迈德在张阿美、和文波的爆笑声中顽强地保持着弹钢琴的一脸严肃，输一次弹一次。

终于轮到张阿美输了，阿里高兴地上蹿下跳，然后命令她做 50 个俯卧撑。艾哈迈德冲阿里摆摆手，温和的他觉得罚女生这么多俯卧撑很不人道。

张阿美抱着膀子，一副打死也不会做的赖皮样，用下巴"看"着阿里。阿里闹了一会儿就萎靡了，陷入熊孩子想闯祸而被大人制止的赌气心态中。

阿里把气撒在毯子上，扯来扯去"呼"的一声将整个人蒙起来，躺在沙发的角落装睡。

"求阿里的心理阴影面积。"张阿美感觉很得意。

艾哈迈德跟张阿美、和文波大眼瞪小眼，他做了一个安慰性的撇嘴动作，然后示意大家都早点睡，明天还得很早起来。

　　想想也是，没有 Wi-Fi 会死人的张阿美，在没有 Wi-Fi 的沙漠里又不能真的死，她只好睡觉。而和文波早就困得哈欠连天，自从到了索科特拉岛，她的睡眠质量一直非常好。

　　还是怕有蚊子来叮眼皮，张阿美又用头巾蒙住整个脑袋躺在沙发上。只消半晌，张阿美便听到和文波小声的正常版呼噜和艾哈迈德拐着弯的阿拉伯呼噜。他们的呼噜有节奏地一高一低起承转合，伴着偶尔两声虫鸣，带着张阿美进入梦乡……

旅途
——邂逅王子的宿营地

张阿美感叹时差真是个好东西，它让两个在国内习惯睡懒觉的人变成了勤劳早起的小蜜蜂。她们悄无声息地起床洗漱、涂防晒霜，甚至还有空闲描眉画眼。

和文波比张阿美起得更早一些，她去摸了摸晾晒的衣服，发现全都半湿不干，于是将晾衣绳一头挂在墙上，另一头系在越野车上，重新将衣服晾晒起来。做这一切时，和文波蹑手蹑脚，生怕惊醒熟睡的张阿美。

张阿美起来看到了，心里来了个小小感动："真不愧是贴心温柔的发小。"

太阳慢慢升起，风也渐渐穿梭起来，晾晒的衣服半小时就干了。

远处是露营点的厨房重地，带着起床气和昨晚赌气双重重压的阿里跟随艾哈迈德去做早饭，在越野车旁正好遇到张阿美。

张阿美做好被翻白眼的准备，谁知阿里轻描淡写地冲她乐了一下："早上好啊，昨晚睡得好吗？"

阿里的专业向导式问好，完全不夹带私货，甚至连"啦"字都没有了。

也好，兵来将挡，水来土掩，张阿美挤出游客的笑脸，应付之情溢于言表："很好，谢谢！你呢？"

阿里不打算继续接招，使出凌波微步轻盈地跟着艾哈迈德朝厨房走去。

和文波拿着一个新鲜的番石榴跑去厨房，很快就切开回来，与张阿美分享。这又让张阿美心生感动。

吃过早饭整装出发。今天要去海拔 700 米的迪夏姆观看龙血树，晚上宿营在迪胡尔峡谷中。

越野车离开海思沙丘，走了不到半小时就慢下来。前面有几户人家，阿里跟艾哈迈德打着手势，让他鸣笛。

就在张阿美、和文波不明就里的时候，一位老大爷从小屋中闪身出来。打过招呼后，不知道阿里说了些什么，老大爷转到屋子后面，回来的时候手里多了一只毛色光滑闪亮的羊羔。原来阿里是要买羊给张阿美、和文波吃。

看见阿里又把自己的钱递了出去，和文波几乎是应激反应似的开始掏钱。

张阿美拍着阿里的肩膀问他多少钱。阿里把张阿美拿钱的手拍了回去。小羊只卖 2000 里亚尔，折合人民币才几十块钱。

虽然索科特拉岛上漫山遍野随处都可以见到羊，却没人随意下手杀来吃。索科特拉岛人的解释是：大羊是留着生育的，下了小羊就放在羊圈里喂养，饭馆或者个人要吃，就吃这种圈养的小羊。

张阿美听了，心想怪不得在其他地方见到的羊都脏兮兮的，浑身的毛打着绺，连羊角都不好好长。

阿里接过小羊，一把塞在他脚下，完全不顾小羊一声声"咩咩"地悲鸣。张阿美、和文波见小羊很可爱，有些不忍心吃它了。

在小羊时有时无的悲鸣声中，艾哈迈德开始了山路驾驶。这次的路途比霍姆希尔更加艰险，好几次晃得人差点儿从车窗甩出去。越野车到了山顶，有块石碑上写着这个地方的名字——迪夏姆。

一圈低矮的院墙，围着一棵不同寻常的巨大龙血树，旁边有几间小房子。张阿美一看这气场，心想一定是保护区的办公室吧。

几个当地汉子裙摆飘飘地走过来迎接，张阿美就差用"风姿绰约"来形容他们了。为首的是一个40多岁的大叔，一来就露出宽厚的笑容嘘寒问暖。大家被他引着进了院子。那棵伞盖浑圆的龙血树就站在院子当中，树荫下铺着席子。

院子里还有一些人。阿里花蝴蝶一样从张阿美、和文波身边飞走，飘到人群中"招蜂引蝶"地行碰鼻礼。阿拉伯人见面礼数繁多，往往都聊半小时了内容还是"你挺好吧？""我挺好！"等等。

大叔领着大家在树荫下的席子上坐下，并叫人端来热奶茶和热煎饼。虽然面前坐着的大多是不认识的人，但他们都很期待来客吃点喝点。于是，大家端起茶杯开喝，和文波撕了块煎饼吃起来。他们见来客并不拘谨，才互相放松地聊起天来。

张阿美注意到，院子的一角有几顶呈圆锥形挺立的帐篷，更有一顶在西亚本土沙漠才会见到的条纹状方形长帐篷，于是好奇地问大叔。

他微笑着说："那可不是一般人，那里面住的是阿布扎比的王子殿下，他最近在岛上游玩，这几天在我这里露营。"

张阿美、和文波吃惊地半天没合拢嘴："王子的帐篷，就在离我们十米远的地方，真是接地气啊！"

这时，一个穿着运动裤的印度人走过来加入凉席聚会，他一边毫不客气地抢了奶茶壶，一边客套地跟张阿美、和文波打招呼。大叔指着印度人说，他是王子带来的厨子。

厨子倒没有脑袋大脖子粗，只是正常中年人的体形，运动裤上有几处油溅的污渍。由于他跟着王室干，气场也完全不像是普通的印度人。他喝茶后跟张阿美、和文波一一握手，并很有礼貌地说欢迎有空去阿布扎比玩。

阿里终于从房子里走出来。张阿美猜测他跟众人打过招呼后去做礼拜了，因为做完礼拜的阿拉伯人通常心情都很好。他现在又除去了向导面具，笑呵呵地叫张阿美、和文波出发去看大峡谷。

　　大叔一直把张阿美、和文波送到大门口。张阿美、和文波略有点儿不舍地跟他握手道别。张阿美此时的心情是，大叔就像冬天里一个充满电的暖宝宝，虽然接触时间很短，却让她有小时候回到姥姥家受宠的感觉。

　　迪胡尔峡谷其实没有阿里说的那么大。你想啊，700米高的山能有多大峡谷？在强劲的风势中，张阿美、和文波眯着眼看了一会儿，摆出几个"到此一游"的动作后，就嚷嚷着要去看龙血树。

　　阿里带路返回。张阿美远远地看到一群熊孩子站在越野车前，在等着她们"羊入虎口"。

　　回到越野车旁，熊孩子们举着龙血粉和散装乳香，一窝蜂般冲上来叫卖。除非你的手整个包起来，不然他们总能找到指缝把东西塞进去。不多时，张阿美、和文波手里就捧了一大堆，就连谁塞的都不知道。

　　这帮熊孩子的热情，将张阿美瞬间拉回到埃及。此时此刻，张阿美的心情和在金字塔下尼罗河畔一样崩溃，孩子们自带埃及小贩的战斗力差点把她给秒杀。

　　在一片混乱中，张阿美的余光扫到身处旋涡外的阿里，他背着手龇着龅牙一副看好戏的样子。张阿美气不打一处来，眼下猛虎难敌群娘，想要突围只能求助他了。

　　张阿美身上"挂"着十来个孩子，她强撑着对阿里喊："拜托你，快帮我们把小孩儿弄走吧！"

　　张阿美瞬间从阿里得意的眼神中得到全部信息：终于有求于我了？终于屈服了？昨晚不肯做俯卧撑现在后悔了吧？我要好好展现一下本地人治理熊孩子的能力！

　　阿里还是背着手，他走到熊孩子群中，中气十足地叫他们不要闹，想挣钱就要听他的。这帮熊孩子还真停下来。

　　阿里说了一下他们的报价，问张阿美、和文波要不要买。

龙血粉 500 里亚尔一袋，比老婆婆卖得贵了一点儿。张阿美想想也没多少钱，怎么能跟小孩子讨价还价呢？于是她买了一包龙血粉和一包乳香。

张阿美、和文波钻进越野车里掏出钱递给阿里，就再也没敢下车。拿着钱的阿里被熊孩子们围在中间各种推挤争抢，他瘦猴般的身体几乎要倒在地上。

由于实在分不清是哪个孩子给了龙血粉和乳香，最后阿里狼狈地把钱随便递给一个孩子就冲上了车。艾哈迈德脚下的油门早已饥渴难耐，"呜"一声就跑了。尘土中，一群熊孩子为分钱争吵起来。

阿里疲惫地回头说："别处的孩子不这样，景点这里的是有点儿被惯坏了。"

不到 15 分钟，前方便出现了大量的龙血树。处处都是有着美丽伞盖的高大树木，树下全是坚硬锋利的石块。龙血树喜爱温暖，喜欢被阳光呵护，但是太强烈的阳光也会引起它们的不适，所以树干、树根全靠树枝长成伞状形成阴凉来庇护。

龙血树身上照旧都是碗口大的疤痕，不用说，一定是刚才卖东西的熊孩子们搞的。结痂的伤口，血色依旧鲜艳。在我国，龙血树脂是比较名贵的中药材，名叫"龙血竭"或者"麒麟竭"。

张阿美走在高处，和文波为她拍了张"我和龙血树"。张阿美看了照片，心想："真的有人会注意到旁边还有个我吗？龙血树抢镜抢得不要太高调啊！"

据说岛上有活了快两千年的龙血树，长在很高的地方。张阿美说想去看看。阿里鄙视地看着她："徒步一小时就头晕，想看那棵树要徒步好几个小时哦！"张阿美顿时泄气地打消念头："不是我身体不好，实在是三四十摄氏度的炎热天气让人望而却步啊。给一棵树，我能在树荫下待一天。"

越野车一路下到迪胡尔峡谷中，这里的路况更加恐怖，张阿美感觉车好几次都歪斜到要翻的程度。但艾哈迈德气定神闲，一边唠嗑一边开过去了。

快要到谷底的时候，阿里叫艾哈迈德停下车。他指着很远很远的一点翡翠绿让张阿美、和文波看，说那里是一片天然泳池，下午带她们去瞧瞧。

烈日下，张阿美眯起眼睛望着阿里指的方向，看见小小的一汪碧水，衬着旁边粉粉的瓶子树，颜色煞是好看。那种碧绿，在红黄相间的粗糙山体下，显得非常不真实，令人觉得像是看到了海市蜃楼。

在谷底，大家找了个阴凉地铺席子准备做饭。圆圆的各色卵石遍地，很难找到平整的地方，即使铺上席子也是个考验。张阿美、和文波一坐下，又"嗷"一声站起来，实在是太硌屁股了！

峡谷景色非常美丽，四面环山，山顶上是一棵棵图钉般挺立的龙血树。谷中则多见棕榈树，相伴着一片片镜子般平整的浅绿色小水池。眼前这片水尤其清澈，阿里端着锅碗瓢盆到这里来清洗。

和文波在树荫下的席子上躺了下来，身体被石头硌得如同做瑜伽。即便如此，她还是小憩了一会儿。

张阿美在旁边溜达拍照，她突然想起小羊，虽然它很可怜，可是看到那么美丽的龙血树因山羊的啃食濒临灭绝，不由得坚定吃掉它的决心。

"可是，这会儿小羊在哪呢？"张阿美东张西望起来。

艾哈迈德从树后走出来，他一手提着刀，一手拎着已经杀好的小羊。张阿美见小羊已死，那点恻隐之心早跑没了，举起相机给艾哈迈德拍照。艾哈迈德为了给张阿美当模特，做作地大笑起来。

艾哈迈德把小羊挂在树上剥皮。张阿美继续拍，艾哈迈德继续假笑。很快，艾哈迈德就把小羊肢解为一块块肉。阿里蹲在地上切土豆、洋葱。阿拉伯人切菜都用小刀，张阿美本来想帮他，但觉得兵器实在不称手，用悟空的话来说，"太轻、太轻"。

埃及秃鹰早早就嗅到了食物气味，三五成群地悄悄等在一边，假装目中无人的样子气定神闲地等待进攻时机。

张阿美正在拍秃鹰的时候，艾哈迈德已经把涂好调料的羊肉包进锡纸放入锅里。还有一口锅，满满的汤，是为煮米饭准备的。

阿拉伯人做米饭就像煮肉一样，会放很多调料进去。艾哈迈德做好羊肉，就从火堆上撤掉肉锅，换上一个平底锅，把洋葱煎香，再放土豆一起翻炒。

张阿美感觉艾哈迈德一个圆圆的男人，蹲在那里认真做饭的样子最有魅力了。"艾哈迈德，看镜头！"艾哈迈德转过脸来，配合地露出了"哈哈哈"的假笑。

万事俱备，只欠米饭。艾哈迈德悠闲地坐在石头上，等着自己的成果出锅。他发现自己的位置比张阿美高，生怕裙底风光泄露，赶紧用手捂了捂。

张阿美拍摄阿里的时候，他迅速举起两只手挡住脸。张阿美心里戏弄他："其实那么小的脸，一个巴掌遮挡也就足够了。"

一个干巴瘦的老大爷加入，非常没眼色地斜靠在和文波睡觉的那一侧，搞得她也不好意思睡觉了，起身跑到张阿美旁边坐着。

老大爷衣着脏乱破旧，带着个小布包，想卖点东西给张阿美、和文波。因为在山上买过了，张阿美就告诉阿里婉拒了他。

可是老大爷还没有走的意思，反而和阿里他们聊起了天儿。

"眼看着饭就要做好，也许有人要来抢我们的羊肉吃。"张阿美、和文波嘀咕着。

几天的相处，张阿美、和文波已经跟阿里和艾哈迈德混得很熟了，所以她们经常四仰八叉地各种秀下限。现在多了一个陌生人，心里觉得没办法那样放松，心里很不高兴。

阿里见她们苦着脸也没说什么。不一会儿饭好了，阿里招呼她们围过去吃。

前不着村后不着店的深山里，艾哈迈德很有能耐地搞出漂亮的五彩饭，还加了葡萄干进去。做好的土豆浇在饭上，一阵阵香味扑鼻。

又是一阵香味"腾"一声夺锅而出，那是包在锡纸中的小羊肉。

和文波咽了咽口水，第一次勇敢地对阿里说："请多给我一点儿。"阿里笑呵呵地给了和文波好几块。

以张阿美对和文波胃口的了解，她肯定吃不了。可是想到旁边还有个不愿走的老大爷，张阿美非常支持和文波这种宣誓主权的行动。

张阿美、和文波各自得到一大盘米饭和一盘羊肉。阿里邀请老大爷加入分享美食，他们围着锅用手抓着饭吃起来。

张阿美记得锅里没几块羊肉了，一边吃一边悄悄地用余光扫了一眼，他们相谈甚欢，阿里吃得满嘴掉渣，不时发出豪爽的大笑，几粒米饭从他嘴里喷出来……

张阿美品味着羊肉的鲜美，由于是羔羊肉，又是现杀现吃，其柔嫩程度自然非比寻常。每咬一口，都能感觉羊肉自己从骨头上脱离下来，嚼的时候，一丝丝弹嫩在牙齿间撒娇。

但不知为什么，到了索科特拉岛后，张阿美每餐吃得都不如在国内多。而平时吃得很少的和文波，竟然势头强劲，着实让人刮目相看。

最后，和文波果然没有吃完羊肉，只好讪讪地道着歉，把没有被自己染指的几块肉递给艾哈迈德。他高兴地接过去，很快就吃光了。

结束战斗，张阿美、和文波坐在地上捧着肚子发呆。

老大爷站起身，向阿里和艾哈迈德道谢，背上包，不一会儿就消失在远处。阿里这才跟张阿美说，岛上到了饭点，如果大家碰巧遇见就会互相邀请吃饭，其实他们也不认识刚才那个

清澈的爱
QINGCHE DE AI

老大爷，只是好客永远排在索科特拉岛民俗第一位。

张阿美、和文波都为自己刚才的小人之心羞愧地低下了头，即使老大爷一起吃午饭，羊肉也绰绰有余，自责不该那么护食。虽然老大爷一点儿英语也不懂，阿里还是选择在他走后才跟张阿美解释，礼数非常周全。

张阿美抬头一看，一群秃鹰非常识相地围成圈，等他们把空盘子空锅让出来。谁知刚刚把空锅放在那儿，几只山羊就蛮不讲理地冲上来疯狂舔舐剩饭，羊角撞得锅沿儿"咣咣"响。

秃鹰怎么敢去跟羊争斗呢？它们只好慢慢地靠近点儿，咽着口水继续观望。

张阿美、和文波站起来，腾出地方让阿里打扫。秃鹰见她们起身，立刻攻占了刚才吃饭的地方，有一只甚至不要脸地站在了席子上。

一只椋鸟飞来，等待机会随手捞一口东西吃。张阿美拍椋鸟的时候，相距不到半米，椋鸟也不躲，歪着头看着她和相机。

阿里洗完锅碗瓢盆已经是下午两点左右。张阿美歪坐在那儿发呆地看着羊和秃鹰"打架"。和文波躺在张阿美旁边，发呆地看着天。饱餐后的困意慢慢袭上双眼。

就在张阿美、和文波眼皮打架的时候，阿里来了一句："要不要去天然泳池游泳啦？"

张阿美、和文波本想在席子上再赖一会儿，可阿里站在旁边催促她们快走，说过一会儿天黑了就看不清路了，也看不到池子了。

她们懒洋洋地起身，慢腾腾地装好泳衣，跟在阿里身后朝着峡谷深处一步一挪。艾哈迈德留在原地看场子。

沿途若流觞曲水，大大小小的水洼里盛着清可见底的碧绿。谷底时不时吹过一阵清凉的风，吹皱了平静的水面，也抚平了张阿美、和文波心头的燥热。

行走不多时，来到一处用大块岩石铺就的路上。抬眼望去，那水色令人终生难忘。谁能想到粗糙的山岩中，竟藏着一池碧水呢？

张阿美、和文波面露惊讶之色，回头看着阿里。阿里用一副"我早就知道你们会这样惊讶"的表情，得意地看着她们。

这个碧绿的池子，好像是阿里金屋藏娇的美人，第一次见就让所有人都美得要飞起来。

要越过一片浅浅的水，才能靠近对面山岩上的碧池。

张阿美穿着运动鞋不想蹚水，阿里猫腰试图用瘦猴之躯扛她。张阿美感觉到他的胳膊在颤抖。为了防止阿里因扛不动摔倒，并有可能导致相机掉进水中，张阿美严肃地挣扎起来。阿里只好把她放下。

这时，和文波已经轻松地跃过去，张阿美也脱掉鞋子蹚水过去。巨大的白色岩石卧在绿水中，好像一方天然的桌子，它白得那么纯粹，直令人感叹大自然鬼斧神工的搭配，纯色绿加纯色白，美呆了！

作为男性，阿里换衣服很方便，事实上他只是自由自在地脱去外衣，留个裤衩而已。张阿美强烈地认为，要是她们俩都不在，阿里很可能就裸泳了。

张阿美、和文波找了半天，也没找见能藏身换衣服的地方，只好叫阿里背对着她们躺在地上，并让他再三发誓不可回头。阿里识相地将衣服蒙在头上。

张阿美、和文波用堪比天马流星拳的速度，迅速换上了泳衣。

阿里懒洋洋地坐起身，以极慢的速度回过头来，表示他的不屑："你们终于好啦？"

张阿美、和文波跳跃着朝水边跑去。岩石吸收了中午的阳光，触感很温热。很快，她们就沿着缓坡，沉浸在清凉的水中。

张阿美不会游泳，她坐在浅水里，欣赏略懂游泳的和文波游泳。远处，精通游泳的阿里在水深四五米的地方，嘲笑地看着她们。

阿里见张阿美不会游泳，一种阴暗的满足感浮上黑脸，龅牙也完全遮不住地露出来。他游到和文波身边打算拉同盟："咱们把她拽到这边吧，不会游泳才要学啊！"

20年的发小，怎么会因为阿里有龅牙就叛变呢？和文波装出一副英语磕磕巴巴又拒人千里之外的客气，微笑着说："我自己也不太会游。"

阿里只好自己游过去，准备实施自己的恶作剧。张阿美慌慌张张地朝最浅的地方挪去。

池底有点滑，张阿美乱蹬的时候，也不知道戳了哪里硌得有点痛，并且还有猩红色的小螃蟹一会儿爬到腿上，一会儿爬到肚子上。

张阿美坐在只有一尺深的水中，朝阿里的方向没命地泼水。其实不泼阿里也游不过来，他会搁浅的。

阿里在水中待了一会儿，突然说自己好冷，就忙不迭地爬到温暖的岩石上用牙齿"叼"裙子，迅速换上衣服。他抱着脑袋躺在岸边，嚷嚷着要玩真心话大冒险。

张阿美、和文波对视一下，觉得他太有瘾了。于是，张阿美、和文波打算作弊，每次出手前说一个暗号，保证出的是一样的手势。于是，阿里就无穷无尽地输，而且输了这么多次居然没看出来两个人在合伙作弊，还要求加量。

阿里不选大冒险，输了就讲真心话。可是张阿美、和文波已经没啥想问的，因为连"你家几只羊"这种问题都无奈地问过了。

张阿美目光呆滞地从水中仰视阿里，疲惫地建议他还是不要玩了。阿里又开始莫名其妙地赌气，坐直身子说："天色已晚，咱们回去吧，不玩了。"

天明明还很亮堂，张阿美、和文波都不想走。

阿里坐得离张阿美很近，就伸手抓住她的胳膊往上一拖。

想不到阿里劲儿还挺大，张阿美半个身子竟然被拽了出来，肚皮贴在石头上蹭出两道生疼的红印。张阿美立刻凶巴巴地冲他龇牙咧嘴。

这下，阿里也不好意思赌气了，声音低八度地问张阿美有没有事儿。

张阿美不追究阿里的责任了，沉重地从水中爬出来，扶着热乎乎的石头跟和文波回到老地方换衣服。阿里还是老样子，在前面躺下用衣服蒙住头。

就像小孩子玩耍一样，回去的路上，三个人又恢复了你一句我一句的玩笑。

阿里走在前面，时不时回头关切地问问："怎么样，还走得动吧？"

张阿美回想起前两天在艾哈斯特峡谷和霍姆希尔保护区徒步，阿里每次回头时那个不耐烦又要装作客套的表情，心想他还是现在这个样子更自然些。

回到营地，张阿美发现艾哈迈德悠闲地躺在席子上玩手机，他已经玩腻了弹钢琴，现在换了个游戏。

张阿美、和文波、阿里也没什么事儿干，一起或躺或卧在席子上，各自启动"神聊"模式。

天已经完全黑下来，阿里又拿出那盏亮瞎眼的灯。张阿美只好挪到阿里身后躺下，用他的背影遮挡亮光。

张阿美、和文波决定玩故事接龙，一人讲一段，她们编织出一个极其荒唐、猥琐的故事。由于实在有损淑女形象，张阿美这样一个"高尚"的人，选择遗忘故事的内容。

阿里与艾哈迈德聊到开心处，笑得完全不能自已。张阿美、和文波好奇地停下中文话题，询问他们笑什么，结果得到一个笑点非常不明显的故事，他们却为此笑得几乎断了气。

阿里回身，拍拍张阿美的头顶说："我决定给你取个索科特拉岛名字，就叫萨阿迪亚吧。"

艾哈迈德听了伸出大拇指，好像很认可这个名字。

张阿美抬手像赶飞虫一样，把阿里的黑手拨拉开，十分怀疑地问："这名字里没下套吧？"

阿里马上拍胸脯说："绝对没有，这名字意为欢乐祥和，具有很好的寓意和祝福。"

张阿美又看了看艾哈迈德，只见他赞许地点点头。忠厚老实的艾哈迈德都认可，张阿美感觉这名字一定没问题。

"我说萨阿迪亚，你见过中阿混血的小孩儿吗？"阿里问。

张阿美说见过。

阿里给艾哈迈德描述后，眉飞色舞地用英语讲："中阿混血的小孩儿真是太好看了，我在马来西亚上学的时候看到过好多。哎呀，那长相真是综合了两个人种的优势啦。"

喜欢抬杠的张阿美眼皮都不抬地泼他一头冷水："混不好的也多了，万一有些孩子继承了中方小眼睛的同时也得到阿方的超长睫毛，眼白都看不见，多奇怪。"

阿里见张阿美不支持他的论点，就追着问和文波。

和文波一边神助攻地"呵呵呵"，一边表示自己没见过中阿混血的小孩儿。

阿里只好求助艾哈迈德，但只得到了他一大串经典的假笑。

下一个话题，是阿里、艾哈迈德这两位索科特拉岛土著问一些关于大城市居民的问题，例如："如何在钢铁森林里吃住行？""如何抵抗工作压力，为自己减压？"

聊着聊着，张阿美算听出来了，这两人是在拐弯抹角地炫耀自己生活得很美好很幸福，同时对她们表示怜悯。

后来，阿里不加掩饰地得意："我就觉得我在大城市里待不住，这儿多好啊，又轻松又自在，有很多很多时间可以跟家人相处，亲戚、邻居随时都可以一起聊天玩耍。你们在大城市，连住在一个楼上的人都不认识。"

张阿美是经不住别人撩拨的，而且阿里的语气听着特别欠揍，本想接着话茬撑回去，突然意识到他说的也有一定道理。

"在他们眼里，可能我们真的是比较可怜。虽然他们赚钱不多，吃穿也很简单，但从他们那样低的笑点可以看出，索科特拉岛人很容易满足，乐于享受更多与家人相处的时间。而我们呢，很少开怀大笑，很久才回一次家，几个月甚至半年才见一次父母。"张阿美沉思起来。

借着灯光，艾哈迈德开始做晚饭。

阿里问："你们今晚还要睡在席子上吗？"

张阿美、和文波琢磨了一下，觉得睡在外面也挺好的，大家还可以接着唠嗑。阿里点点头，转身去帮艾哈迈德做饭。

谁知吃过晚饭，阿里变卦，非要搭帐篷，理由是晚上峡谷里可能有大黑蝎子出没，万一被蜇到就麻烦了。

张阿美狐疑地看着一会儿一个主意的阿里。

张阿美、和文波虽然很想睡在凉快的外面，但阿里声称的大黑蝎子还是起到了震慑作用，于是她们钻进同一顶帐篷躺下。

帐篷前后通风，张阿美却依旧热出一身汗，只好先出来凉快一下。

山谷陷入一片黑暗。惨白的露营灯在对面山体上投射出一个天然光幕，无论做什么动作，都可以在山壁上看到巨大的人影在晃动。再加上婆娑的树影、不知名的鸟叫，以及身边阿里不合时宜的鬼故事，张阿美突然觉得，在帐篷里睡觉很正确。

阿里见张阿美好像有点害怕，得意之情溢于言表，他强忍着笑不露龅牙，挤眉弄眼地继续讲。他的脸背冲着露营灯，两只眼睛又深陷在两个黑洞里，时不时可以看见洞中精光一现，越发吓人。

张阿美故作镇定地拍拍衣服说："这儿蚊子太多，我要回帐篷了。"

阿里用各种流于表面的"挽留"，试图阻止张阿美回去。阿里对于没能彻底吓倒张阿美十分不甘心，他的行为就像七八岁的小孩儿，用常言说的"七岁八岁狗也嫌"形容他再合适不过了。伴着和文波轻轻的鼾声，张阿美迅速把帐篷的拉链拉下来，躺下休息。

阿里的身影投在帐篷上，过了好一会儿，他突然问："你是不是睡不着啦？"

张阿美以为阿里已经恢复正常，翻个身嘟囔："才8点多，根本不困啊。"

阿里听到张阿美有回音，立刻凑近帐篷十分有瘾地继续讲他的那个鬼故事。

这个时候，张阿美已经不是害怕，而是想打人。她捂着耳朵小声抗议："和文波已经睡着，你别叨叨了！"

隔壁帐篷里，响起拐着弯的呼噜声，艾哈迈德早就雷打不动了。张阿美对阿里的行为控诉了好一会儿，他才不高兴地回帐篷跟艾哈迈德团聚。

所有的灯都熄灭了，营地彻底平静下来。虽然身下有一层帐篷和一层床垫相隔，张阿美还是能感觉到，大大小小的石头在为身体做着按摩……

就在张阿美昏昏欲睡的时候，帐篷外响起脚步声。起初是一个人，不一会儿就三五成群，像是踩着厚底徒步鞋，很闲适地围着帐篷溜达。

张阿美顿时清醒过来，汗毛微微直竖："刚才要是睡着就好了！"她经过阿赫尔的惊魂夜，一到晚上就杯弓蛇影，草木皆兵。谁知道迪胡尔藏着什么鬼啊？

很快，大概帐篷外的人发现没有收起来的锅碗瓢盆，只听见一阵金属撞击和"吧唧吧唧"的舔舐声。

阿里的帐篷里应声亮了，他们大呼小叫地从帐篷中冲出来，驱赶这些不速之客——山羊！

原来，山羊见营地灯光全灭，便精明地判断人们都睡了，一窝蜂围上来，在已经洗干净的锅碗中寻找剩余的饭。还有的山羊，津津有味地吃着没来得及收起来的垃圾。

遭到驱逐，山羊懒懒地作鸟兽散。

阿里和艾哈迈德把所有东西都塞进车里锁起来。和文波在酣睡，而张阿美保持瞪着眼大气不出的平躺状态。

阿里路过帐篷，像是安慰地说了一句："别怕，山羊都走了。"

山羊很快卷土重来。而张阿美知道了对方的身份便不再害怕，外面乱七八糟如同赶集也无法阻止困意，她找到一个相对舒服的姿势，让身体和石头达成共契，就沉沉地进入梦乡。

依然很早醒来，张阿美、和文波仰望着清爽的天空，感觉实在太好了。

艾哈迈德正在收拾帐篷，而阿里则黑着眼圈，从车上搬一些早饭用具。阿里见她们走过来，熟门熟路地开启"向导专业道早安"模式。

张阿美见阿里大有憔悴之相，便好奇地问怎么回事儿。他说昨晚有些失眠，加上山羊一直吵个不停，只睡了几个小时。

张阿美撇撇嘴："20多岁正是躺倒就着的年龄，怎么可能失眠？你简直太娇惯了。"

惊艳
——令人心颤的龙血树

艾哈迈德做好了早饭。从第一天一人一个煎蛋，到今天一人两个煎蛋，还有大饼和豆子泥。为了不浪费，张阿美、和文波全都吃掉了。哪知后来，煎蛋的数量竟然继续增加。

"艾哈迈德想把我们变成跟他一样的身材和体重吧，真是看着和善，心思却如此'狠毒'。"张阿美暗自抱怨。

张阿美不仅注意到阿里的憔悴，还发现他吃东西也矜持起来。

张阿美问阿里怎么吃得这么少，他说以前吃得多人也胖，突然有一天胃口就不好了，整个人迅速瘦成了"猴子"。

张阿美、和文波嘴里塞得满满的，两人对视了一下，心有灵犀："要是我们也能成功瘦身该多好，这样就可以把S号的衣服一样一个颜色狂买到爽。"

饭后，阿里端着锅碗去洗刷。张阿美、和文波坐在石头上跟小山羊玩耍。一只小山羊格外黏人，只是喂了几片树叶，它就一直跟在身后，时不时还把圆圆的小脑袋顶在人身上，定定地站那儿撒娇。如果没人理，它就乖乖团成一团，卧在废弃的纸盒里歇着。

张阿美见小山羊与昨天被吃掉的小羊大小相仿，不由得替它感到幸运。好在小山羊生在野外一副脏兮兮的样子，若是被圈养得油光水滑，恐怕昨天被吃掉的就是它了。

张阿美、和文波跳上越野车，跟围观在一旁的小山羊、秃鹰、小鸟告别："再见，你们去抢别人的食物吧！"

越野车在索科特拉岛西南部沿着公路行驶，一直开到西北部的卡兰西亚沙滩。艾哈迈德说这段路程开车需要两个小时左右，最快一个半小时就到了，这要根据当天的路况以及天气而定。

想要到公路上，还得从谷底原路开回到迪夏姆，然后下山才可以到达。越野车又一次晃晃悠悠地沿着崎岖的山路开上去。

路过昨天那一片美丽的龙血树群，张阿美、和文波忍不住下车又拍了一会儿照片。喜欢催命的阿里见时间非常充裕，也没有横加阻拦。

一个机器猫，一按肚子上的口袋，眼睛就会"哗啦啦"地变一种样子。这是张阿美花几块钱从地摊上买来的。艾哈迈德第一次见到这种玩具，露出孩子般神往的笑容，高兴地把玩起来。

阿里说，艾哈迈德已经是三个孩子的爸爸了。张阿美给机器猫拍完照，就把这个小玩具送给了艾哈迈德。

"可惜我只买了一个，早知道就多买几个大家分一分多好。"张阿美念叨着，似在表达歉意。艾哈迈德听说玩具归他了，露出惊讶的表情。

"他可能以为这个小东西挺贵吧？"张阿美心想。她马上打着手势跟艾哈迈德解释："不要有心理负担，拿回去给孩子玩吧，下次我再来玩一定多给你带点小玩具。"

有张阿美的手势和阿里的同声传译，淳朴的艾哈迈德终于释怀，连连称谢，并把机器猫放进越野车的手套箱里。

一路向西，随处都可以看到漂亮的龙血树。高原地区龙血树会多一些，到了路旁就是零散的几棵，但也别有一番风情。

龙血树渐渐稀少起来，越野车距离目的地越来越近了。

一群山羊雄赳赳地列队，挡住去路。艾哈迈德按了几声喇叭，它们特别不当回事地慢慢挪到一边，仿佛仅仅是卖他们个面子而已。

居高临下远眺，两天没见的阿拉伯海再次闯入眼帘。

一路上，有很多废弃的苏联坦克分布在海岸线上，隔几十米就有一辆。

锈迹斑斑的坦克，似乎在诉说着当年的血雨腥风。20 世纪以来，索科特拉岛就没有真正平静过，多次被各方势力当做补给站、中转站。索科特拉岛的地理位置如此重要，成为兵家必争之地，张阿美有点儿担心索科特拉岛的未来。

越野车里播放着一首节奏明快的阿拉伯语说唱音乐。大家随着音乐节奏开心地摇头晃脑。阿里和艾哈迈德都很喜欢这首歌，最近几天不知播放了多少次。

张阿美忍不住问阿里到底是谁的歌，他一边打着拍子一边说，这是沙特阿拉伯著名说唱歌手格瓦斯的作品，虽然歌曲听起来好像很强势，其实都是劝人向善的。

当格瓦斯唱到副歌部分时，车上的人都跟着一起唱起来。

可谁都没想到，在这个时候，也门共和国首都萨那正在遭受战火的蹂躏。

阿里一边听歌，一边将黑不溜秋的脚丫子随意地蹬在前面的脏羊皮上，他的脚指甲竟然剪得挺整齐。恶趣味的张阿美拿起相机，趁机拍了几张他的黑脚丫子。

中午之前赶到了卡兰西亚。它号称是索科特拉省的第二大城市，其实只是一个较小的村落。

村里到处都是白得耀眼的平顶小民房，胡同细小蜿蜒，看起来曲折幽深。当你身在胡同感觉就要迷路的时候，海滩突然就出现了。这里真的是太小了，没有人会在村里迷路。

越野车从村里开过，引得刚刚放学的小学生们热情高涨地围观。张阿美、和文波笑嘻嘻地趴在车窗上和小学生打招呼，生怕像上次买水果时那样吓到他们。

张阿美识趣地没有掏相机。阿里给了张阿美、和文波好多零食，她们都不怎么吃。现在正好碰到小学生，张阿美、和文波就与他们分享零食，也减轻了自己没吃阿里零食的罪恶感。

又一个男人挤进车来，跟阿里一块坐在副驾驶上，并亲昵地打招呼。他手里拎着一袋生鱼。阿里指指袋子说："这就是今天午饭的主菜。"

艾哈迈德开车出了村子，朝着海边驶去。

眼前出现卡兰西亚的泻湖，再远一些才是大海。

顶着呼呼的海风，越野车停在小窝棚旁边，这里就是露营点。

越野车还没停稳，就围上来一群"本地帮会"成员——山羊。除了语言不通，它们各方面的行为都像是在拦路收保护费。张阿美以为已经远离了这些厚脸皮的家伙，谁知海滩边的山羊战斗力更强一些。

在张阿美、和文波面对海滩惊叹的时候，艾哈迈德已经迅速支起了锅灶。海风非常猛烈，他用席子围起来挡风生火。

张阿美曾经赞扬艾哈迈德做的意大利面好吃，他牢牢记住，看样子又要煮意大利面当午餐。

张阿美又恶趣味地被艾哈迈德可爱的圆圆肚皮吸引，她悄悄拍照，正面不够，再来个侧面。"在索科特拉岛多数人都干巴瘦的情况下，艾哈迈德如何蓄积起一身前凸后翘的肉？"张阿美好生奇怪。

张阿美拍了一张厨房全景，发现艾哈迈德为了挡风，把她们的行李箱都搬到席子前面去了，用来稳定站立的席子。"过一会儿他还要烟熏火燎地炸鱼呢，不过想想我的箱子十分破旧，回去也要扔了，熏就熏吧。"张阿美坦然起来。

艾哈迈德在忙活着做饭，阿里就站在他旁边继续唠嗑，时不时大笑几声。

张阿美猜测他们一定又是在讲没营养的笑话，要是自己好好讲几个笑话，他们岂不是要笑昏过去？张阿美心想，为了他们的安全着想，自己还是跟和文波"猥琐"地继续讲汉语相声比较好。

之前不太熟悉的时候，阿里是很友好的，可以任张阿美拍照拍到爽也不反抗。当然，那几天阿里认为自己的形象还比较光鲜。

等熟悉起来以后，阿里反而不让拍了。从昨天开始，只要张阿美的相机对着阿里，他就用手挡脸，或者做愠怒状转身躲起来。今天也一样，阿里发现张阿美在旁边偷拍，立刻从房梁上拽下一根棍子指着她"威胁"："再拍信不信我抽你啦？"

张阿美白了阿里一眼，回头拍摄落在房顶上的椋鸟。殊不知此鸟是来踩盘子的，一会儿吃饭的时候，它就要带上自己的老大来踢场子。

张阿美、和文波被请到另一个窝棚中歇息。阿里在地上铺好席子，又铺上一层床垫，叫她们该躺就躺。和文波非常实在地立刻躺下小憩起来。张阿美坐在旁边，喝着阿里递过来的可乐，悠闲地玩起"捡石子打山羊"的游戏。

总有那么几只山羊，石头落在身上只是毛毛雨，非得准一点打中羊角才后知后觉地震惊一下，略为让步地往远处走一点儿。但是不一会儿，它们就慢慢走回来，站在距离张阿美五米远的地方，直勾勾地盯着她手中的可乐。

午饭做好了，首先端上来的是意大利面配土豆、洋葱、豌豆。阿里端着一大盘子香气四溢的炸鱼走过来。阿里和艾哈迈德再三声明，这种鱼很好吃。张阿美细心地问过鱼的名字后，顺理成章地给忘掉了。

当张阿美端起满是食物的盘子时，柱子后面露出一个不怀好意的黑黑的脑袋。"走开走开，小心我把你也吃掉！"张阿美轰着山羊。

为了拍摄美食，张阿美叫和文波帮忙举着盘子。阿里可能以为镜头拍不到他，所以充满慈爱地看着这边。

事后，张阿美得意地给阿里看相机里的照片。阿里追了大约三圈，就为让张阿美删掉这张丑图，理由是他没刮胡子，头发也乱糟糟的。

阿里说的也有道理，因为张阿美不止一次跟和文波悄悄念叨他的头发就跟山羊背上的毛一样卷曲凌乱，质感也非常接近。

艾哈迈德炸的鱼外焦里嫩，恰到好处，脆香的外皮咬下去会发出法棍皮一样的声音，以为会伤到上颚你就错了，里面是软弹的白肉，嚼起来，两种口感混在一起将香味拱到鼻腔，这就是新鲜的力量。

张阿美、和文波汗流浃背地大口吃着炸鱼。张阿美终于理解，为什么岛上的人很少养鸡了。

正狼吞虎咽间，刚才那只椋鸟就带着老大蹲到棚子里来要东西吃。看颜色应该是一公一母，只是哪是公的哪是母的，张阿美也傻傻地分不清。

正当张阿美为这两只椋鸟的厚颜无耻犯愁的时候，棚子外走过一个熟悉的身影，阿里一张熟悉又憔悴的丑脸……

张阿美感叹真是齐全啊，在瓦迪骚扰她们的几种动物重聚卡兰西亚！

看来只要在索科特拉岛，每次吃饭都不用担心剩饭剩菜的去向，要是给足动物们信任，甚至连锅碗都不用洗，山羊会舔得发光发亮。所以，当地人吃饭都很豪爽，不光是用手抓饭的问题，还随意地到处撒饭粒、丢大饼。以阿里为例，他方圆三米内的各种生物都能长得肥肥壮壮，除了他自己。

饭后，喂过"宠物"，和文波决定去泻湖泡泡澡。作为一个继续不下水的人，张阿美举着相机背着包，跟在她身后走向海滩。

阿里在出发前嘱咐和文波不要往水深的地方去。张阿美问："还有别的注意事项吗？"阿里摆摆手表示没有了，就继续收拾碗筷。

和文波看着牛奶般润泽的湖水，高兴地冲进去，朝着远方游去。张阿美站在岸边，决定拍点泻湖全貌的照片。

张阿美寻找拍摄角度的时候，从东边来了三个少年，手里提着一个小鸟，看样子是想搭话又不太好意思。

张阿美放下相机主动打招呼。三个少年超级高兴，但是又努力克制自己的神情，装作大人的样子，过来郑重地一一握手。

张阿美注意到，那只激萌的小鸟战战兢兢地躲在少年手臂上，好像见到生人很害怕的样子。

张阿美指指小鸟，问少年可不可以借给她玩一会儿。少年马上抓住小鸟，小心翼翼地放在张阿美胳膊上，生怕小鸟的爪子抓坏她一样。虽然少年不苟言笑，但所有的热情举动，都让张阿美觉得很可爱。

其实这不是普通小鸟，而是一只出身名门的隼，阿联酋土豪们玩的那种，如果得到很好的训练，每只都是身价百万。张阿美希望它能自由地长大，不用以优异的捕猎能力取悦任何人。

张阿美把相机递给少年，拜托他帮忙拍照。少年满脸严肃认真地拿着相机，有模有样地拍起来。

只有手掌大小的幼隼，瞪着一双乌溜溜的眼睛单纯地看着张阿美。它漂亮的头部，让人想起埃及的荷鲁斯神。

这时，阿里突然急匆匆地走过来，跟少年们匆匆打过招呼后，就让张阿美喊回和文波。

其实，和文波没有游多远，张阿美不明白阿里又一副催命鬼的样子所为何事。

阿里龇牙咧嘴地说："忘记告诉你们，那边水里有很多刺鳐，快让她回来，被蜇到就不好了。"阿里一串话说得行云流水，搞得好像英语就是他的母语一样。

刺鳐的刺有毒，足以致命。

张阿美抱着幼隼，转过身对着远方大喊起来。

此时，那个认真负责的少年还在选择不同角度猛拍张阿美，仿佛不喊停就会一直演下去的演员。事后，张阿美翻看了一下相机，在呼喊和文波的这段时间里，少年给她拍了几十张照片。

在远处游得正嗨的和文波被叫回来，一脸困惑地问发生了什么事儿。张阿美说水里可能有刺鳐。和文波露出恍然大悟的表情说："哦，刚才好像看到盘子状的鱼，我还奇怪是什么。"

看到被叫回来的和文波一脸的意犹未尽，阿里便叫艾哈迈德开车带她们绕到泻湖对面的高处。从这下去，又是一片几公里长的空无一人的白沙滩。这里就是卡兰西亚的标志性景观。

和文波再次兴高采烈地朝着泻湖跑去。张阿美和阿里挑了处略高的岩石坐下来，边拍照边等和文波。

阿里手中握着一把瘦瘦小小的瓜子，看起来就很难吃的样子，他却吃得津津有味，还分给张阿美一些。

张阿美吃了两颗，借口要摆弄相机，又把那些瓜子还给了他。

阿里竟没看出张阿美露出嫌弃的神色："一会儿你拍完我再给你。"

张阿美哼哼哈哈地点头应付着，装作认真拍照的样子。阿里继续噼里啪啦地嗑瓜子。

张阿美心想："那个小瓜子真的太难吃了，一点味道都没有，仁儿还特别小，感觉吃它纯粹就是为了活动嘴唇吐皮。以后再来的话，我要用一车皮的中国瓜子砸死你。"

阿里"噗噗"地吐着瓜子皮，突然一本正经地问："在北京生活的话，一个月赚多少钱够花？"

张阿美毫不走心地说："你问这个干什么？"

阿里转过头来，严肃地看着张阿美，嘴边沾满瓜子皮的样子十分滑稽："像我这样的，如果去北京能赚到房租吗？如果我找到工作，能不能在北京安定下来？"

张阿美一侧脸，盯着阿里："你不是最讨厌大城市的生活吗？昨晚是谁嘲笑我们生活好辛苦的？我都服输说我挺羡慕你们这儿的生活模式了，你还没完没了了。"

　　一片瓜子皮凄凉地从阿里嘴边飘落，但他的嘴并不孤独，还有三四片瓜子皮顽强地沾在那里。

　　阿里若有所思地瞪了张阿美一会儿，竟然没有接话茬吵下去，而是扭头安静地望着远处，不知道在想什么。

　　张阿美做好的打嘴仗准备落了个空，但她知道阿里接下来一定会习惯性地开始耍小孩脾气。

　　果然，阿里一下站起来，拍拍屁股说："该回去了，你快去把和文波叫回来。"

　　张阿美也早有准备地跟着站起来，一言不发地朝海滩走去。阿里走得很快，可以看出他有泄愤的意思。

　　不一会儿，阿里停下来，站在离张阿美十几米远的地方说："我先去做礼拜，你把她叫回来咱们就回营地。"

　　张阿美又一次朝远方大喊和文波，她正游得尽兴。张阿美趁和文波还没走到岸边，赶紧把相机镜头对准阿里，拍了几张"男模"图片。

　　轻柔的浪花缓缓地拍在沙滩上。阳光下，半透明的泻湖被染上了金属般耀眼的颜色。

　　做完礼拜的阿里看起来好像精神好了点儿，但还是走得很快。张阿美、和文波气喘吁吁地跟在他后面。

　　从这儿走回营地有一两公里，一路全是松软的沙土，很难借力。好不容易走到营地，张阿美回头一看，太阳又快速地藏到海平线下了，娇艳的玫红色、紫色和明度略低的蓝色在天上形成美丽的图画。

　　阿里在窝棚背后的地上铺好席子，艾哈迈德正在另一张席子上贤惠地做饭。阿里招呼张阿美、和文波在席子上休息一下喝点茶，晚饭之前可以先聊一会儿。

　　阿里把露营灯远远地放在席子的另一角："这样是不是不晃眼？"

　　张阿美悠闲地在席子上躺下来，两眼望天："没事儿，我往上面看就好多了。"

三个闲人瞎吹胡扯着。深蓝色的天空上飘着片片云朵，一弯新月渐有光华大盛的势头。一见云彩就犯愁的和文波不死心地问阿里，今夜是否可以看到银河。阿里说，想看银河估计得等到后半夜。

张阿美听阿里、和文波讨论银河的时候，突然觉得小腿被针扎了一下，她以为是神经搭错筋就没理，但不一会儿大腿上也出现了同样的刺痛感。

张阿美一下坐起来，掀开长袍看小腿，只见一个针眼细的红点，周边一圈粉红，大有越来越痛的趋势，那感觉就像有人拿着针先刺一下表皮，然后慢慢往里转着圈钻，钻到皮肉的深处再上下挑动。

阿里看过红点后判断，是大蚂蚁叮的包。阿里拿着灯在席子上找啊找，果然见到好几只大蚂蚁攻城略地一样朝着席子爬过来。

张阿美悲愤地捂着小腿又揉大腿，觉得可能是蚂蚁顺着长袍下面的开口一路爬上来才叮到的，突然，她感觉屁股也痛了一下。

阿里邪恶地笑笑："蚂蚁很幸运啦！"

张阿美痛得没心思跟阿里开玩笑。和文波贴心地掏出清凉油给张阿美涂抹，可惜大蚂蚁的毒只能自己慢慢消化，清凉油的药力是没法缓解的。

阿里用手拍蚂蚁，拍不走的就用糖罐压死，同时缺德地不停地说："这算什么啊，只不过是蚂蚁而已，你不要大惊小怪，蚂蚁跟大黑蝎子比起来可要好多了。"

张阿美坐直身子，欲哭无泪地四下寻找是不是还有蚂蚁爬过来。和文波穿着裤子，得以幸免于难。

阿里躺下来，一副"我们索科特拉岛人皮厚"的样子嘲笑张阿美。

突然，阿里一下跳起来，在张阿美、和文波惊诧的注视下低声嘟囔："我也被叮了，还挺疼的啦！"

张阿美暂时忘记大蚂蚁给予的疼痛，反嘲阿里的娇气。她很想幸灾乐祸地说："刚才不是还说我大惊小怪吗？你再躺一会儿试试啊！"

他们从席子上撤到旁边的沙土地上，傻乎乎地站着。蚂蚁们爬过来的原因好像不是糖罐，席子下可能压了一个蚂蚁洞。

他们把茶盘收走，全都跑到艾哈迈德做饭的席子上抱腿而坐，惴惴不安地担心这边也有蚂蚁。但看到艾哈迈德淡定做饭的样子，心想大概没事儿。

张阿美听说，当地人是不把这种蚂蚁称为蚂蚁的，而是叫奈梅尔，大概因为它们并不是素食主义者。如果捏破它，会闻到一股臭味，这是它与普通蚂蚁的显著区别。

吃过晚饭，原本打算直接睡在席子上的张阿美、和文波主动要求搭帐篷，至少帐篷里肯定不用担心大蚂蚁。若是蚊子包的话痒一痒也就算了，张阿美感觉，身上的蚂蚁包真是一动一痛啊！

阿里和艾哈迈德走向远处的洗手间，做小净准备礼拜。

早早陷入"困境"的和文波钻进帐篷躺下听歌。张阿美坐在帐篷外面，看着天上的明月，心想再多等一会儿，说不定银河就出来了。和文波在帐篷里说："现在月亮太亮，等后半夜的时候我出去看一下，要是有银河就把你叫起来。"

在这空旷无遮挡的露营地，月光落在身上，张阿美竟有被晒到的错觉。她静静地看着满天眨眼的星星，追逐着一片一片的云。明天就是在索科特拉岛的最后一天了，张阿美还真有些舍不得走。按计划，后天早上她们就要离开了。

阿里、艾哈迈德做完礼拜回来，道过晚安就钻进帐篷睡下了。

张阿美看看手表，时间也不过晚上 8 点，正当她琢磨着是现在进帐篷躺下还是再"晒"一会儿月亮时，一个细长的哺乳动物借着月色由远及近。

张阿美以为自己看错了，她仔细盯着那个方向看了一会儿，确认真的有个几十厘米长的毛茸茸的小家伙，正悄悄接近营地。它的腿特别短，长长的尾巴占去了身体的一半。

起先，张阿美以为是沙狐，再近一点儿的时候发现它的皮毛是灰色的，耳朵很小很小，尾巴上有一圈一圈黑白相间的圆环。在形象上，总体来说它就是一只腊肠版的小浣熊，但张阿美确认肯定不是小浣熊。

张阿美认为自己与它对视的样子，很像月色海滩瓜地里骤然相遇的闰土和猹。

"猹"见张阿美盯着它，迟疑了一下，然后继续前行。"可能是发现我项上并没有戴银圈。"张阿美在自娱自乐。

在离张阿美两米远的地方，"猹"停下来，四处搜索有没有食物的残渣。可惜，艾哈迈德收拾得很干净，早早就把垃圾袋锁在车里了。不一会儿，"猹"又绕到张阿美身后不到一米远的地方，不停地闻闻嗅嗅。

张阿美朝"猹"摆摆手小声说："这没吃的，你快走吧。""猹"似乎被张阿美的动作吓得愣住了，抬头诧异地看着。愣了几秒，"猹"又低下头继续寻找美食。"猹"这醉人的胆量让张阿美也没脾气了。

张阿美无心再看月亮，回帐篷老老实实躺下睡觉。

事后，当地人给张阿美发来索科特拉岛麝香猫的照片，她终于搞清楚"猹"的身份了。

麝香猫一般生活在椰枣树附近，白天是见不到的，它只在夜间活动，而且夜间也很少见，人们大有"寻隐者不遇"的遗憾。由于麝香猫非常珍贵，很多人会趁夜色设置陷阱捕捉，这也导致它非常怕人。张阿美算是比较幸运，曾如此近距离地看到它。

张阿美半夜正做梦的时候，和文波在帐篷外悄悄地叫她起床。张阿美迷迷糊糊地钻出来，按照和文波的指引朝天上看去。此时，月亮已经转到地球另一边去了，银河静静地霸占了整片深蓝色的天空，其繁复壮丽的美很难用语言来形容。

张阿美、和文波慌慌张张地想拿三脚架拍银河，却突然想起三脚架锁在车里了，要取出来只能把阿里他们叫醒。虽然平日经常互相开玩笑，但她们也不太好意思这样折腾人家，只好作罢。

张阿美、和文波围着一块毯子，悄然仰望着满天星斗。若视野中不包括地表的山水，那数不尽的星星似乎有将人吸走般的魔力。最后一晚露营终于看到了银河，也算了却了她们的一桩心事。

张阿美、和文波再次醒来，已是晨光熹微。她们在羊群的围观下洗漱聊天。阿里的眼圈越发黑起来，一副十分颓废的样子，来来回回收拾着帐篷。

张阿美、和文波过去帮阿里叠毯子，并问他怎么看起来这么憔悴。阿里先道了早安，才解释自己昨晚完全没睡好，大约只睡了三个小时。

张阿美惊讶地说："你8点多就钻进帐篷睡觉，又没有山羊来吵，怎么会睡不着啊？"

阿里的头发在晨风中愈显凌乱，他卷着帐篷，爱答不理地看看张阿美，没有回答。

艾哈迈德时刻都神采奕奕，他做好早饭高兴地说："今晚工作结束，就可以回家看老婆孩子了。"

看到艾哈迈德一副迫不及待回去见家人的样子，张阿美、和文波忍不住笑起来。结果，艾哈迈德递给张阿美、和文波一人一个盘子，她们顿时无语——每个盘子里有三个煎蛋。

在索科特拉岛鸡蛋全都靠本土运进来的情况下，艾哈迈德最后一天早晨把鸡蛋全煎了。更别提他还煮了芝士豆子泥加大饼红茶。张阿美感觉，自己吃完这顿饭，一辈子再也不想吃煎蛋了。

游玩的最后一天，张阿美、和文波在阿里的引领下，要从卡兰西亚坐船出海，去地图中红线标注的舒阿佩沙滩，这一路来回大约需要两小时。艾哈迈德会在卡兰西亚等待他们返程，然后开车回首府哈迪布。

如果单独来这里再包船去舒阿佩，需要花六七十美元，而阿里友情赠送了此次出海游。按照计划，张阿美、和文波当晚要住在第一晚住的索科特拉旅馆，第二天上午9点左右，阿里会送她们到机场离开索科特拉岛。

阿里似乎带着起床气一样的神情，颇显疲惫又情绪低迷。张阿美只当他昨晚没睡好在闹情绪。艾哈迈德把他们放在出海的小码头后，开车找地方歇息去了。

战火
——阻断回家的路

清早的码头，已经有很多渔民在忙碌。

阿里与码头上的几个人打招呼寒暄，其中一人拿来两件救生衣让张阿美、和文波穿上。一艘小船被拉到岸边，张阿美、和文波蹚着没到小腿的海水爬上去坐好。阿里跑到船头负责指引前进方向。船夫坐在船尾，他启动马达，小船便"突突突"地驶离海岸。

张阿美发现，在小船上，有一张郁闷的脸。那是阿里的脸，毫无喜色可言！

和文波高兴地四处张望。张阿美也难掩兴奋，虽然清早海水清澈程度没有艳阳高照时那么好看，但也免去暴晒之苦。

可能是错觉使然，张阿美感觉阿里有好几次回过头来看着她，表情很复杂。阿里发现张阿美也在盯着他，就扯着嘴角勉强挤出一丝笑容。

似乎是为了掩饰自己的情绪，阿里还做出电影《泰坦尼克号》中的经典动作："I am the king of the world（我是世界之王）！"然后，阿里陷入沉默，满脸严肃地朝远处望去。他很少这样既非高兴又非生气，俨然一副心事重重的样子。

没人知道，这个二十出头的大男孩儿，正在承受什么样的心理压力。

一只海豚优雅地跃出海面，张阿美、和文波的注意力被吸引，已无暇顾及阿里那张郁闷的脸和低落的情绪。一望无际的平静海面，突然被一只海豚打破，那真是再夺人眼球不过！阿里回头招呼船夫停下马达，任小船静静漂着。

有了第一只海豚的优雅一跃，其他海豚便像得到号令一样，纷纷露出尖尖的背鳍。顿时，小船附近的海面就像煮沸了一样热闹。海豚是一种极具智慧又很爱表现的动物，当它们发现自己被欣赏的时候，便憋不住要耍几个花样，让人们惊叹一下。

和文波见到这么多海豚，高兴得手舞足蹈，不停地抓着张阿美看这儿看那儿。而张阿美则忙于朝各个方向狂按快门。

阿里见她们这样开心，回头强颜欢笑地说："你们很幸运！"

和文波难得大声地回答："对，我们很幸运！"

一时间，海面上像同时有几千个老头在浮水。是的，海豚大喘气的声音，听起来就像北京后海游泳的老头，"噗哈"一声潜下去，再"噗哈"一声跃出来，跟它们流线型发亮的优雅身体，形成强烈的反差。

上千只海豚乘风破浪，尽情地宣示着这片海域的主权。"而我们不过是一叶扁舟上的过客，此生能在这里撷取属于我们的一瞬，也非常满足了。"张阿美陶醉了。

小船漂过那片海豚猎食区。张阿美给相机更换电池时一抬头，发现阿里又意味深长地看过来。

一块巨大的岩石在海平面上横空出世。岩石大得吓人，似乎在有意阻挡小船的去路。瘦小的阿里默默转回头，似乎他心里的压力化为那块巨石，隐隐要将他压垮。

小船绕过岩石。海水透明度极高，发出幽蓝的光芒。两侧的山岩呈暖赭色，加上被风被水侵蚀过的一层层柔软线条，再次让张阿美想到火龙曾在这里喷吐熔岩。

海鸟们悠闲地歇在石头上，小船从旁边经过，也未引起它们恐慌。

前方又是一块巨石，矗立在离岸几米远的海水中。巨石的体量，让张阿美想起苏轼的《石钟山记》："舟回至两山间，将入港口，有大石当中流，可坐百人……"

张阿美、和文波都被不远处出现的一个小小洞穴吸引。阿里忙叫船夫掉转船头，朝着洞穴开过去。

洞穴上方的石壁被海水映得蓝汪汪的。火热颜色的山岩与冰蓝颜色的海水，形成强烈的冷暖色差。而清透无比的海水中，随时可见匆忙爬过的小螃蟹和五颜六色的小鱼。洞穴里面竟然有一张平整的石桌。

"要是凑上前几天在都格波洞穴里看见的那些石杯石碗，孙大圣都可以在这里召开会议并聚餐了。"张阿美思绪飞扬。

抵达目的地，四下空无一人。船夫与阿里合力将小船推到岸边。张阿美、和文波慢慢地从船上跳到这片仿佛被世界遗忘的沙滩上。这里只有大海的声音，再也听不到任何嘈杂之声。

阿里让张阿美、和文波在附近转转。他一个人走到僻静处坐下，双手抱膝望着远方沉默无语。其实阿里的这些变化，张阿美、和文波当时如果多留意一下就会看出来。虽然心中有些许疑问，但她们的注意力早被吸引走了，周围的景色实在太美了。

和文波捡起被海水冲刷得浑圆的小石子给张阿美看，并遗憾地拿着几个美丽的螺壳叹气："要是能带回去就好了。"

是啊，这可是索科特拉岛的信物，谁不想带走两个呢？可按照海关规定，这是绝不可以的。

"在身上带几天玩玩吧，临走的时候再留在岛上。"张阿美说完，顺手把螺壳连同石子揣进兜里。

海边有一片石头，被海水雕琢得凹凸不平，但韵律感十足，暖黄色的石面与冰蓝色的海水相得益彰。

玩耍不多时，阿里就招呼张阿美、和文波回去。

阿里没有继续坐在船头，而是与船夫一起坐在船尾。这样，张阿美、和文波的视野毫无遮挡，她们再次欣赏刚才来时看到的景致，竟然感觉还像第一次看见一样新鲜。

回到码头，艾哈迈德早就在那里等候。张阿美、和文波又费劲地从小船上跳下来。一群晒得像非洲人一样的孩子，嘻嘻哈哈地围上来，仰着小脸看着她们笑。刺眼的阳光下，那一口口雪白的牙齿，从此停留在张阿美偶尔缺失的记忆中，像木刻版画一样线条明朗。

越野车向着哈迪布的方向开去。

张阿美、和文波回味着早上的欢乐，为即将到来的离别而渐渐有些小伤感。

阿里莫名其妙地多了很多电话，大约平均每5分钟就要打出或接到一通，听起来他的语气并不愉快。"前几天露营，他的手机没信号，现在骤然有了信号，自然多了很多业务上的通话。"张阿美合情合理地猜测着。

大约一小时后，越野车再次驶入哈迪布那简陋又尘土飞扬的街道上。

阿里让艾哈迈德把车停在城里最豪华的水果摊旁边，他说要给张阿美、和文波买水果。

张阿美、和文波对视了一下，迅速掏出钱递给阿里，可他笑着看了她们一眼，没接。

阿里下了车，艾哈迈德用肢体语言告诉她们："不要考虑钱的事儿。"

水果摊上的水果全都来自也门本土或阿联酋，每日由货船送来。阿里瘦小的身体站在摊位前，跟摊主打着招呼。

阿里上车后，扭头告诉张阿美、和文波："今天哈迪布停电了。"

晚上本该回索科特拉旅馆，但被阿里临时更换为郊外的一处度假村。张阿美、和文波没在意，只知道抓着阿里问度假村有没有 Wi-Fi，得到否定的回答后，她们失落地低下头。

阿里难得和蔼地安慰她们，并再三保证度假村的条件很好，不仅临近大海，而且"食物非常好吃啦"。

"想想明天就要走了，在哪将就不成一晚呢？只不过无法上网而已，到迪拜就可以尽情地上网了。"张阿美、和文波一开导自己，迅速抛弃失落情绪，但她们完全没注意到阿里心事重重的表情。

度假村在哈迪布东边靠海的地方，房子全是用棕榈树搭建而成。进院子之前，阿里告诉张阿美、和文波，度假村全靠太阳能板自主发电。张阿美往院子里一看，果然有块乒乓球桌大小的板子斜立在地上。

一个活泼的胖子笑呵呵地从大堂"跳"到张阿美、和文波面前，自带喜感地做自我介绍，他是这里的老板阿卜杜拉。

张阿美发现，阿卜杜拉的身材比艾哈迈德还要圆一圈。阿卜杜拉引领着大家往里走，边走边介绍。

当阿卜杜拉和艾哈迈德不经意地并排走时，阿里马上指着他们小声说："有其父必有其子。"

张阿美十分配合地捂着嘴偷笑起来，心里却又抱怨起这里没有 Wi-Fi。

索科特拉岛的一切旅游设施，都因为物资匮乏而稍显简陋。例如这个听起来高大上的度假村，其实只是用铁丝网围起来的大院子。

院子里长满椰枣树，几步远便是一个小小的棕榈屋，屋内只有大床和蚊帐。每个屋子门口都放着垃圾桶，地面上铺满碎石，并用不同大小的石子做出路标指引方向。

露营三天，这里对于张阿美、和文波来说，档次已经很高了。换种说法就是经过几天的岛上生活，她们对物质的要求降低了不少。

阿卜杜拉笑眯眯地抖着圆圆的大肚子，问午饭想吃点啥。阿里机灵地抢上一步，代张阿美、和文波回答要意大利面。阿卜杜拉便定下了通心粉。

张阿美、和文波把行李箱放在选好的棕榈屋里。

阿里抱着胳膊对张阿美说，他要回家去跟家人吃午饭，就不在这里作陪了，等下午 3 点会过来看望她们。

阿里盯着张阿美的眼睛再三问："怎么样，自己吃饭 OK 啦？确定？"

张阿美比出"OK"的手势："你快回去吧，好几天没见家人了，代我们问好。"

阿里露出"哎呀，孩子终于懂事了"的表情，笑呵呵地看看张阿美、和文波，转身跳上车。艾哈迈德因为马上要见到老婆孩子了，欢脱得整个肥胖的身子都轻盈了许多。

张阿美、和文波坐在小屋的榻榻米状双人床上，吃着水果喝着热茶。她们纠结着没有网络，聊着这几天印象比较深刻的片段，俨然一副"明天就要离开"的样子。这时，阿卜杜拉突然圆滚滚地闪身出现："女士们，你们的午饭好了，快到前面大堂去吃。"

大堂就是一个同样用棕榈树搭起来的屋子，只是面积较大，四面通风。张阿美、和文波讪笑着走进去，向里面坐着的人点点头。那些人见她们要在这儿吃饭，便悄悄地起身出去了。

不久，阿卜杜拉端着大盘食物走进来。阿卜杜拉让张阿美、和文波多吃一些，有什么需要尽管叫他，然后也退了出去。

张阿美、和文波坐在凉爽的大堂内，放松地大吃起来。阿里所言不虚，这里的饭菜口味绝对是张阿美、和文波在岛上吃过的最好的一顿。通心粉的层次感鲜明，不像别的饭馆做饭菜，咸的就是咸的，甜的就是甜的，毫不用心思。

张阿美发挥出到岛上以来的最强战斗力，吃了好几盘通心粉才肯罢休，加上刚刚煎好的鹦鹉鱼，她简直撑得死去活来。

阿卜杜拉跑来问味道如何，张阿美、和文波大加赞扬一番。张阿美指着剩下的通心粉说："这些不要给别人，藏起来晚上我继续吃。"阿卜杜拉依旧满面笑容地应承着，让她们回屋休息一下。

张阿美、和文波去度假村宽敞的洗手间舒舒服服地洗了个澡，然后慢悠悠地各自将脏衣服洗干净，趁着天气正好，挂在院子中长长的晾衣绳上。和文波困意又来了，她倒在床上似睡非睡地跟张阿美聊着天，一会儿就彻底进入梦乡。

张阿美走出屋子，借着穿梭在椰枣树中的小风，梳起湿头发。她的头发太长，只能慢慢风干。

前面大堂里有个说话声有些耳熟，那由于牙齿太突出而频频漏风的口音听起来很像阿里。

张阿美悄悄地往前走，从两个屋子夹缝中看到一个瘦小的身影。在下午阳光的照耀下，一头卷卷的乱发衬着铲子牙，那不是阿里又能是谁呢？

阿里冲张阿美招招手，等她走到跟前先问下午好，然后郑重地说："我有事儿要跟你谈一下。"

夕阳西下，大堂前面悠闲地坐着度假村的服务人员。

直到事情过去很久，张阿美依然清晰地记得阿里年轻脸上那不相称的眉头紧皱的表情。阿里背着手走了几步，坐在院子的台阶上。张阿美在阿里旁边坐下，十分疑惑地看着他。

院子前门面朝大海。海风肆意，把张阿美刚刚梳理整齐的头发吹得乱窜。

阿里朝小屋的方向看看："和文波去哪儿了？"

张阿美说她睡着了。

阿里点点头，双手环抱着膝盖，两只脚交叉支在地上。他用前所未有的正经表情说："你们明天可能走不了了。"张阿美一愣，再看阿里的表情，不像在开玩笑的样子。

不等张阿美发问，阿里接着说："前几天沙特带着多国部队对萨那进行轰炸，我也是今天才知道的，你明白这意味着什么吗？战争开始了！现在沙特控制了这片区域的领空，没有得到允许，任何民航飞机都不可以运营。你们明天回程的飞机大概不会来了，懂吗？"

阿里所说的轰炸，是 2015 年 3 月，沙特领衔的多国联军对也门反政府武装——胡塞武装发起的代号为"果断风暴"的军事行动。

此时，满天出现醉人的红霞。张阿美看着天边烈焰般的云彩，稍稍有些走神。

阿里伸手扒拉扒拉呆坐的张阿美："现在还有一个办法，记不记得前几天我们在迪夏姆停留时，有位阿布扎比的王子在那里露营？好消息是明天王子的私人飞机会过来接他，如果得到允许，你们就能跟着去阿联酋，但不知道他们会不会同意。你先别急，岛上还有好几个外国游客，我们这些向导会集合起来跟省长请愿，让他去跟王子讲一下。"

张阿美理了理纷飞的头发说："不知道信用卡额度够不够在阿联酋血拼。"

阿里被张阿美无厘头的话搞得一愣，用手背打了她一下："真够没心没肺的。你告诉我，刚才我说的情况你懂了没有？"

张阿美点点头："我明白，只是不想表现得太慌张。"

阿里被阳光晃得眯起眼。他沉吟了一会儿，又转向张阿美："计划是这样的，今晚我先去找省长谈。得到王子同意后，你要去面见他，我不管你用什么样的功夫拍马屁，这个马屁你一定要狠狠地拍，并且还要拍对地方。"

张阿美被"拍马屁"一词逗乐了："怎么拍？跪下亲王子的脚背吗？"

阿里一脸理所当然的表情，他提高声音说："当然！不仅要亲脚背，还要用你最诚恳的语气求他帮忙。阿拉伯有钱人最喜欢被别人跪求，你越是表现得可怜，他越有可能答应。"

在阿里的言传声中，张阿美不禁想起也门传统的晚辈对长辈吻膝盖吻脚的礼节。

阿里继续交代："你要礼貌地说'王子殿下'……"

张阿美没想到，为了明天的飞机还得向王子下跪，她打断阿里："你别担心，今晚你让我怎么演我就怎么演，导演不喊停，演员绝不停戏。"

这回轮到阿里被张阿美逗乐了，他努力地用上嘴唇包住露出来的铲子牙，脑袋歪向一边。

片刻，阿里扭回头，用赞赏的眼光看着张阿美："你知道吗？遇上这种事才能看出一个人是不是有胆量，我本来以为你会被吓得又哭又闹，谁知你竟然这么云淡风轻。"

张阿美也是没办法："和文波毕竟是第一次来中东世界，她本来就对这趟旅行表现得小心翼翼，现在出了这么大的事儿，我如果先慌起来，那就彻底乱了阵脚。"

阿里担心地朝她们住的小屋那边看了看，压低声音嘱咐张阿美："先别告诉和文波。"

张阿美突然想到，也门本土打起来的话，会不会影响到索科特拉岛呢？

听到张阿美的忧虑，阿里叹口气，却非常淡定，他一字一顿地说："那又有什么办法呢？我们是也门人，国家一直不太平。你不要担心，如果有朝一日真的有人侵略索科特拉岛，先踏过我们的尸体再说。"

听上去，阿里的话很像电影里才会有的对白。也门局势严峻，他却用拉家常的方式平静地表达出来。

夕阳下，平添了些许伤感。

张阿美一时不知道说些什么好。阿里打破沉默，领着张阿美走到越野车后面打开后备厢，里面躺着两只硕大的龙虾。阿里告诉张阿美，龙虾是用来做借口的，她一会儿可以对和文波说要出门买龙虾。阿里的真实意图是，他和张阿美一起离开度假村，去哈迪布市区看看到底如何离开。

两只龙虾7000里亚尔。"钱又没花出去，从这个时候开始，阿里已经在投喂我们了。"张阿美感叹。

阿里说："龙虾就留在度假村，如果我们不能按时回来，就叫阿卜杜拉先做给和文波吃，应付一会儿是一会儿。"

阿里去跟阿卜杜拉安排做龙虾的事儿。

张阿美回到小屋，和文波被吵醒后问是不是阿里过来了。张阿美背冲着她坐在床上，有一句没一句地答应着。

这个时候，张阿美还没有开始真担心明天是否可以顺利飞走，而是被阿里最后的两句话搞得非常难过。岛上已经很贫穷了，正如她们这几天所见，这里不仅时常电力供应不足，各种物资也都非常匮乏，全靠货船从外地运送过来。

阿里每次递过来的饼干，张阿美一口都不吃，原因就是太难吃了，即使在中国的小县城，也找不到这么难吃的饼干。而阿里和艾哈迈德都吃得满嘴掉着渣，很开心。

如此贫穷的岛屿，每年还有好几个月遭受季风的摧残，现在又遇上战乱，张阿美先知先觉地感到，以后物资的运送很成问题。

想到那句坚定的"如果有朝一日真的有人侵略索科特拉岛，先踏过我们的尸体再说"，张阿美鼻子抽了几下，竟忍不住哭起来。

和文波不明就里，在身后笑了笑，安慰起张阿美。

对于自己的哭泣，张阿美给和文波的解释是："明天就要离开这里了，好舍不得。"

张阿美撇着嘴哭了几分钟，擦擦眼泪舒了口气，把阿里交代好的谎言向和文波重复了一遍，然后照照镜子看形象是否高大上。她走到大堂叫上阿里，一起坐车离开度假村。

没有路灯的路上，张阿美感觉很压抑。

张阿美坐在越野车后座，不安地望着远处黑色的大海出神。黑色，让张阿美心里更加压抑。

阿里坐在副驾驶上，跟他正在驾驶越野车的哥哥艾哈迈德聊天。司机艾哈迈德晚上在家陪老婆孩子，司机换成阿里的亲哥哥，虽然换了人，但名字却一样，还是叫艾哈迈德。

阿里多次回头给张阿美讲戏，包括一会儿如果见到省长要表现出焦虑和理直气壮的问责样子，如果见到王子要泪流满面情绪崩溃等。

张阿美觉得阿里导演的戏有点太夸张。但阿里坚持要张阿美夸张地表演，因为"省长要是不被逼到一定份上，是不会好好给你办事的"。

回到哈迪布，到处灯火通明，人们还像往常一样，开店的开店，聊天的聊天。

"就算是全都有自己的发电机，也不会这么亮堂吧？"张阿美悄悄琢磨着，不过也没问阿里。张阿美事后分析，可能是阿里怕她们回到有 Wi-Fi 的旅馆看到战乱的消息慌乱起来，所以才找了个停电的借口把她们送到度假村。

越野车停在索科特拉岛唯一的大学校园外，对面的一栋三层小楼，是省长的办公室。阿里叫张阿美在越野车上等候，他先去找省长申明情况。虽然是晚上，但车里还是很热的。张阿美把胳膊架在车窗上，拿起相机拍街景，用来打发等待的寂寞时光。

一些当地人在街上闲逛、溜达，他们每次路过越野车旁，都会好奇地看张阿美两眼。张阿美收起相机，心乱如麻地坐好，看看前面无言的哥哥艾哈迈德，觉得应该说点什么打破一下沉闷气氛。于是，张阿美掏出口香糖递过去，顺便闲聊几句。

哥哥艾哈迈德十分腼腆，他不好意思地先表示自己英语很不好，然后才开始有一搭没一搭地聊着。

时间一点一点地流逝。张阿美看见小楼下面聚集了不少人，好像都是这几天见过的一些向导。阿里下楼后，在门口跟这些人大声地聊着什么。

大约等了一个半小时，哥哥艾哈迈德回头问张阿美："你的朋友在度假村会不会等得着急啊？"

他问的问题正是张阿美担心的。其实，张阿美匆忙跟阿里出来"买龙虾"的时候，和文波也兴致勃勃地想一起来买，他们随意编了一段谎话搪塞过去，就急忙跑掉了。

张阿美感觉，已经出来这么久，美丽的谎言很快就要撑不住了。

阿里终于走过来，他趴在车窗上同情地看着张阿美："现在省长去跟王子的秘书谈话，我们可能还要等一段时间。热不热？我叫我哥开车带咱们凉快一下。"

张阿美擦擦鼻子上沁出的汗珠："现在我终于搞清楚一件事儿。"

阿里奇怪地问什么事儿。张阿美说："你这车子是真的没空调啊。"

阿里白了张阿美一眼，跳上副驾驶一声令下，哥哥艾哈迈德便发动了车，绕着城跑起来……

兜了一圈风回来，阿里让张阿美接着等候，他自己跑到楼里去问。

大约半个小时，阿里一脸怒气冲冲地回来，用力拍了下车窗："省长说今晚找他的人太多忙不过来，而且这么晚了，王子也要休息，他就不接见外国游客了。"过了一会儿，阿里依然怒气难消，"要他们当官的办点事儿，非得拖到第二天！"

张阿美见阿里气成这样，十分委婉地劝他："你别生气，反正明天王子肯定要从机场走，我们都去机场跪求，碍于面子，他应该不会那么狠心吧？你别生气。"

张阿美并不着急，她感觉十来口子外国人跑去机场恳求堂堂王子殿下，他肯定不会拒绝。张阿美甚至觉得明天绝对能走，她只是担心阿联酋落地签证该怎么办理而已。

阿里叹口气，叫哥哥艾哈迈德送张阿美回度假村休息并跟和文波摊牌。

阿里留下来继续等消息，如果有新的动向，他会立刻打电话叫哥哥接上张阿美、和文波进城。

回到度假村，张阿美小心翼翼地走进屋子。和文波正愁眉不展地坐在床上，她见张阿美这么久都没回来，还以为被阿里抓走卖掉了。

张阿美拉着和文波，走到大堂前面的平地坐下。在等候龙虾的间隙，张阿美将事情原委一五一十地告诉了和文波。

这时，澳洲夫妇和一位瑞士大叔都坐在旁边，他们也被自己的向导送到这里住。张阿美、和文波从他们那里得到的消息是，绝对不会有民航飞机了，想走只能靠王子，或者自己找船。

和文波从开始的担心变成后来的忧郁。很显然，这突如其来的消息让她有些措手不及。

几个男孩端来刚刚做好的白灼大龙虾，又添了热茶、大饼、配菜后，悄悄退下。张阿美招呼哥哥艾哈迈德一起吃，他有些腼腆地推托了几句，便坐下帮她们拆龙虾。

和文波虽然手在动，嘴在嚼，却丝毫不见愉悦的表情，目光呆滞地望着盘子一言不发。

张阿美一边吃一边乐观地将搭乘王子私人飞机的计划说给和文波听，希望能让她感到有些希望。哥哥艾哈迈德虽然不怎么会说英语，但也试着去安慰和文波。

巨大的虾肉像馒头一样，在壳里热气腾腾。这大概是张阿美第一次用手撕扯龙虾往嘴里塞。她感觉虾肉入口非常鲜甜，也非常噎得慌。此刻，张阿美多么希望老天能赐给她一瓶海鲜酱油，蘸着吃也不至于浪费虾肉。

哥哥艾哈迈德只吃了一点儿，摆摆手表示饱了。

和文波边吃边默默掉眼泪。

张阿美"突突"了一会儿豪言壮语，终于觉得自己也吃不下多少，只好坐在一边喝茶。张阿美也不知道明天会有什么样的情况发生，与其说是她在安慰和文波，不如说是在自言自语地倒腾车轱辘话。和文波擦着眼泪暗自神伤，估计也是一个耳朵听一个耳朵冒。

哥哥艾哈迈德的电话响了，他开车匆匆离去，很快把阿里接了回来。阿里看到和文波的样子，就知道张阿美已经把实情告诉她了。于是，阿里拉着和文波好一顿安慰。

阿里正色地对张阿美说："今夜大概不会有什么新情况，外国游客基本已经知晓了，大家都做好了去机场等王子的准备。你们早些休息，明早我6点左右到这里跟你们吃早饭，咱们7点多就出发。"

此时已是晚上11点多，阿里和哥哥艾哈迈德为了联系省长，已经跑了好几个小时。尤其是阿里，还白白等了那么久。张阿美看出阿里有些疲惫，便催促他们赶紧回去睡觉。

送走阿里兄弟俩，张阿美又跟澳洲夫妇、瑞士大叔闲聊了一会儿。

大家情绪都比较稳定，和文波也早就不哭了。

她们在棕榈屋昏暗的灯光下收拾起行李来。毕竟，明天走的可能性还是很大的。张阿美甚至可惜，自己准备了一晚上的眼泪和膝盖都没在王子面前派上用场，导演阿里真是不靠谱啊！

求助
——王子的私人飞机飞走了

3月28日，是张阿美、和文波原计划返程的日子。但现在，一切变得都不确定起来。

张阿美、和文波早晨5点多就起来了。她们再次检查行李是否有遗漏，到大堂前面的空地上坐等阿里。度假村的小男孩儿看见张阿美、和文波拎着水果，立刻帮忙拿去清洗。

苹果、橘子切开放在盘子里，细细的胡萝卜泡在水盆中，热茶与清晨的海风相伴……若不是返程的飞机没有着落，这一切是多么美好啊。

瑞士大叔和澳洲夫妇也很早就坐在这里等候。打过招呼，张阿美邀请他们一起吃水果，并不可避免地聊起当天的行程计划。来自三个国家的游客，用各自的方式表达着如何将随性进行到底。

不过，虽然大家表面上笑谈国际政事，私下却暗暗较着劲儿，看谁的向导最先来。阿里为张阿美、和文波赢得了面子，早上他不到6点就带着哥哥艾哈迈德和圆滚滚的艾哈迈德出现在院门口。

在灿烂的朝阳中，他们推开院门，以气吞山河、指点乾坤的姿态走进来，颇有些赌神高进带着龙五和小刀进赌场的气势。他们礼貌地问了早安，又向在座的各国游客点点头。

张阿美嚼着胡萝卜，得意地瞟着瑞士大叔和澳洲夫妇，心想还是我们的向导给力。

阿里带着张阿美、和文波走进大堂。整个度假村的服务人员都待在里面，看着挂在高处的电视大声地聊着什么。

张阿美也顺势看了看，电视里正播放着也门首都萨那被轰炸的场景，主持人用严肃而急切的语气播报着战况：

萨那是伊斯兰历史名城，是人类最早定居地之一，据说诺亚的长子闪就曾在此地定居。关于萨那最早的历史记载可追溯到公元 1 世纪，公元 6 世纪希米亚里特王朝曾定都萨那。历史上，萨那曾是阿拉伯半岛的交通枢纽，商贾云集。萨那曾先后受阿拉伯波斯和奥斯曼土耳其帝国统治。由于战争和自然灾难，萨那城多次遭到毁坏，也曾多次重建。1962 年也门革命成功后，定萨那为北也门首都。1990 年 5 月，萨那成为南北也门统一后的也门共和国首都。

萨那保留有许多历史古迹，比如著名的萨那老城、也门门、叶海亚王宫等，其中萨那老城被联合国教科文组织列入世界文化遗产名录。而目前，萨那正陷入战火之中，文化遗产岌岌可危……

阿里在旁边，将电视新闻翻译给张阿美听。

看完新闻，张阿美才意识到事情好像比想象的要严重得多，一种不祥的预感涌上心头，今天怕是没那么容易走了。

哥哥艾哈迈德与司机艾哈迈德围坐在张阿美、和文波旁边，服务员端上来几个大盘子，其中一个装满大饼，另有茶水盘与调料盘。阿里招呼张阿美、和文波快吃，而他自己只矜持地吃了一点儿就搓搓手停下。

司机艾哈迈德豪放地拿着大饼猛吃，渣子掉了满地，蜂蜜也滴在衣服上。这一顿，他吃得如流星赶月、风卷残云，并喝了六七杯奶茶。这是张阿美第一次见他吃得如此狼吞虎咽，感觉他很有些天蓬元帅在高老庄现出真身的感觉，也终于知道他一身膘是怎么囤积起来的了。

张阿美大张着嘴巴光顾欣赏他出神入化的吃法，自己竟没吃几口。

不到8点，张阿美、和文波已经连人带旅行箱一块上了车。驾驶位和副驾驶位被两个艾哈迈德填满了。阿里跑到后座跟张阿美、和文波挤在一起。

越野车快速朝机场开去。一路上大家有说有笑，好像此行是再平常不过的送机。

张阿美、和文波不时扭头朝着路边半透明的大海发出乐观的感叹："今天可能是最后一次欣赏这美好的海景了吧。"

张阿美、和文波突然想到，此行她们什么纪念品也没买。当地人围的阿拉伯三角头巾和男人们颜色各异的大裙子，最激发人的购物冲动，可惜她们已经没时间了。

张阿美从车窗外收回目光，下意识地看着不聊天就严肃瞪着前方的阿里，感觉他脖子上围的那条脏围巾就挺好，虽然磨得有点起球。

阿里在谴责了张阿美没心没肺的抢围巾邪念后，又聊起今天求王子的事："过一会儿，我们所有向导都会聚集在机场大门口，王子到了，先替你们恳求他帮助，然后我们会把头巾扯下来当着他的面扔在地上。"

张阿美不解地问："你们这是干什么？"

阿里回答："在阿拉伯传统文化中，若男性摘下头巾扔在地上，表示有求于人并希望得到帮助。而一旦做出这个举动，对方十有八九是不会拒绝的。"

与阿里所说的扔头巾一样，摘帽子请求也是也门的一种传统礼仪。摘帽表示被请求者一定要答应。例如，当邀请做客时，主人把帽子摘下来，表示被邀请者非去不可。在也门，扔围巾与摘帽子有异曲同工之功效。

张阿美恍然大悟地点点头，转身翻译给和文波。她们感叹又长了知识，而阿里也顺理成章地保住了他的围巾。不过，阿里今天的一身搭配让人非常摸不着头脑，脖子上围着一条以粉红为主色的围巾，穿一件粉绿色的衬衫，裙子却是白色方格的。

8点左右，越野车驶入索科特拉岛袖珍机场。

张阿美越是靠近这里心中就越有些不舒服，她一直不喜欢火车站、机场这一类的地方。当年在老家赤峰，张阿美每次出门求学时与父母在车站分别，都留下深深的情感阴影，那种不舍与无奈次次都让她难过许久。

此后，张阿美每逢出国，回程都要在各国机场难受一次，当然，这种难受无法与家人分别的情感相提并论。可随着年龄的增长，张阿美那层看似坚硬的心灵之壳，总会在任意一次别离中瞬间坍塌，仿佛自己并非成熟世故的大人，依然是个兜不住眼泪的小孩儿。

虽然看过早间新闻有些担心，但张阿美还是心存侥幸，觉得可能只是需要费一番周折才能登上飞机，所以她面对机场发出一些诸如"大概是最后一面"的感慨。她们来得比较早，机场只有一个独行的英国人与他的向导坐在车中等候。

艾哈迈德将越野车停下，哥哥艾哈迈德就自觉地下车找人聊天去了。阿里与艾哈迈德有说有笑，张阿美、和文波闲扯乱聊。张阿美见阿里聊得特别来兴致，无形中感觉自己"大概是最后一面"的想法有些受到鼓舞。

可阿里未免笑得也太开心了，一口铲子牙彻底暴露出来，眼角的鱼尾纹纤毫毕现，如何让人相信他才24岁？张阿美刚才受到的鼓舞，似乎被这个笑容吓丢了一些。张阿美突然想到，阿里食量那么小，是不是也跟他的铲子牙有关？

不到半小时，滞留在索科特拉岛的大部分外国游客陆续抵达机场。见一辆辆车开过来，张阿美莫名地焦虑起来。

首先到达的是一个钓鱼爱好者团队，他们来自不同国家。为了获取索科特拉岛的大鱼，他们在网上约好后聚集在这里，已经悠闲自得地玩了两个星期。所有人都穿着相同主题的T恤，上面写着"我爱钓鱼"。领队是一个梳着马尾辫的意大利人，他的精神状态略微有些奇怪，很有荒野求生后的亢奋。

瑞士大叔和澳洲夫妇也赶来了。他们跟张阿美、和文波打了声招呼，就跟钓鱼团队凑在一处打听情况。张阿美本来也想凑过去问问情况，但她实在是受不了太阳火辣辣的暴晒。

阿里叫张阿美、和文波先等一会儿，他去跟其他向导一起商量如何面见王子。

西方游客站在太阳下，无所畏惧地晒着聊着。张阿美、和文波躲在机场大楼下的阴凉里，琢磨着买些饮料补充水分。

张阿美迎着耀眼的阳光望去，可见远山深深浅浅如黛，却不见近处有水如烟。她开始后悔忘了提前把墨镜从旅行箱里翻出来。

两个穿迷彩服的人背着枪经过，其中一位四五十岁的大叔，冲着正在擦汗的张阿美点了点头表示问候。

可能是看张阿美、和文波在外面站着太可怜，不出十分钟，大叔就打开了机场主楼的大门，冲她们打手势。张阿美、和文波谢过他，走了进去。张阿美发现，门口有一部形同虚设的安检机，用于盛放受检物品的工具竟然是一个个脸盆。

主楼里因为空间较大，又有风扇，格外凉快。张阿美、和文波抱着背包坐在塑料椅子上歇息。其他游客也陆续走进来，各自找了座位坐下。

和文波发现，有位戴墨镜的亚洲脸中年人，孤零零地坐在后面椅子上，看装束有些像韩国人。他一脸"我不太想说话"的表情，让人望而却步。本来，张阿美、和文波还想凑过去，试探一下他是不是自己的同胞。

机场张贴着也门总统阿卜杜·拉布·曼苏尔·哈迪的巨幅照片。张阿美、和文波跟前后座的各国游客随意寒暄了下，看得出大家也没什么别的办法，只能干等。

阿里提着几瓶冰镇饮料走过来，放在张阿美、和文波脚边。"王子还没有到，先喝点水耐心等待。"阿里说。张阿美指着他的围巾不甘心地问："能不能拿来当纪念品？"阿里白了张阿美一眼。

阿里又出去了，他跟向导们继续在太阳下晒着讨论着。

张阿美、和文波有点过意不去地打开饮料喝起来，还发现袋子底下装了两个本土士力架。由于之前吃过阿里给的难吃的饼干和难吃的瓜子，张阿美对吃士力架持保守态度。

喜好甜品的和文波勇敢地拆开士力架吃起来，不一会儿便露出痛苦的表情："甜得齁死人啊。"张阿美拧开一瓶矿泉水递过去，和文波吃一口要喝三口才能略微中和一些。

因为还没有购买任何纪念品，张阿美、和文波中途跑去外面的小卖部试图换点硬币。

也门的 20 里亚尔硬币，背面有一棵龙血树，虽不值钱，但对于此次旅行而言倒很有纪念意义和收藏价值。

小卖部老板却说他手里没有硬币，她们失望而归："难道这次真的什么都无法带走了吗？"

机场里的当地人渐渐多起来。王子的先头部队已经到达。

因为没有兑换到龙血树硬币，张阿美、和文波盯着来往男人们穿的各色花裙子打起主意："裙子也挺别致的，要是能带走一两条的话……"

张阿美抬头，努力往远处阿里的方向看了看。

今天，阿里穿的那条白裙子只有一些单调的方格，而其他人有绿色蟒蛇纹、紫色小豹纹、蓝色腰果花纹以及黑色鱼尾纹，每一条都好好看啊！

张阿美、和文波讨论了一下出钱让男人当众脱裙子的可能性，然后郑重地觉得这样做可能会挨揍。

几个穿着典型阿拉伯白色长袍的人，指挥着一些便装男推机场里的行李车。

一个又一个大冰箱，被放在行李车上推向停机坪。游客们停止闲聊，好奇地朝门口望去。张阿美数了数，有十来个冰箱，看来王子海钓似乎收获不错。又见一车一车的各种野营器具被推进来，一看就很值钱的样子。

那些钓鱼爱好者露出十分懂行的表情，低声议论着。

一群当地人簇拥着一位气度不凡的当地人，快步从张阿美、和文波面前走过。百忙行走中，气度不凡的当地人还微笑着冲张阿美点点头，让她再次有了能走的错觉。

张阿美站起来，在大楼里四处转悠。和文波由于昨晚没睡好，坐在椅子上抱着背包陷入睡眠状态。

可能尚未露面的王子已经知晓目前各国游客滞留情况，一位英语不甚利索的白袍大叔拿着纸笔出现在游客面前。他语速缓慢地让大家把自己的姓名、国籍和护照号码写在纸上。

在被钓鱼男追问"是否保证大家可以走"时，白袍大叔撇着嘴摇摇头说："我觉得你们大概走不了，因为阿联酋空军基地需要一个一个审核你们的身份，你们人真的太多了。"闻听此言，气氛顿时有些凝滞。

大家忐忑地挨个在纸上写下自己的身份信息。

一直抱着胳膊坐在后面的亚洲脸，也起身加入到登记信息的队伍中。此时，张阿美已经失去对他的好奇心："不管他是不是同胞，我们可能都要错过今天的飞机了。"

白袍大叔收走了纸笔和大家的护照扫描件，去停机坪向王子汇报。

是的，王子的车队早就绕过机场大楼，直接开进了停机坪。

阿里又送来一些水，满头大汗地说："王子要把游客信息传真到阿联酋空军基地，得到基地批准才能带人走，这个时间估计会很长，所以再喝点水等一等吧。"

阿里放下水，跑去追着省长的随从问着什么。

张阿美注意到，其他游客的水都是自己买的，他们的向导只是闲闲地坐在外面，并没有什么作为。而张阿美、和文波已经快要被阿里送来的水撑死了。

瑞士大叔找张阿美出去闲聊，并展示他在当地人家里拍摄的视频：偌大的花园里，一棵棵龙血树苗被包裹着根部，精心地保护着。

因为山羊漫山遍野地啃食，野生龙血树苗很难存活，所以当地人就自发地开始了对树苗的保护。包裹根部可以保持水分，有利于龙血树苗成活。

看到这样的场景，张阿美很为索科特拉岛开心，毕竟龙血树是那么独特，只要有一家人愿意这么做，很快大家都会树立起保护龙血树的意识。

"萨阿迪亚，过来坐。"一个漏风又慵懒的声音从背后传过来。阿里坐在门口的塑料椅子上冲张阿美招手，他的粉头巾随意地缠在头上。瑞士大叔说他要去抽烟，便跑掉了。

张阿美、和文波走过去坐下，阿里从上衣兜里掏出她们的护照递过来。

张阿美刚接到手，又被阿里一把夺过去，说要看看她都去过哪里。

"埃及、阿曼、伊朗……啧啧。"阿里一边快速翻看着一边念念有词。突然，他的目光停在了马来西亚的签证页上，仔细地看着入境时间："当时我也在啊，怎么没见到你？"阿里有点激动，不住地指点着填写入境时间的位置。

眼前这位由于替两个中国游客奔忙而不断冒汗的年轻人，正因为过去某个时刻与张阿美有过那么一点点交集而高兴着。马来西亚是他唯一去过的远方。

张阿美收起原本预备好的讽刺表情，拍拍阿里的肩膀问："以后有机会，你会来中国玩吧？"阿里点着头，一副故作高深的样子："我一定会去的。那时，我们就会在同一个国度见面了。"

张阿美撇嘴："难道现在就不是吗？"

张阿美把护照夺回来，递给和文波收好。张阿美推了阿里一把，让他再去问问有什么进展。

张阿美悄悄登上机场二楼，从阳台上看到了阿布扎比王子那架价值不菲的私人飞机。在炎热的天气里，王子正来回溜达。王子本来计划上午 10 点多飞走，但为了等候阿联酋空军基地审核这群异国游客的信息，他已经等了好几个小时。

索科特拉岛的白天真的很热，张阿美坐在有风扇的楼里尚且感到有些煎熬，他堂堂王子竟然只是和随从待在飞机的阴凉里，忍受着阵阵热风的袭击。

这是张阿美今生与阿布扎比王室成员直线距离最近的体验。

张阿美的不安情绪已经扩散到最大化："若真的不能走，那今晚阿联酋航空飞北京的航班就只能想办法退票了。"

张阿美回到一楼，见所有人东倒西歪地在椅子上待着，钓鱼男们表情严肃地聚集成一小堆聊着什么。

张阿美坐回和文波身边。

和文波半睡半醒地问："可有什么消息？"

张阿美摇摇头："王子的飞机在外面停着。"

"如果手里有一朵花，我一定会揪着一片片花瓣问能不能走。"张阿美心烦意乱起来。

又过了难熬的一小时，一个胖胖的白袍男子走进来，拍着手冲其他几个坐着的白袍男子说："走啦走啦，不用再等了。"

外国游客们并没有什么反应，但张阿美懂几个阿拉伯语词汇，她判断出了胖白袍男子的意思，感觉大家要被丢下了。

张阿美"腾"地站起来朝二楼跑去，王子的私人飞机已在轰鸣。

张阿美提着裙子跑下楼。

索科特拉省长站在情绪不稳定的游客当中，慢吞吞地说着什么，说完便转身要走。大家一窝蜂围住省长，激动地问到底怎么回事儿。张阿美、和文波挤不进去，省长说话的声音又不大，不知道双方在说些什么。

这时阿里出现了，他咻溜一个闪身便蹭到省长身边，直接用阿拉伯语问话。

阿里满脸临终关怀的表情，朝着张阿美、和文波走过来："王子已经努力过了，可惜今天游客人数太多，阿联酋空军基地没同意他的请求。不过王子说了，他回去会想办法的，你们先别着急。"

和文波轻轻叹了一口气。

阿里盯着张阿美说："现在坐车回去，我会把你们安排在索科特拉旅馆，不要担心吃住问题，全包在我身上。"

张阿美感觉整个人都有点魂不守舍，第一次遇到这种不确定的旅程，一向以胆大著称的她也瞬间没了主心骨。

张阿美回头一看，阿里瘦小的身影已经毅然拖着两只旅行箱朝着越野车走过去，她便机械地跟着箱子走。

一架飞机从身后的机场徐徐升起，带着滞留游客们的怨念，远远地飞走了。

连轴转了一天的三个当地人好像一下放松了，音乐声热热闹闹地在车里回荡，阿里跟着音乐节奏，非常欠揍地唱起来。

和文波望着窗外，一路无语。张阿美倒并不担心安全问题，只是心疼返程机票："要知道回程我们订的也是 A380 啊！"

早晨喷了一身香水的阿里，这个时候发出过期的味道。

因为车子左摇右晃，阿里总会挤到张阿美身上，她嫌弃地往一边拱了拱："你都发臭了知不知道？"

阿里无所谓地回答："这身臭气完全是为了你们而发出的，是友谊的臭气，是真诚的臭气，你们应该好好记住这个味道！"

张阿美装作呕吐的样子，突然看见阿里胡乱围在脖子上的粉围巾。

阿里见张阿美依旧一副观光客求纪念品的表情，终于叹了一口气，一把扯下围巾摔在张阿美腿上。

其实，张阿美对索科特拉岛有所不舍，若真的今天就走，她可能会非常心有不甘吧？

王子的无法成全，反倒成全了张阿美小小的愿望，想到还能在这里多待一夜，她转身对和文波说："我们好像有空去买纪念品了。"和文波忧郁的眼中灵光一现，像是熄灭的荒草灰里再次燎起火星。

旅馆老板又给张阿美、和文波开了一间名义上的二楼但实际上是三楼的房间。推开门，张阿美发现里面并排放着三张小床。

张阿美怀疑地回头看着阿里："你不会是想留在这里吧？"

阿里非常机智地说："如果我想留在这儿，那就叫老板给一个大床房了。"

张阿美黑着脸，她觉得似乎被阿里巧妙地占了便宜。

和文波选择了靠门口的床，张阿美一屁股坐在中间被风扇直吹的床上，空出来的那张床放一些衣服杂物。阿里下楼去餐厅安排晚饭。张阿美、和文波在房间里沮丧着，不知道说些什么好。

因为心情比较低落，张阿美至今记不起晚饭跟谁一起吃的，也记不清吃了些什么，只记得阿里问她们明天早晨想吃些什么。阿里大声告诉服务员明早需要准备的早饭，又告诉张阿美、和文波早上9点自己下楼去吃。

阿里回家去了。张阿美、和文波在房间里焦虑地上网，试图与阿联酋航空联系退票。但网络特别慢，无论是官网还是邮件都很难刷出来。张阿美、和文波各自用手机刷到晚上10点多也没成功，她们决定下楼求助旅馆负责人，借电话一用。

楼下，只有一个面目略凶的大叔坐在柜台后。张阿美跟他说需要用电话，他大概听懂了，咧开嘴歉意地笑笑，指着柜台摆摆手，意思是这里没有座机。但同时，他掏出自己的破旧手机递过来。

张阿美不好意思地按照刚才在网上搜索到的几个阿联酋航空办事处的电话打了过去，但信号差得不是一星半点，有几次侥幸接通了却听不清对方在说什么。

大叔坐在一旁殷切地看着，他的手机被张阿美打得欠费了。他又跑出去买卡充值。岛上的人很少一次性给手机充很多钱，总是想起来就充一点儿。

电话最后也没打通。张阿美从兜里找出 5 美元，塞给羞涩地拒绝的大叔，她想也不能白白花他那么多国际长途费。

这时，一个红衣红裙的男子走进来。大叔像看到救星一样，跑过去拉住他跟张阿美、和文波说话。

红衣男子英语过硬，他知道张阿美、和文波的困难后转身就出去了。不一会儿，他抱着一台笔记本电脑回来。

张阿美、和文波又花了一个多小时的时间，试图用笔记本联网。当天晚上的网络真的是太差了，差得让人无语。最后，张阿美打着哈欠无奈地决定放弃："不能如期就不能如期吧，谁也不是故意的，等有机会再跟阿联酋航空扯皮。"

张阿美本以为自己会因为焦虑而睡不着，谁知倒下就进入了梦乡。白天的折腾，好像耗尽了张阿美、和文波的精气神，她们谁也不再去想没有飞机返程怎么办。

明天的事儿明天再说吧！

意外
——岛上竟有中国医疗队

3月29日，张阿美、和文波一早起来，收拾收拾下楼去饭馆。

昨晚，张阿美、和文波跟阿里要求的早饭，除了大饼、豆泥外，还要了沙拉，也不知道服务员记住了没有。

这还是张阿美、和文波第一次在没有阿里、艾哈迈德陪同下进饭馆就餐。老板、一众服务员以及几个食客，都忍不住盯着她们看。张阿美、和文波只好尴尬地跟他们说早安，激起一片回应的微笑。

一个身材魁梧的翘臀服务生跑过来，往桌子上喷了些水，铺开一张塑料桌布并抚平，用手语问吃什么、吃多少。

不要指望在索科特拉岛的任何饭馆看到菜单，顶多是一些贴在墙上的文字。当张阿美重复了几遍阿里的名字后，他两个手背一碰，想起来了，然后嘴里发出山羊叫唤一样的"吡吡吡"声，转身去了厨房。

不一会儿，翘臀服务生端着两个小小的不锈钢碟子回来。他嘴里叨叨着"沙拉"，两个食指分别指了下放在桌上的碟子，再看看张阿美。在张阿美点头的工夫，他一阵风似的回厨房去了。

和文波抽出纸巾里裹着的叉子，挑了挑盘中切成薄片的西红柿和洋葱丝，诧异地说："这就是沙拉吗？"

别无选择，张阿美、和文波开始吃这极其简单的沙拉。

一个围着脏围裙的茶童笑呵呵地走过来，问要不要 chai

（茶）。

张阿美点点头："Aywa chai（是的，要茶）。"

茶童挠挠头又问要不要 milk（牛奶）。这下和文波听懂了，忙对他摆手说不要牛奶。

张阿美指着和文波对茶童说："Mafi milk（不要奶）。"她又指着自己点点头，对茶童说："milk（牛奶）。"

茶童表示明白了，转身要走，但又回身问了最重要的一个问题："Sugar（糖）？"

张阿美、和文波慌忙使劲儿摆手："No（不要）。"

翘臀服务生端着刚出锅的大饼和热腾腾的芝士豆泥走来，又发出他自认为很得意的"呫呫呫"声。

其他桌子上的大饼，都是直径大约 30 厘米的一整张，而张阿美、和文波的大饼则被切成一块块的，这便于取食。而所谓芝士豆泥，就是煮得微烂的豆子中加入捣碎的三角乳酪和一些碎洋葱。

和文波的位置冲着门口，门上方吊着一台电视，饭馆里所有人都在边吃边看电视。张阿美虽然听不懂电视里在说什么，不过看画面知道是在播放一些轰炸的场景。

张阿美正看得出神，忽然看见门外走来一个熟悉的瘦小身影。阿里竟然大清早就来了。

阿里一屁股坐在张阿美旁边，他先道了早安，再问昨晚睡得怎么样，然后才开始进入正题。

张阿美问阿里怎么这么早就来了。

阿里看着电视回答："我请假陪你们野游，好多天都没去给学生上课了，今天要去学校点个卯。"

和文波很贴心地把盛着大饼的盘子往阿里面前推了推。阿里笑着说已经吃过了，然后问她们今天有什么计划。

张阿美一摊手："还能有什么计划，待着呗。你有什么新消息吗？"

阿里低下头，整理着自己的裙子，掸掸拖鞋上的尘土，漫不经心地说："岛上有你们中国的医疗队，我想如果真的发生什么事儿，他们应该也会走吧。都是中国人，如果他们能走，你们可以一起走。不过在这之前先等等王子的消息，昨天他答应回去想办法的。"

听到索科特拉岛有中国医疗队的消息，和文波眼中又燃起了希望之光。

张阿美、和文波不好意思地琢磨，这样麻烦人家医疗队是不是有点太唐突。

阿里拍了下桌子："都什么时候了，还考虑这个？其实，我觉得你们现在就应该去找医疗队联系一下。"

吃完饭，张阿美、和文波带着阿里回到旅馆房间。

阿里一进门就把鞋脱在门口，光着脚走进去，然后身子一歪就倒在和文波的床上。他斜靠着枕头，仿佛在自家屋子里一样无拘无束。

传统的阿拉伯人的确有到家就脱鞋的习俗，如果大家有机会去阿拉伯人家做客，会发现他们基本都是歪躺在地上。当然，地上是铺着凉席的。

现在先不说房间地面干不干净，光是阿里那穿拖鞋的脚，在尘土飞扬的街道上一路沾上的灰尘，也够和文波眉宇紧锁了。

和文波看着张阿美苦笑一下，默默地走到最里面的那张床坐下，并没有对阿里宣誓自己对床的主权。

张阿美坐在两张床中间的位置，面向歪着的阿里继续打听医疗队的事情。阿里说他哥哥艾哈迈德就在医院给医疗队打下手，能得到一些消息。

说话间，张阿美忽然看见阿里头上戴的黑色头巾颇为眼熟，便伸手去够。

阿里敏感地躲开，有些心虚地说："你干什么？"

张阿美指着他的头巾问："这花纹看起来好像是阿曼风格，

你们索科特拉岛人不怎么用吧？"

阿里叹口气，无奈地扯下围巾扔给张阿美："真是一点儿都瞒不了你，这是我爸爸的，今天出门借来围一下。"

张阿美拿着头巾一边欣赏一边白了阿里一眼，心想这小子够臭美的，专挑贵的戴。

为了掩饰内心的羞涩，阿里掏出手机给哥哥艾哈迈德打了过去。切换到阿拉伯语频道的阿里说起话来声音很大，比说英语时显得靠谱多了。

挂了电话，阿里站起身拍拍屁股。明明床很干净，张阿美不知道他拍屁股干什么。

"医疗队那边暂时还没什么新动向。时候不早了，我要赶紧去学校。"阿里走到门口又回过头，"中午我来找你们吃饭，你们好好待在旅馆里别乱跑，最好把房门反锁上。"

阿里一边说着"反锁"，一边做出拧钥匙的动作谆谆教导着。张阿美想，这样打扰阿里的正常生活实在是让人心有不安，于是赶紧起身推阿里出去，让他快点去忙正事儿。

和文波和张阿美讨论了一下情况发展的可能性，有了昨天王子的承诺，他们决定再等等消息，过了今天如果还没有任何动静的话，就开始尝试别的办法。

和文波萎靡不振地说她有点困，打算小睡一会儿。Wi-Fi狂人张阿美决定到楼下上会儿网，房间里的信号时好时坏，令她抓狂。

张阿美走出房间正准备反锁门的时候，发现有个人坐在三楼大厅的沙发上用手机上网。他的头发几乎全白，脸色却相当红润，目测个子不高，四肢敦实，双腿叉开，后背挺得笔直。

张阿美仔细一看，正是昨天在机场出现的亚洲脸中年人。无聊的张阿美随口跟亚洲脸打了个招呼，他立刻笑容满面地点头回应。

张阿美试探性地问了下国籍，他语速超慢地说自己是日本人，来岛上刚刚三四天。

张阿美也简单介绍了一下自己的情况，又问他是一个人来玩还是有同伴。他回答就自己一人，而且以前也经常这样出门，已经去过 90 多个国家。

张阿美暗暗吸了一口气："老江湖啊！"

天下没有比这更巧的事了，作为旅行索科特拉岛的唯一日本人，在这家小小的旅馆内，竟然能碰上资深日语翻译和文波！

张阿美让他稍候，打开房门把睡得迷迷糊糊的和文波叫了出来。

多日来只能用汉语跟张阿美交流的和文波，终于在索科特拉岛得到了发挥日语水平的机会。坐在旁边上网的张阿美，听着他们流利的日语对话，感觉这样对快要抑郁的和文波来说是有好处的。或许和文波总跟张阿美交流会有些腻，好不容易碰到能对话的人，也可以给她的生活注入点新鲜感。

聊了许久后，和文波稍微有了点儿精神，她笑眯眯地过来，给张阿美详细讲了一下这位大叔的情况：他叫上鹤久幸，自由职业者，来自九州的一个小地方。上鹤这个姓氏非常少见，他说如果以后在别处遇到这个姓，十有八九是他的亲戚。上鹤久幸刚到这里没几天，还没能好好欣赏索科特拉岛风光，就遇上了航班停飞的事情。现在上鹤久幸也只能给日本大使馆发邮件，看看能不能得到帮助，但他住的四楼信号更差，就跑到三楼来上网。截至刚才张阿美遇到他，邮件还没发出去。

张阿美、和文波回房间的时候，上鹤久幸用磕磕巴巴的英语一字一顿地表示，他就在楼下吃午饭，如果她们愿意一起去，午饭算在他账上。

由于张阿美、和文波已经跟阿里约好，她们便在感谢后婉拒了他。

上鹤久幸又补了一句，晚上收集了信息再来交流。

不到中午 12 点，有人敲门。张阿美开门一看，阿里踹着大白牙站在门口。他先问中午好，然后抹着满头大汗疲惫地说："外面太热了，我从学校走过来，整个人都要晒化了。"张阿美心里暗暗疑惑，他为什么不开车？

阿里递过来一个大塑料袋子，里面装着好几瓶矿泉水。

三人下楼去吃午饭，遇见上鹤久幸和他的向导正在吃着。阿里跟那个向导打招呼。上鹤久幸依旧露出谦恭的微笑，向张阿美、和文波点点头。

张阿美看得出，上鹤久幸跟他的向导交流起来也比较费劲儿。向导一直在试图向上鹤久幸解释着什么，而他看起来似乎听懂了似的努力点头，并用龟速的英语发问。

吃饭中，阿里说以前出乱子的时候，中国医疗队曾经坐飞机离开过。张阿美、和文波听了像吃了定心丸一样，若王子那边依旧没什么消息，下一步就只能去找医疗队，问问可否能给人家添麻烦。

和文波因为跟上鹤久幸聊天减轻了点压力，又听到医疗队的消息，整个人似乎活泛了不少。她们都觉得明后天应该有办法离开索科特拉岛，于是缠着阿里带着去买纪念品。

阿里重新围了一下头巾，哄孩子一样点着头："好的好的，为您服务心甘情愿，那么下午4点我再来接你们一块去逛逛，中午太热了，求你们放过我。"

阿里又婆婆妈妈地嘱咐一遍"房门反锁，不要出门乱走"之后，用怀疑的眼神瞪了张阿美5秒钟，才转身下楼回家。

午睡过后，张阿美、和文波又到大厅上网，她们看到了几张熟悉的面孔。之前碰到的那群亚丁小伙子，竟然也住在这个旅馆。

他们热情地跟张阿美、和文波打招呼，并派出英语比较好的一个胖青年做代表来聊天。交谈中，张阿美得知，小伙子们也被困在这里走不了了，十几个人竟然只开了两个双人间，真不知道他们是怎么睡下的。

和文波去楼顶看风景，回来的时候捂着心口，一副受了惊吓的样子。张阿美问怎么回事儿，她说有一只蟑螂全须全尾地在三楼大厅溜达，个头大得出乎意料。张阿美松了口气："幸好不是我看到，要不然估计得吓出心脏病，天不怕地不怕，就怕蟑螂满地爬。"

下午 4 点多，张阿美、和文波正琢磨着阿里为什么还不来，就有人敲门了。她们高兴地拿起背包出去，只见阿里换了身衣服站在大厅，笑着问好。他们趁着炎热刚刚退去，沿街朝西边走去。

阿里背着手走在前面，张阿美、和文波跟着他深一脚浅一脚地在哈迪布大大小小石头铺就的土路上小心翼翼地走着，生怕崴了脚。

看哈迪布的大小，其实如果熟悉了自己溜达一下是很简单的。只是当张阿美提出这个想法的时候，被阿里无情地打击了好几句。在阿里心里，张阿美似乎就是一个智商非常不够用的人，走两步绝对就走丢了。

张阿美、和文波都很不服气："好歹我们也是在大城市生活的人，这点儿小小街道岂能难住？"

阿里说："好，那现在开始你们就要记路，一会儿回来领着我走，看能不能走对。"

不愧是大学老师，阿里每走几步就指着旁边的建筑说，这里是他以前上中学的地方啊，这里是女子学校啊，等等。他以为自己不着痕迹地泄题很善良，却早就被张阿美、和文波看穿了。

阿里回过头看看嬉笑打闹的张阿美、和文波，露出难得糊涂的笑容。

接下来的日子，张阿美再没见过阿里咧开大嘴使劲笑过，许是为了照顾她们的情绪，总是笑得很优雅。

由于天气太热，张阿美出来又没带香水，她怕自己也发出过期的味道，就先叫阿里带着去香水店买瓶喷雾。试了几种，张阿美最后拿了一罐乌木香味的。之所以挑它，是因为张阿美之前在阿曼用它熏过香，比较熟悉味道。

有了香水，张阿美还要买块香皂来洗衣服，于是又去杂货店买了块香皂，然后才直奔当天的重头戏——围巾、裙子而去。

阿里带她们进了一家店，里面挂满各色头巾，据说都是也门本土生产的。挑了好半天，张阿美才敲定几个颜色悉数收入囊中。但这家店没有裙子，阿里说过一会儿可以去他好朋友的店里买，但是现在还没开门，只能等晚些时候。

阿里非常受欢迎，走几步就会被人拉住打招呼。

张阿美一开始以为索科特拉岛人都是这样对待彼此的，后来发现并不是。但只要阿里出现，总会有很多人跟他家长里短地寒暄，可见他的人缘。每当这个时候，张阿美、和文波提着刚买的头巾傻傻地站在那儿，面前是几个高声问好并互相亲吻鼻子的男人，周围还有很多看热闹的小孩儿，场景很尴尬。

在最后一次长达五六分钟的问好后，阿里带张阿美、和文波来到一个街边果汁摊，并叫她们坐下等一等，他要去附近清真寺做过礼拜才能继续引路。

张阿美、和文波面前，摆上了两杯浓厚的杧果汁，喝起来也能达到果肉拉丝的效果。可她们忘了最关键的一点，就是告诉店主不要放糖，那滋味甜得震撼人心啊！

远处，夕阳渐渐将天际染成炫目的玫红色，群青与深蓝融合的云彩竟一点儿都不显得沉重。

张阿美、和文波悠闲地喝着果汁聊着天，身后有几个当地年轻人在玩改装得极其夸张的摩托车。略微昏暗的天色下，摩托车上那五颜六色的小灯闪闪发光，煞是耀眼。和文波笑着说："这就是农村'暴走族'吧？"

果汁刚喝了三分之一，阿里就回来了，坐在旁边问味道好不好。张阿美想知道这样一杯杧果汁价格几何。

阿里挠挠头："150 里亚尔吧。"

不一会儿，他掏钱递给店主的时候的确付了 300 里亚尔。

阿里朋友的店铺还没开门，他打了个电话催。然后，他们一块坐在高高的台阶上看街景：小胡同里开着的杂货铺和偶尔路过的山羊。

一位老人一瘸一拐地走过，声音滑稽地跟阿里打招呼。由于老人的声音真的很好玩，张阿美在他经过的一刹那，忍不住悄悄地"扑哧"笑了一下。

阿里误以为张阿美在笑话老人腿瘸，扭头严肃地说笑话残疾人是不对的。张阿美大喊冤枉，并将原委解释清楚等着阿里说不好意思。

谁知，阿里露出人生导师的表情，谆谆教导张阿美："见人身有残疾，无论什么原因都不要笑，会让他误以为自己被嘲弄。"

张阿美点点头，觉得自己确实有些莽撞，而阿里的理论变为成语就是"瓜田李下"。

在这几天的相处中，张阿美感觉自己虽年过三十，却仍然是个疯疯癫癫、需要修剪枝叶的大龄儿童，而之前喜欢满嘴跑火车的年轻人阿里，反而在回到哈迪布后沉淀下来，将自己镇定、成熟的一面慢慢展现。

不一会儿，阿里的朋友苏丹来了。这是一个跟阿里差不多身高又比他还要瘦的男人，如同一根火柴棍顶着一个圆溜溜的大额头。苏丹话不多，大部分时间都是阿里在说话。张阿美、和文波见苏丹不怎么说话，也就没有过多交流，全靠阿里来翻译。

张阿美、和文波挑了两条男士裙子，又顺路买了几条看上眼的女士头巾。由于店铺刚开门，也没风扇，闷热得不行，若是凉快一点儿，说不定她们还会再买些裙子，当时却只想速战速决，早点跑出去。

站在街角吹着风，张阿美、和文波一身轻松，她们觉得纪念品都搞定了，似乎回国的希望又多了点儿。

苏丹锁好门跟出来，本以为他要与阿里说再见，没想到他们聊着天并肩行走。张阿美、和文波在他们身后诧异地对视一下："难道晚饭要一起吃？"

阿里没想到张阿美、和文波能准确找到回旅馆的路，他露出"孺子可教"的笑容，但依然告诫他不在的时候不要乱走。

有了在迪胡尔遇到那个蹭吃老人的经验，张阿美、和文波现在对于吃饭多个人也习以为常了。大家一起回到旅馆楼下那个定点饭馆，要了些炸鱼、豆子泥和大饼，各聊各的，倒也吃得其乐融融。

晚上，饭馆把桌子椅子都摆在院子里，点了几盏亮晃晃的灯。很多人，当然只有男人，坐在那儿边吃边聊。索科特拉岛人赚的钱并不多，物价也不是特别便宜，但放眼望去，大家的消费观念还是很超前的，至少这个饭馆每天晚上几乎都坐满客人，而且翻台的速度还不算慢。

这样的好机会，山羊怎么会放过呢？于是，张阿美总会看到翘臀服务生和茶童一副无奈的样子，在桌椅间穿梭着赶羊。

或许是他们太和善，下不去狠心打。山羊被赶开后，过几分钟就卷土重来。来不及收拾的桌子，被灵活跳起的山羊随心所欲地取食。它们踩着椅子堂而皇之地跳上桌子，迅速吃着客人剩下的大饼，并不小心将没喝完的茶杯碰倒。

人多的地方看不到什么鸟，倒是聚集了一些野猫，三三两两地围坐在脚底下抬着头要吃要喝。

索科特拉岛的野猫皆为短毛猫，毛色呈沙土色，大大小小的，看上去像是同一只猫的克隆品。它们身体线条纤细流畅，非常精干。

张阿美是个特别喜欢猫的人。而野猫也灵敏地感知到"有好欺负的女性坐在这里"，动员"大家快点围住她"。于是，张阿美脚底下或躺或卧了三四只猫。

张阿美用叉子挑起一块鱼肉准备放在地上,谁知一只猫却主动上手了,一爪子扒拉到她手指上,把鱼肉震落,然后迅速低头叼走。

张阿美手指上留下俩小小的血点,她哭丧着脸举手给阿里看:"本地帮会太没有礼貌了。"

正在吃大饼的阿里不顾满嘴掉渣地站起来轰猫。苏丹虽然不说英语,也默默地起身看和文波脚底下有没有"小强盗",并回头招呼服务生过来帮忙。服务生挥着盘子,驱赶着那些饥饿又野性十足的猫。

猫当然没有那么好轰走,不一会儿又慢慢聚集过来。远处吃饭的大叔们虽然看似不关注,却早早发现了张阿美的窘境。不等张阿美担心地往地上看,大叔们就替她招呼服务生过来轰。

饭后,苏丹跟张阿美、和文波挥手再见,自己溜达回家去了。

回到旅馆,由阿里指导,张阿美、和文波学习如何像索科特拉岛男性一样把裙子围在身上。看过阿里亲身示范动作要领后,张阿美感觉就是宽松版的东南亚裹裙。

之前,张阿美以为索科特拉人穿裙子非常随性,自己买上裙子才发觉料子比较硬挺,裹在身上稍微紧一点儿就是一步裙,根本迈不开大步,这也难怪当地男人走路都那么风姿绰约。

阿里教过裙子的正确穿着方式后,道过晚安就离开了,临走时又提醒她们锁好门并说有任何消息会马上过来通知。老师虽然走了,学生却热情不减。张阿美、和文波掏出新买的女士围巾,按照贝都因人的方式包头赏析。

正当张阿美、和文波沉浸在臭美的乐趣中时,房门被敲响了。和文波扯下头巾去开门,发现是上鹤久幸。他按照上午的约定,晚上真的来交流信息了。

上鹤久幸穿着短袖T恤和短裤,胳膊、腿都呈现出一种粉红的龙虾色。张阿美、和文波惊讶地问怎么搞的。他谦和地笑笑说："白天出去徒步没有擦防晒霜。"

"真是能人，索科特拉岛上白天接近 40 摄氏度的高温，不知道他是怎样挺过来的。"张阿美暗想。

上鹤久幸在门口那张床上挺直后背坐下，两只手分别放在膝盖上。

现在门口的床似乎成了招待来客专用的沙发，和文波计划把自己的地盘挪到最里面的床上去。

上鹤久幸过来也没带什么有价值的信息，只说日本大使馆回信让他先不要着急，会联络看看有没有什么方式让他离开。听那口气，似乎很无能为力。

张阿美、和文波提到岛上有中国医疗队，实在找不到自己离开的办法，还可以去向他们寻求帮助。

见上鹤久幸欲言又止，张阿美又补上一句："当然，如果在能力范围内，我们肯定也会帮您的。"

这时，门缝下面钻进来一个黑黑的影子。张阿美转头一看，吓得浑身一激灵，是一只足有两指长的大蟑螂，正慢悠悠地爬进来，朝着卫生间方向前进。

和文波在张阿美欲哭无泪的惊叫声中兴奋起来："看，这就是我早晨见到的那只大蟑螂！没骗你吧，真的好大！"

上鹤久幸随手在张阿美的日记本上撕了一片纸，把蟑螂推出了门缝。他见张阿美、和文波吓得面如土色，搓搓手说："由于日本蟑螂比较多，我们都习以为常了。"

其实北京也有很多蟑螂，打开橱柜说不定就会看见一两只匆匆跑过。但如此体型庞大又这么傲慢的蟑螂，张阿美还是第一次见，她实在是被震惊了："若不是恰好有上鹤久幸在，今晚我们大概也不用睡觉了。"

上鹤久幸告辞回房休息。双方约定如果有什么消息尽快沟通。在目前这种情况下，不谈国籍的话，感觉同为东亚人，还是有着天然的互相依赖心理。

张阿美、和文波在风扇"嗡嗡"的巨响声中，迅速进入了深度睡眠。

乡音
——来自祖国的关怀

3月30日，清晨。

张阿美用冷水洗了个头，她打着热带难得的寒战，赶紧用毛巾包住脑袋从洗手间蹿回床边。尽管索科特拉岛白天热到难以忍受，但早晨头发上的冷水也格外让人有种"乍暖还寒、最难将息"的感觉。

和文波见张阿美狼狈捂着脑袋的样子，忍不住挪揄了她几句。

和文波依然是先起床，并早早洗好头发收拾停当的那个人。至于正襟危坐在床上的她心中在惶惶然地想着什么，自然不言而喻。

张阿美、和文波又来到楼下饭馆就餐。翘臀服务生照旧铺好塑料桌布，用手指点着她们，发出一些似是而非的英文单词后，"吧吧吧"地跑到厨房去安排早饭。茶童随即走过来，确认了"加奶不加奶""加糖不加糖"后去备茶。

张阿美的茶加了牛奶，和文波还是想喝清淡的。

简单的两片西红柿和几条洋葱，就是所谓的沙拉。所幸这里的西红柿挺有原生态的味儿，吃起来倒也不单调。由于味道过淡，她们决定不再吃豆子泥。

早晨不到9点，阿里就急匆匆地跑来敲门，说中国驻阿联酋大使馆的电话打到他手机上"找两名中国游客"，让张阿美赶紧回拨过去。

和文波、张阿美对视了一下，一种终于有了盼头又略为紧张的神情，浮现上了彼此的脸庞。

作为中国人，这还是张阿美第一次在海外因遇到麻烦而与大使馆取得联系。以前，她只是在网络上看过一些旅行者遇事求助使馆的新闻。而被困在这人生地不熟的异国他乡，能有使馆打来的电话，又让她觉得一切都有了指望。

张阿美接过阿里的破手机，心里打着鼓开始拨打。在等待接通的几秒"嘟嘟"声中，她内心却像在荒无人烟的旷野等待了一个世纪那么久。

张阿美深吸了一口气，背转身，不去看和文波那焦虑望着她的表情。

对方终于接听了，一口地道的普通话清晰地传过来："您好，这里是中国驻阿联酋大使馆。"

这一声乡音，几乎要将张阿美催下泪来。她赶紧控制好情绪，先打过招呼，再根据对方的提问将她们这次出行的时间、目的、人数仔细地说了一遍。对方又仔细地核对了一下她们的姓名和护照号码。

张阿美深信，一定是王子回阿联酋以后，第一时间将她们的情况和信息通知了中国驻阿联酋大使馆。在确认身份后，对方安慰张阿美不要着急，说国家也正在准备撤侨，并建议她们将自己的事情向中国驻也门亚丁领事馆汇报一下，便于那边收集在也门的中国人信息。

张阿美急急地伸着手跟和文波要笔，情急之下却忘了自己日记本上就夹着一支。阿里倒是反应迅速，马上将笔拔下递过去。张阿美把对方提供的亚丁领事馆的电话号码记在日记本上，连声谢过。

通话结束了，阿里皱着眉看着张阿美："现在是怎么个情况？"

张阿美说："要接着借用你的手机给亚丁领事馆打过去。"

阿里"哧"了一声："你尽管用，不要不好意思，回头我给你们买个新手机。"

和文波坐在旁边，无助地看着张阿美和阿里。在得知还要给亚丁领事馆打电话后，她的表情更加紧张了。

张阿美再次深吸一口气，开始拨打亚丁领事馆的电话。很快，那边接起了电话，一个听上去非常沉稳的男声自我介绍："你好，我是中国驻亚丁领事馆马领事。"

马领事沉稳的话语背后，是张阿美意料不到的险境。

马领事名叫马冀忠，是宁夏回族自治区外事（侨务）办公室亚洲非洲处副调研员，被外交部派遣担任亚丁领事馆领事。

在撤侨行动中，驻亚丁的外交官们犹如坐在火药桶上一般忙着撤侨工作。就在两天前的中午，外交部领事保护中心常务副主任杨舒、领事司司长郭少春等人按下电话免提，与马冀忠紧急通话讨论撤侨工作。突然，电话那头传来"轰"的一声，紧接着是一片寂静。杨舒、郭少春都屏住了呼吸，马上联想到他是不是遭遇了不幸。时间似乎凝固了，十几秒后，那边又传来马冀忠的声音："非常不好意思，刚刚离我非常近的地方落下一颗炸弹，把电话震到地上了，我们接着说吧。"听了马冀忠的这句话，在场的人松了一口气，但都哽咽了……

像刚才跟驻阿联酋大使馆工作人员汇报一样，张阿美又把来龙去脉给马领事讲了一遍。她说完之后的几秒内，很有些小时候做错了事儿等着大人回家被狠狠训一顿的惴惴不安。

马领事沉吟片刻，似乎在用笔记录着。张阿美并未等到自己脑补的批评，马领事只是叫她们放心，国家已经开始动用一切力量保护并撤离在也门的中国人，肯定不会落下她们。

交谈中，马领事也提到在索科特拉岛的中国医疗队，他建议张阿美可以跟医疗队碰个面，看看他们是不是得到了国家撤侨的消息。

挂了电话，张阿美用最快的双语翻译速度向和文波和阿里讲了下通话内容。

阿里不等和文波反应，转身就去开门："还等什么，快跟我去找医疗队问问。"

张阿美突然发现阿里穿了一条十分难看的粉绿色裤子，配了一双休闲布鞋，这在索科特拉岛男性里很是少见，顿时想起他还有学校的课程要应付。

张阿美指着阿里的衣服迟疑地说："你还得去上课吧？我们自己去找医疗队就好。"

阿里跺了下脚，不耐烦地来一句："Screw the college（去他的学校）！"

他们急急忙忙下了楼，却发现胖胖的艾哈迈德正坐在大堂沙发上等候，原来阿里还带上了司机。

张阿美以为医院很远，结果上车后只是拐个弯就到了。这段路程估计走路也就十分钟吧，即便如此，阿里还是有备而来，不浪费一分一秒时间。

阿里一边劝说张阿美、和文波上午天太热最好别在外面溜达，一边跳下越野车，招呼她们跟着走进医院大门。

像北京的医院一样，这儿也人满为患。而且平常看不到的女人们似乎都聚集在了医院，大片大片的阿拉伯长袍在台阶上、长椅上、地上开出黑色的花朵。蹲坐的人默然不语，行走的人神色匆匆，但大家的目光都集中在张阿美、和文波这两个外国人身上。

阿里找到他正在工作的哥哥艾哈迈德，叫他带张阿美、和文波去见医疗队。

一行人朝医院深处走去，穿过一个隔断门，左拐就到了一个写着"手术室"的房间前。

哥哥艾哈迈德敲敲旁边办公室的门，推开后朝张阿美、和文波做了一个请进的手势。张阿美、和文波便探头探脑地走了进去。

偌大的办公室里，只有两张办公桌面对面地放着，除了几把椅子、一个衣柜，别无他物，显得很空旷。

一位戴眼镜、扎马尾辫的年轻女医生抬起头，有些惊讶地看着张阿美、和文波。她身边站着一位梳丸子头长相俏皮的姑娘，也正以同样的目光看过来。在张阿美、和文波到来之前，她们正处于紧张的工作中。

相互打过招呼，张阿美简短地自我介绍了一下。她们微笑着，叫张阿美、和文波快坐下。

马尾辫医生是孙璞，80 后，抚顺市第三医院妇产科副主任、主治医师；丸子头姑娘是崔露凡，90 后，辽宁省卫计委外事办派驻抚顺医疗队的阿拉伯语翻译。

孙璞、崔露凡一口浓重的东北口音，瞬间拉近了彼此的距离。张阿美的老家赤峰与辽宁接壤，20 世纪 60 年代末还曾一度划归辽宁管辖。听到东北腔后，张阿美不由自主地被同化了。

孙璞对张阿美、和文波说，已经听到关于她们的事儿，不过医疗队也没有接到撤离的指令。目前，由于索科特拉岛还安全，大家也没有什么情绪上的波动，一切援助工作有条不紊地进行。

崔露凡让张阿美、和文波别紧张，并掏出手机交换号码，说有什么情况会打电话通知，让她们回去等一等。张阿美留下了阿里的手机号码。

阿里全程站在办公室中央，抱着膀子一脸严肃地听着，一副管事佬的样子。若非语言上的隔阂，他必然要插几句话进来好好问问。

与孙璞和崔露凡道别后，刚一出门，阿里就拉着张阿美问什么情况。张阿美挤过等待看病的人群，费力地将刚才的对话简单翻译了一下。

阿里露出有些失望的表情，拍了一下手说："没办法，只能等一等了。"

看阿里的样子，好像急着离开索科特拉岛的不是张阿美、和文波，而是他。

路上，阿里说他先去应付一下学校的事情，再带张阿美、和文波去山里吃午餐："整天待在旅馆里一定很无聊，出去吃心情会好一点儿。"

整个旅游行程已经在 28 日结束，阿里已经圆满完成了他的向导任务，不需要再负任何责任，可他还是这样周全地替张阿美、和文波考虑，并坚持不要她们付费。

回到旅馆，张阿美、和文波在阿里废话般叮嘱过"别乱跑"后关上了房门。她们默默地对坐了一会儿，都觉得有些心神不宁。

张阿美站起来："走吧走吧，咱们去街上逛逛，我要买包烟淡定一下。"

"上街总比待在房间里相顾无言要好。"和文波赞同地背上小布包，跟着张阿美下楼。

她们顶着上午炎热的太阳，沿中心大道一路往西走去。

路上，随处可见渔民拎着几尾小鱼，裙摆飘扬风姿绰约地从身边走过。

"若你以为那裙子很好掀就错了，裙子的材质非常硬，裹在身上步子都迈不大。不过想着去掀人家裙子的，大概也只有我这样邪恶的人吧。"窘境之下，张阿美还有心思逗自己乐呵。

右边有家小小的杂货铺，老板坐在门口露出期待光临的神情，她们配合地走进闷热的店里。

张阿美问老板："Cigarette（香烟）？"

老板尴尬地笑着摆手："Mafi englizi（不会英语）。"

而张阿美也不知道"烟"这个词用阿拉伯语怎么说，便伸出两根手指，虚夹着"一支烟"往嘴里吸了一口气，又"呼"地吐出"一股烟"来。

这下，老板恍然大悟，边说着"Zigyarah（香烟）"边朝街的斜对面指了指。张阿美笑嘻嘻地用阿拉伯语说了声谢谢，默默记住了"Zigyarah"这个词，拉着和文波朝街对面走去。

对面的店铺老板热情地将张阿美、和文波引进店中，听到"Zigyarah"后，他伸出一根手指示意稍等，然后绕到柜台后面摆出一些烟任选。

张阿美随便挑了一盒蓝色的烟拿起来，老板又伸出三根手指，表示一盒300里亚尔，也就人民币10块钱吧。张阿美掏钱给他，然后道谢再见。整个过程虽然语言不通，倒也行云流水。

张阿美与和文波手拉手回到旅馆，已是大汗淋漓。她们一人拧开一瓶早上阿里送来的矿泉水，在风扇下狂饮。

张阿美点上一支烟，有些心烦意乱地看着窗外。一辆皮卡满载敲着鼓的男学生驶过，房间里残留着杂乱的鼓点声。

坚守
——拒绝与欧洲人冒险

从早晨到现在，张阿美、和文波都处于表面平静、内心涌动的脆弱边缘，不断传来的各种消息，敲击着本来就不堪一击的精神防线。这时若稍有风吹草动，便是压死骆驼的最后一根稻草。

很不幸，那根稻草来敲门了。

张阿美朝和文波打开的门缝看去，是上鹤久幸。和文波把他让进来。上鹤久幸打过招呼后，便急急地跟和文波说起了日语。张阿美见和文波露出惊讶的夸张神情，难道又有新变动？

5分钟后，和文波难掩激动地转述上鹤久幸得到的消息：滞留索科特拉岛上的十几名外国游客，打算包一条小渔船前往阿曼塞拉莱。今晚8点，他们在中心大街西边那个饭馆开会，通知所有滞留岛上的外国游客到场一起商议。

因为说得太快，和文波急促地喘了好几口气才缓过来。

和文波一脸"一定可以走"的期待表情看着张阿美。

张阿美迟疑地转向上鹤久幸，问他知不知道小渔船的状况如何，有无索科特拉省离境许可，阿曼的入境签证怎么办理。

上鹤久幸神色有些黯然地说："据说小渔船挺破挺小的，只是出海捕鱼用的，还能好到哪里去？而离境许可还没有，如果真的去了阿曼，还不知道会怎么样。"

张阿美无视和文波期待的眼神，非常决绝地说："不行，不能跟他们走。"

和文波被张阿美强硬的态度搞得很诧异。她有些不开心地问："为什么？"

张阿美双手一摊，机关枪一样把自己的理由"突突"出来："我们已经跟阿联酋大使馆和亚丁领事馆取得了联系，既然选择相信政府就不要节外生枝，如果安排了撤离我们的方案却发现人不在了，人家会怎么想？而且十几个人乘坐一条小渔船漂到阿曼，这一路会不会有海盗？会不会被别的国家巡航舰艇认为是敌方目标？会不会风云骤变天气恶劣？就算运气好登陆塞拉莱，没有签证也一样是很大的麻烦。"

张阿美"突突"完，颇有些洋洋得意地看着他俩，觉得自己理由无比充分，无比正当。

晚些时候，张阿美自认忽略了一件事："这本是一次安排好的不费心思的旅行，现在因为临时产生巨变，突然间需要我们推着自己努力寻找解决办法。在这个过程中，第一次涉足中东的和文波，一下完全接受这件事儿很困难，需要一步步转变，我应该放缓节奏等等她，而自己没有。"

和文波的眼神黯淡下来，她有些愠怒地看着张阿美。而张阿美跟没看见一样，又点上了一支烟。

上鹤久幸见气氛有些微妙，便找个借口匆匆逃掉了。他临走时又一次对张阿美、和文波说："希望晚上8点还是能到饭馆一聚，大家讨论一下。"

张阿美答应他会去，但心里决绝地想，一定不会以这种方式离开索科特拉岛。

中午，阿里如约来敲门。他撇着嘴走进房间四处看看，说自己穿着裤子很不爽，去山里野餐应该先回家换上裙子。

张阿美生怕他回家又顺路做起礼拜，不知何年何月才能回来，便掏出昨晚从苏丹那里买来的裙子丢给他，又将旅馆的人字拖摆到他脚下。

阿里一副随遇而安的样子，还真脱起了裤子。张阿美、和文波立刻转身遮眼。

阿里嬉皮笑脸地说："你们又不是第一次见索科特拉岛人脱衣，不用这样紧张。"

张阿美回头，果见阿里已经用牙齿叼着那条新裙子，把全身遮得严严实实换衣服。

下楼的时候，阿里特别鄙视地看着脚上穿的旅馆人字拖："我怎么能穿这个出门呢？这都是人家上厕所的时候才穿的。我这样出去会被人耻笑。"

张阿美也很鄙视地说："你看外面那条路脏儿吧唧的，穿什么好鞋走上去都看不出原色，别瞎讲究了。"

艾哈迈德把车开出哈迪布，一路颠簸着朝着山里行进。

和文波默不作声地坐在后座上，任由车身颠着。

失去了欢声笑语的交流，阿里只当她们是因为没法离岛心情不好，他在前面跟着车内的音乐"嘻嘻哈哈"地调动情绪，还问她们野餐想吃什么。

张阿美想起了海思沙丘露营地的那次午餐，艾哈迈德做了很好吃的金枪鱼沙拉就大饼，便告诉阿里要吃这个。和文波也点点头。

阿里和艾哈迈德笑着："你们的胃口太小，竟然要吃这么简单的东西，材料都不需要买，车子里装有现成的蔬菜和大饼。"

半个小时后，越野车停在山中一株大树下。阿里像以往露营一样拿出席子铺在树荫下，随后拉着艾哈迈德去远处取淡水。

不等张阿美、和文波巡视四周，一只山羊跑过来，在离她们两三米远的地方定定地看着摆放的东西。在确认没有食物后，山羊就慢悠悠地绕着席子散起步，时刻观察着是否开始做饭。

和文波叉着腰望着远处，假装看风景。张阿美拿着相机，低头在石缝里找拍摄素材。

一条粗粗的四脚蛇不慌不忙地露出脑袋四下张望，见张阿美拍摄它也不躲闪。四脚蛇大摇大摆地走掉之后，又来了一只三四厘米长的"小不点"，也不知道它姓甚名谁。这小家伙跑得倒是挺快，张阿美相机的对焦难度系数相当大。

树木与大大小小的石块散落在四周。正午时分，暖黄色的石块耀眼，让人无法直视。太阳狠狠地照射下来，仿佛再过一会儿就会把大地烤焦。远处，错落有致的小巧山峰借着白云的衬托，显露出一种冷冷的青色，与天空交相辉映，并相映成趣。

阿里接了满满一桶淡水回来，开始洗菜切菜。他蹲在地上，一副曾经在某些海岛打过工的样子，又让张阿美有了掏小费的冲动。张阿美感觉，撇去他平时疯癫耍闹让人觉得有疾在腠理不治将恐深的样子，静下来干活的时候，还是挺正常的，俨然一位资深服务行业从业者。

艾哈迈德还是人见人爱地圆滚滚坐在地上，忙活着准备做饭。所谓的小葱，原来是洋葱上长出来的芽。张阿美这才恍然大悟，怪不得吃起来没什么辣味儿。

白萝卜本来是要取叶子用的，阿里非要尝尝萝卜好不好吃。他切下一块放到嘴里，露出了痛苦的表情。张阿美好奇地也吃了一块，竟然辣得要死。艾哈迈德伸手把萝卜拿走，满不在乎地塞进嘴里大嚼起来，一点渣都没剩地当水果吃掉了。

阿里的刀工一般般。只要不用张阿美动手，她什么都能忍。张阿美想，洋葱要是能说话，必定会煞有介事地说，阿里每次都把我切得好难看。

和文波双手抱膝，神色戚戚地坐在席子上，眼睛无助地望着远处。她心里九成九在担心自己回不了国，并对上午遭到张阿美强势反对而深感受伤。

很快，一大盘金枪鱼蔬菜沙拉配着大饼被端到眼前。张阿美早就饿得前胸贴后背，挤了点柠檬汁大吃起来。和文波忧郁地一小口一小口吃着，但也慢慢地把自己那一盘子吃光了。

意犹未尽的艾哈迈德，手指从拌过沙拉的锅中旋转，将剩余的菜抿进嘴里。与他形成鲜明对比的依然是瘦猴一样的阿里，他吃了一点儿，就摆出一副矜持的样子不吃了。

艾哈迈德横躺在席子上，在午后树荫里迅速进入梦乡。艾哈迈德原本就很胖的脸蛋，被自己枕在脑袋下的胳膊挤得很集中，令嘴巴好笑地向外噘起来。张阿美在想象着，以这个姿态坚持下去，再过几分钟，他就会有口水从嘴角淌到席子上。

和文波拿着阿里的手机回到车上，关起车门给家里打电话。现在已经没办法跟家人瞒下去了，不如实话实说。然而张阿美还在死撑，暂时不打算告诉母亲大人。

阿里的手机虽然不具备上网功能，但打个国际长途还是没有问题的。

阿里躺在一尺远的地方，絮絮叨叨地说："不知道你们还要在这里待多久，我看我还是给你买个手机吧。"索科特拉岛的SIM卡只能插在当地售卖的手机上，外面带进来的手机没办法使用。

张阿美婉言谢绝了阿里的好意，就算买手机也会自己掏钱，怎么好意思再占他的便宜。经过滞留岛上这两天的考验，张阿美已经完全把阿里当作家人来看待。阿里过着清贫的生活，不能再给他添麻烦了。

阿里侧躺着身子，伸出一只手指点着张阿美的脚尖，一字一顿地说："别再跟我说'麻烦'这两个字。"

和文波打完电话，在车中睡着了。席子上的三个人也没有了声音。

张阿美盘着腿，捡起石子一下一下地打着前仆后继进攻过来的山羊。张阿美现在手法真是越来越准，有好几次都打中了羊角，惊得那畜生胯一塌就跑开了。

下午，张阿美、和文波被阿里送回旅馆。和文波去找上鹤久幸询问是否有新情况，却发现他没在房间。

张阿美、和文波还在因为上午发生的不愉快而面和心不和着，索性各自躺在床上睡起来。

她们这一睡，就睡到了五六点钟，起来一看外面，天色黑得像晚上八九点一样了。

和文波迷迷糊糊地说："洗发水快用完了，抽纸也没有了，咱们去医院那边的小店里买一点儿吧。"

两个人下楼，朝着医院的方向走去。

索科特拉岛的天一旦暗下来，便彻底切换为夜晚模式。很多山羊三三两两地散落在四周。借着夜色掩护，张阿美、和文波倒少了面临很多当地人好奇目光的尴尬。

黑暗的街道上，只有营业的商店前面才会有光。路灯这种东西，在索科特拉岛还是稀罕物。

正要走进一家小超市，张阿美、和文波却在门口遇到一个东亚脸的中年男子。

张阿美以为这人一定是没见过的中国医疗队队员，于是高兴地用中文和他打招呼。

谁知东亚脸竟是韩国人，他磕磕绊绊地用英文说："你们是从中国来的？医院里有你们医疗队的人，知道吗？"

还没等张阿美、和文波回答，东亚脸的手机急促地响起来，他用流利的阿拉伯语跟对方说起话来。

张阿美、和文波没再打扰他，走进店铺买东西。

后来，张阿美听人说，这韩国人已经在岛上住了好多年，几乎算是半个当地人。据说，后来他和同伴被韩国军舰接走了。

张阿美也不知道是真是假，因为满世界也没有当年韩国派军舰在索科特拉岛撤侨的新闻。何况，至今也没听说哪个国家为了一两个公民被困异国他乡而派军舰不远万里接应的。张阿美只当是"一个美丽的传说"。

走进一家店铺，看店的是一个十一二岁的小男孩儿。

张阿美、和文波满头大汗地在店里四处转来转去，小男孩儿站在旁边搓着手等待她们"下令"。

洗发水放在伸手可及的地方，倒是很容易拿到。抽纸摆在高高的货架顶上，张阿美指指上面向小男孩儿露出求助的笑脸。

他搬来一把椅子，猴儿一样敏捷地蹿上去，拿了一包抽纸递下来。

张阿美又做出刷牙的动作，小男孩儿竟然能领会到她要的是牙膏而不是牙刷，迅速跑到隔壁药房替她们要牙膏。不一会儿，他手里举着一大管牙膏回来问张阿美是不是。

和文波、张阿美都觉得有点太大，用不了那么久，买个小牙膏也算取个小小的好彩头吧。

张阿美用阿拉伯语说："小一点儿，小一点儿。"

小男孩儿眼里闪过一丝惊讶，立刻又跑去换来一管小牙膏。

所有物品加起来 1500 里亚尔。张阿美、和文波高兴地付过钱，顿时觉得自己没有阿里也可以做一些力所能及的事情了。她们暂时忘记了上午的不愉快，有说有笑地沿着原路向旅馆走去。此时，距离说好的晚上 8 点开会还有一个小时。

路两侧一点光亮都没有。

几个当地男子超过张阿美、和文波，低声聊着往前面有光的地方走去。

她们突然有点担心被打劫，便滑稽而警惕地四下"侦察"起来。其实，索科特拉岛是个非常安全的地方，不夸张地说，即使大白天一袋子钱掉在地上，也不会有人随便去捡。

路面被后面一辆汽车的远光灯照亮了。张阿美、和文波老老实实让到路边，打算让车先过去。谁知竟然是阿里的车，他又驱使着哥哥艾哈迈德开车送他出来。

阿里是专门为找张阿美、和文波而来，听说那些外国人把开会时间改在了晚上 7 点半，他赶快跑去旅馆通知却扑了个空，只好按照旅馆负责人指的方向过来找，还真让他给找到了。

坐上车，阿里扭过头责备地看着张阿美："怎么不听话？不是告诉你们在旅馆好好地等着吗？走丢了怎么办？"

张阿美"哼哼"了一声，心里嘀咕着："你怎么不去责备和文波呢？后座可坐了两个大活人。"

阿里又要看她们买的什么，见是几样不值一提的生活用品，脸上露出十分不屑的表情。

回到旅馆，张阿美、和文波接上早早等在那里的上鹤久幸，朝大街的另一头开过去。不出十分钟就到了那家饭馆。

张阿美见那个绘有小清新图画的饭馆门口，支起长条桌。所有被困在这里的外国人都围坐在桌边，捕鱼爱好者们依旧穿着同样的 T 恤。澳洲夫妇无聊地逗着地上跑来跑去的野猫。其他游客在玩手机，但个个面色严峻。为首一个颜值甚高、精神极度亢奋的梳辫子男人，正与几名向导情绪激动地讨论着什么。

上鹤久幸低声说："这位就是发起此次活动的意大利人，也是捕鱼爱好者的领队。"

张阿美对此人有印象，是在机场准备求王子的时候谋过面。张阿美发现意大利领队的马尾辫与胡楂乱得相映成趣，平均每五分钟就重新点燃一支烟的同时，还要对从不离开耳畔的手机大声叫骂一句"F"开头的单词。

张阿美下意识地看了看上鹤久幸。显然，这种粗鲁的表现，令来自"礼仪之邦"日本的他露出点点厌恶和怀疑的微表情。

张阿美、和文波找了个角落坐下来。对面是一位同样穿着捕鱼 T 恤的白人大哥。与领队不同，他显得安静礼貌又无所适从。张阿美悄声向他打探起意大利领队的计划。

白人大哥一口地道的澳洲英语，他温和的声音流露着无奈："领队找了一个当地渔夫，打算按人头付钱，让他开着小渔船把大家送到阿曼塞拉莱去。预计要在海上度过两天两夜，所有人睡在甲板上，需要自备睡袋，尽量做好防晒，因为小渔船没有顶棚。渔船比较小，没有什么私人空间可言。"

听完描述，张阿美心里又是一沉。这些天在索科特拉岛上的游走，让张阿美已经可以想象出小渔船有多破旧。

而白人大哥最后说出的人均价格，也让上鹤久幸暗暗肉疼，他夸张地"哦"成一个 O 形嘴："什么？ 400 美元！"

和文波和张阿美对视了一下。其实她们倒是有足够的钱付船费，只是不知这费用给出去，途中能不能保全性命。

见整个行程如此不靠谱，就连和文波也有些迟疑起来。张阿美朝远处看了看，那位富有冒险精神的领队正颐指气使地对几个向导大声嚷嚷着。而阿里悄无声息地站在不远处，抱着膀子听。

省长秘书来了。意大利领队马上蹿到他面前，要求现在就给所有人开离境证明。

张阿美隐约听到明早 8 点集合，所有人必须自备饮食淡水和睡袋，在座的各位都有些神色慌张。

上鹤久幸是一个不见棺材不落泪的人，即使在这样严肃的时间和场合，他还是悄悄地举起相机，试图将整个场面拍下来。几个欧洲游客注意到他的动作，不动声色地背过身去。

张阿美见上鹤久幸在拍，自己又没什么事干，而且已经跟大使馆联系过了，她比其他人有底气的多，便也举起相机，迅速按下了快门。面对张阿美的镜头，上鹤久幸倒是躲闪得非常快，只拍到他的一只胳膊。

省长秘书在试图安抚情绪起伏极大的意大利领队。阿里站在秘书身边，见缝插针地问着各种各样的问题。澳洲夫妇不知如何插话，便跑到张阿美、和文波这边来逗猫。熟人相见，张阿美自然要问问情况。他们满脸无奈地说，澳大利亚大使馆回复管不了这件事儿，希望他们自己想办法。而俄罗斯大使馆根本没把这件事儿当成事儿。他们同时持有澳大利亚和俄罗斯护照。

妻子更是担心地小声说，船上没有卫生间，船尾有一个直径 15~20 厘米的洞，要方便就只能毫无遮掩地蹲在那个洞上……

张阿美摆摆手，不忍心听下去。和文波也觉得，小渔船的状况实在太堪忧。

坐在张阿美对面的白人大哥在听到澳洲夫妇讲的澳大利亚

大使馆的回复后，立刻露出很低落的表情。他强颜欢笑地对张阿美说："看来我们别无选择，毕竟只有这么少的几个人，哪个国家使馆会费那么大周折来营救我们呢？"

上鹤久幸与他身边的英国人缓慢而努力地交流着，然后转身对张阿美说："这个英国人也是求助自己的国家无果才决定跟着小渔船走的。"

张阿美盯着上鹤久幸问："日本大使馆有没有给你回信？"

上鹤久幸点点头，又叹口气说："有是有，但只劝我注意安全并承诺会替我收集信息，日本是无论如何都不会派人来接的。"

和文波在周遭环境的影响下，渐渐觉得跟小渔船走不太符合自己的行事风格。她与张阿美合计了一下，终于决定放弃这个方案，但同时也陷入难以言说的沉默中。是啊，虽然已经与大使馆取得联系，但还不知会在什么时候，以什么方式离开这座岛屿。

夜深了，"共同进退"的其他外国游客早早回去收拾行囊，准备明早8点在码头会合。

张阿美、和文波、阿里、上鹤久幸和几个向导留在饭馆，要了一些晚饭边吃边聊。晚饭还是那些大饼、豆子泥加茶。

阿里坐在张阿美旁边，将刚才听来的信息一一讲给她听。张阿美再将信息翻译给和文波，和文波再翻译给上鹤久幸。

上鹤久幸决定不走了。

阿里的主体信息没变，他听来的只是一些更加负面的消息。阿里满面愁容地看着张阿美："你们以后会怎么走呢？"

想到前路未知，张阿美的情绪也渐渐不受控制地低落起来。

别看张阿美怕鬼怕蟑螂，但从开始得到航班停飞的消息就没有怕过。只是，若只有张阿美一人还好办，和文波的存在让她不能想当然地任性处理问题，二十年的友谊在上午遭受了小小的撼动，生死关头面前，她们各自向自己选择的方向坚定而赌气地迈出了一步。这样的岔路口一旦把握不好，很容易如同溃于蚁穴的大堤，顷刻轰然崩塌。

张阿美一边悔恨自己上午不该蛮横地当面拒绝和文波的提议，一边又希望她先找过来和好。虽然张阿美、和文波一直看似平静地聊天，但一道隐隐的裂痕始终不轻不重地横在两个人的心间。这让张阿美如鲠在喉，她断定和文波亦应如此。

上鹤久幸在张阿美面前挥了挥手，试图打破她的"灵魂出窍"。他关心地问："你没事吧？"

张阿美勉强扯出一个笑容。阿里似乎看出张阿美、和文波的情绪波动，他站起来拍拍手，招呼大家回旅馆。

张阿美捧着手机走出房间，坐在三楼大堂的沙发上，借口那里靠近 Wi-Fi 信号。她把和文波一个人丢在了房间里。

同楼层的亚丁小伙子们正在房间里载歌载舞，已经晚上 9 点多了，他们其实有点儿扰民。张阿美不得不感叹这群年轻人精力无限。

两个小伙子在门口逡巡，许久才鼓起勇气走过来期期艾艾地邀请张阿美去一起玩。可张阿美实在没什么心情，网络又慢得让她想打人，于是便借着头发遮掩一部分拉长的脸，苦笑着摆手婉拒。两个小伙子似乎受了打击，一脸悻悻地回了房间。

是夜，张阿美与和文波静悄悄的。

惊讶
——大使亲自打来电话

3月31日，张阿美、和文波起了个大早。她们各怀鬼胎地继续手拉手下楼，去吃有些吃腻了的早饭。

目前为止，旅馆和餐厅还没有收过钱，张阿美也懒得问阿里，觉得不管再怎么吃也不会花太多，最后一起算就是了。

张阿美、和文波人手一杯热茶，面无表情地吃着，都对昨天的事儿假装毫不在意。

就在此刻，那些早已做好出发准备的欧洲游客，已经集结在码头。昨晚虽然听上鹤久幸说他不打算跟这些人一起走，早晨却没见到他人影。

"也许他变卦了吧。"张阿美暗暗琢磨。看和文波佯装淡定的表情，张阿美就知道，她想的大概跟自己一样。

抛却国籍，上鹤久幸同样作为东亚人的存在，对张阿美、和文波也是一种安慰。如果上鹤久幸真的跟着小渔船逃难而去，以游客身份混迹索科特拉岛的，就只剩下她们两个人了。

一种淡淡的孤独感浮上心头。张阿美有些艰难地咽下一块饼，却发现阿里光芒万丈地走进来。他活力十足，连珠炮一样的早安问候，驱散了张阿美、和文波的起床气，好像连饭也变得没那么难吃了。

自从被困成为事实后，阿里每次见到张阿美，除了问候，第一句都是："那么今天有什么计划？"张阿美几乎每次也都回复他一个摊手动作。

今天阿里一脸"你有大麻烦了"的表情，皱眉瞪了张阿美一会儿，摇摇头叹口气，要了一杯茶坐在旁边等着她们吃完。

回到旅馆，阿里照旧脚一踢把拖鞋甩在门口，轻车熟路地摸上了和文波那张靠着门口的床，身子一歪斜靠在床头，一双脏脚丫子毫不介意地蹬在还算雪白的床单上。

张阿美忍不住又偷偷看了和文波一眼，发现她嘴角一扯，似乎露出一个难以察觉的嫌弃表情，默默转身去了最里面那张床。

张阿美憋着笑，坐在悠闲的阿里对面。

阿里掏出手机，看看时间说："我现在还有空，你们要不跟那群人走，最好今天还是去找一趟医疗队问问情况。"

和文波坐在张阿美身后，小声地说："要找医疗队的话，我可以去。"

张阿美回头看看她，有种"孩子终于长大了"的感觉。现在，就连和文波也要主动出击四处打听情况了，她知道张阿美怕热不愿意顶着太阳走动，此刻只有挺身而出。

阿里的手机每隔五分钟就会响一次，他都不耐烦地挂掉，但电话接着响起。

张阿美揶揄道："怎么，女朋友夺命连环呼叫吗？"

阿里露出十分厌烦的表情说："是学校啦，催我去上课，晚一会儿又能怎么样？"

正说着话，突然停电了。虽然还是早上，但风扇停下来还是显得奇热无比。

阿里一骨碌从床上坐起来，叫张阿美、和文波一起到外面大堂商量怎么办。

他们围坐在大堂的方桌旁。

和文波已经把遮阳帽和小布包都带了出来，一副随时可以出门的样子。

阿里挂掉学校三番五次打来的电话，非要拉着和文波一起走。

和文波苦笑着对张阿美说："我不想让阿里带我过去，我自己认道儿，你让他去学校上课吧。"

阿里见她们用汉语对话，不满地叨叨："不准说汉语，不准说汉语，从今往后，全都要说英语。你们刚才说什么？"

张阿美说："你快去学校吧，和文波知道怎么去医院。"

阿里把头摇得像拨浪鼓一样，非要护送和文波去医院，虽然走路不到 10 分钟。和文波坚持了一会儿，还是被阿里强行拉走了。

不过上午 9 点，但太阳光线已经很强烈。远处青色的小山，也不能缓解近处黄土反射的热度。张阿美站在窗前，眯着眼看着楼下，试图营造一种"独自凭栏"的高冷感觉。

远处传来有节奏的鼓点声，昨天那些坐在皮卡上载歌载舞的男学生又一次经过窗下。据说是学校组织的类似毕业旅行活动，每次返回城里，他们都兴高采烈地敲着鼓，演奏出非洲鼓乐的节奏，让人想起索科特拉岛就是从非洲本土断裂下来的一部分。

现在，经常可以看到很多非洲长相的人走在索科特拉岛街道上，他们有些是后来迁到这儿的，有些则是很久很久以前就生活在这个离岛上了，具体是多久以前，很难想象。

在索科特拉岛，放眼望去，会发现大家都黑得像非洲人一样。时间久了，仔细辨认下，就可以看出大部分都是晒得白不回来的阿拉伯人。

房间里几只"哇 bee"轻盈地飞来飞去。自从到达索科特拉岛第一天被阿里科普了这种蜂子不蜇人，张阿美便任由它们自由飞翔。

它们飞得随性，却从不见停在一处超过两秒。

阿里说，不飞的"哇 bee"只有一个原因：它死了。

张阿美暗笑，看来"哇 bee"就是那种没有脚的鸟，生下来就不停地飞，一辈子只能着陆一次，就是它死亡的时候。

不过"哇bee"这个名字太傻了，阿里说的可能是"wasp bee（黄蜂）"，但"wasp bee"通常都会伤人吧？

虽然"哇bee"并不咬人，也不蜇人，却有一个非常让人头大的生活习性，它们以木头为食。当地人并不喜欢在家里看见它，遇到就会想办法打死，不然房梁就要被它们当做食物，而且它们还在上面打洞，那声音堪比微型发电机，十分刺耳。

或许是因为旅馆房间一直开着风扇，"嗡嗡"声盖过了它们的破坏声而没有被影响到。

半小时后，阿里将和文波送了回来。她情绪很低落，说着说着又哭起来。

和文波带回来的消息是，崔露凡说，可能一个月内都不会有飞机，医疗队也做好了长驻的准备。对于能否顺利离开，大家都持保留态度。但同时，医疗队也并不着急撤离，因为目前岛上很安全。

阿里歪倒在门口的床上搓着手，表情严肃地说："要是真的走不了，我想你们得租一个房子来住，在这里的话一天20美元，钱会消耗得比较快。"

还没等张阿美、和文波回应，阿里又摇摇头否定自己的设想："只是，租房子的话就没有网络可以用，而且供电会非常不稳定，以后天越来越热，你们会过得很难受。"

和文波哭了一气，觉得还是有些不踏实，决定到楼上找上鹤久幸，希望他没有跟着那些欧洲游客跑掉。

房间里只剩下张阿美和阿里。

张阿美运了一口气，对阿里说："有句话我很早就想对你说，不知当讲不当讲。"

阿里换了个跷二郎腿的躺姿，点点头："但说无妨。"

张阿美指着阿里躺着的床说："和文波每天都睡这儿，你一来脚也不洗就直接踩上去，还各种翻转腾挪，你看看床单都弄得黑乎乎的了。"

　　阿里黑色的脸上，似乎浮现出一丝红晕。他有些不好意思地直起身四下看看，象征性地整了一下床单又躺下："我就知道从你嘴里说不出什么好话。"

　　张阿美看阿里毫无愧意，只好暗自决定那张床以后就放杂物。每次阿里来都要让他看到一床乱七八糟，像垃圾堆一样，好好地羞辱他。

　　阿里问："你有什么打算？是住在这儿还是租个房子啊？"

　　谈到钱，张阿美顿时想问问在这里住宿、吃饭是怎么算的，现在只知道住宿是一晚上 20 美元，那楼下的每顿饭呢？

　　由于感觉饭馆做的饭菜并不怎么可口，张阿美一直以为会很便宜。谁知阿里说，楼下餐厅一个人一顿 7 美元，游客专属价。

　　"什么？"张阿美瞪大眼睛，楼下胡乱做的东西竟然这么贵！再次确认过真的是一个人一顿 7 美元后，张阿美颓废地坐回到床上，心里默默地算起了钱。

　　这时，阿里找到了机会，他摆摆手安慰张阿美："你们尽管吃，饭钱不要考虑，我会帮你们搞定的，别忘了我是向导。"

　　张阿美郁闷地抬头看了他一眼："你这穷鬼，就算再怎样我也不能花你的钱啊。"

　　张阿美掏出钱包里所有零零整整的现金，交给阿里数一下。这些日子大家就像一家人一样，阿里有很多机会坑张阿美、和文波，也有很多机会把她们卖掉，可他都没有。

　　阿里盘腿坐在床上一张一张地数钱，那不专业的样子让张阿美有些后悔叫他来数，好在他终于认真地数完了。

　　"你还有 1100 多美元。"阿里并不乐观地说。

　　张阿美猜测，阿里大概觉得这次被困要做两三个月的打算，但也没想到余额竟然比他想的要富裕点儿。和文波是个出门三天就只带三天物资银两的人，所以目前她那里只剩下 100 美元。接下来的日子，这 1200 多美元要当做两个人的生活费。

　　张阿美拿着钱在手里拍了拍，对阿里说："楼下饭馆的吃喝和旅馆住宿还是能撑一阵子的，只要能早些跟着医疗队撤离，这些钱绝对够了。"

阿里白了张阿美一眼："吃的你就别管了，我说我来付就我来付。"

阿里又像想起什么事儿似的拍了下大腿："对了，今晚你们俩来我家吃饭，我跟家里人都说好了，他们也想见见你们。"

阿里看看手机，翻身下床："说到吃饭，我得回家吃午饭了，家里人都在等着。你们过一会儿也下楼去吃吧。再说一次，尽管吃，不要想钱的事儿。"

张阿美送阿里出门。他习惯性地回头，要张阿美把门反锁了才转身离开。

阿里走后，张阿美见和文波还没回来，便上楼去找。张阿美不知道上鹤久幸住在哪个房间，正犹豫的时候，一个打扫卫生的蒙面大婶热心地指了指一个房间门。敲开门，果然是上鹤久幸。和文波坐在房间里，好像又淡淡地小哭过。

上鹤久幸早晨还真的去了码头，见到了那艘"诺亚方舟"。比起真正的诺亚方舟，它大概只是多了个电动马达，其他设施一概没有，要多简陋就有多简陋。

那些欧洲游客选择的出逃方式，在张阿美、和文波、上鹤久幸看来太过刺激，如同西医开刀动手术一样。而他们宁愿喝着中药保守治疗，也不想以身犯险。

上鹤久幸原本不甘心就这样被剩在岛上，看过小渔船的样子后反倒踏实了，回到城里就买了一个全新的小手机，花了65美元。

张阿美惊讶地说："你怎么不跟我们说一声就买了？要不我们给你一半的钱，这手机咱们一起用吧。"

上鹤久幸礼貌地摇摇头："没关系，这个手机想用往里充值即可，不用再给我钱了。"

上鹤久幸有了新手机后，跟日本大使馆打过几次电话，得到的回答都是千篇一律："请别与其他游客一起冒险去阿曼，我们会继续帮你收集信息，不过目前我们也没有什么办法。"

张阿美、和文波叫上鹤久幸一起下楼吃午饭，他在得知每顿饭的价钱后，露出难以置信的表情。

翘臀服务生跑来，用手指点着他们，笑嘻嘻地问要吃什么。看起来翘臀服务生像是在问，其实他一点儿英语都不会说。听说了饭菜价钱的张阿美，现在看到他的笑容，不禁觉得他很奸诈。张阿美胡乱点了一下，他听到"fish（鱼）"这个词后，不再问别的，一阵风似的跑掉了。

不一会儿，翘臀服务生把三盘煎鱼和米饭送了过来。鱼都是当天的鲜鱼，就食材上来说，品质还是非常过硬的。只是当地人做饭很不走心，咸的就是咸的，甜的就是甜的，从来没想过咸的加一点糖会提鲜，或者甜的加一点盐来调味。

张阿美不仅想起她在中东吃到过的调味丰富、层次分明的各色食物，更加感觉索科特拉岛真不愧是远离世俗的地方，这里的阿拉伯子民都失去了烹饪美食的技能。张阿美对这儿的吃食，一直有种白居易被贬为江州司马的感觉，那就是"岂无山歌与村笛？呕哑嘲哳难为听"。

大家食之无味地吐着鱼刺、嚼着米饭，隔壁桌的几个大叔笑呵呵地看着这边。目光相对，难免要笑一笑打个招呼。

张阿美见他们虽然穿着当地服装，但并没有当地人被晒得黝黑的肤色，脊背挺直，脖颈儿微抬，气度不凡。但张阿美有自己的烦心事儿，也没有深究，打过招呼就继续吃饭。

经过上午的奔忙，和文波与张阿美的关系自然而然地朝着和缓的方向发展。她们现在能依靠的除了阿里，就只有彼此了。虽然表面上互相都没有说出什么肉麻的话，但她们之间的裂痕似乎已经开始愈合。不管前行路上出现任何困难，友谊一定要作为彼此最后的盾牌。

张阿美坐在三楼大堂的沙发上，努力地试图上网跟朋友们联系。

刚才吃饭遇到的大叔之一，从张阿美面前经过，礼貌地点点头下楼去了。不一会儿，他回来了，手里除了水，还有两罐百事可乐。大叔径直走到张阿美面前，将冰镇的百事可乐塞到她手里。他快步回房间去了，以致张阿美没来得及说一声谢谢。

现在岛上很多人都知道有外国游客滞留在此，大叔算是第一拨对滞留游客进行人道主义投喂的人。

张阿美激动地捧着饮料跑回房间，分给倒在床上的和文波。和文波已经换到里面那张床上睡觉了。

听张阿美把刚才的事情讲了一下，和文波感动地说："这怎么好意思？我们也不能白拿人家的东西啊。"

张阿美打开百事可乐喝了一口，运运气说："下回我们也送点什么东西回礼。"

晌午最热的时候，阿里突然又满头大汗地从家里跑来，说刚才中国驻阿曼大使馆的工作人员给他打电话，问两名中国游客的联系方式。

张阿美惊讶地说："竟然这么快就找了过来！"

张阿美之所以这么说，是因为早晨网速稍微快一点的时候，她用 WhatsApp 跟阿曼的朋友闲聊了一会儿，把岛上发生的情况告诉了他。正好这位朋友在阿曼外交部工作，就立刻打电话通知了中国大使馆。

通话中，使馆工作人员核实了张阿美、和文波的姓名和护照号码。张阿美也同样得到了使馆工作人员的安慰。其实，张阿美的语气并没有显得很着急，但使馆工作人员的思想工作还是做得很到位的。

看张阿美打完电话，阿里说："还没完事呢，刚刚中国驻也门大使馆的田琦大使也把电话打到我手机上，你赶紧拨过去，不要让大使等。"

听了阿里的话，张阿美有些受宠若惊，但也有些小小的忐忐："大使亲自打电话来过问，可见国家对我们之负责，也不知顽劣的我们会不会被训一顿。"

张阿美按照手机通话记录中的电话号码拨过去，对方很快就接了起来。

张阿美甫一听到田琦大使的声音，不夸张地形容，真的如沐春风般温暖和煦。他直接称呼"阿美"，让张阿美感觉与他的距离感一下就没有了。

田琦大使亲切地询问她们是如何流落到索科特拉岛的，并表示他也久闻索科特拉岛大名，一直想去看看，但由于工作太忙未能成行。

田琦大使还风趣地说："一般人很难有这个机会，你们不如在撤离之前来个全岛深度游，回国后给我发一些美景照片，一饱眼福。"

田琦大使顿了顿又问："你们那儿还有别的游客滞留吗？"

张阿美将今早乘坐"诺亚方舟"离岛的那些欧洲游客的事情简单讲了一下，又说有一名日本游客跟她们住在同一家旅馆。作为朋友，不知到时候是否可以带他一起走。

田琦大使沉吟一下，随即轻松地说："可以可以，都带走，能帮上忙的咱们就顺手帮一下。"

虽然跟上鹤久幸认识没多久，可在这样的特殊时刻，张阿美唯一的念头还是希望能够帮他脱离困境。

张阿美只感觉自己笑得鱼尾纹都纤毫毕现。张阿美并非客套才这样笑，而是田琦大使真的让她产生"天空飘来五个字儿，'那都不是事'"的感觉。和文波坐在一旁，努力地试图从张阿美的表情上读出细节。

田琦大使让张阿美、和文波耐心等待，使馆正在制订最佳的索科特拉岛撤侨方案，一定会尽快帮助她们回国。

田琦大使还夸奖了阿里："你们那个向导小伙子可真不错啊，我打过电话去，他态度特别好，说稍等二十分钟就会找到你给我打过来。果然，他很负责，也很守时。"

张阿美笑呵呵地看了看阿里："是的，我们这次在岛上就全靠他照顾了。"

要知道阿里的家离旅馆还是比较远的，晌午太阳最毒，怕热的他竟一路跑过来，还预留出了张阿美与中国驻阿曼大使馆的通话时间，真可谓处处用心。

过后，张阿美问阿里为什么不开车过来。他一脸理所当然地说："我不会开车啊！"

这倒让张阿美有些惊讶，印象里中东男性一般不到成年就学会了开车，而24岁"高龄"的阿里竟然不会开？阿里摇摇头，表示自己不喜欢开车的感觉。

张阿美怀着感激之情挂了电话，觉得心情特别舒畅，心里默默对自己念叨着："您的大使田琦先生对您使用了'定心丸'技能。"

张阿美感觉，那些长期跟随在田琦大使身边的人，一定都被他传递了一身正能量。

张阿美突然想到，如果刚才这个电话是和文波打的就好了："我们两个人，心大的我其实不需要太多开导，而正处在担心敏感情绪中的和文波若亲耳听到田大使说话，可能会舒心到连痛经都不会了吧。"

张阿美手舞足蹈地用双语向"嗷嗷待哺"的和文波、阿里讲了一遍田琦大使的话。和文波紧蹙的眉头渐渐舒展开来。

阿里听到他被田琦大使表扬后，孩子般羞涩地低头笑了起来。这次，阿里没有龇牙，而是将嘴唇弯成了一个好看的弧度，让人想起迪士尼动画片《阿拉丁》中的男主角。张阿美头一次觉得，阿里长得还挺好看的。

阿里突然拍拍桌子，豪情万丈地说：晚饭我请客！"张阿美毫不留情地丢过去一句："本来就要去你家吃啊！"

阿里转身，匆匆忙忙地要回家。他出门前回头说："下午4

点我来接你们，做好准备啊。"

温馨
——走进阿里家做客

　　张阿美上着网，和文波洗着衣服，心情舒畅地度过了这段本该难熬的午后时光。其间，和文波向上鹤久幸转达了田琦大使的消息。上鹤久幸听说有机会跟随她们一起撤离，平静的眼中闪过一丝光芒，不住点头表示感谢，脸蛋都有些泛红。

　　下午4点多，天气渐渐不那么热了。

　　哥哥艾哈迈德早早把越野车停在楼下，坐在大堂里跟旅馆的人聊着天等待着张阿美、和文波。

　　阿里跑上楼敲门。张阿美刚洗完头发，准备穿着旅行大袍子戴黑头巾下楼。

　　阿里拦在门口，皱着眉上上下下打量了一番说：“我觉得你这个头巾不好看，哪儿弄的啊？这么奇怪。”

　　张阿美说：“这不是方便头巾嘛，围在脑袋上扣个扣子就可以出门。”

　　阿里恍然大悟地说：“哦，你在学那些东南亚女人。哎呀，她们那个头巾不好看，以后不要这么弄。你按我们阿拉伯女人的方式，随意在头上一围一披就挺好。上午你那么围特别像我妈，比较好看！”

　　听到阿里最后一句话，张阿美满脸黑线。其实阿里难得夸一次人，能得到他罕有的称赞本该高兴才是。可他眼里的好看就是像他妈，这让年轻的张阿美如何笑得出来？

　　张阿美嘴里叨叨着“你别管我”，把阿里推出房门，换上运动T恤和长裤，披散着头发趿拉着拖鞋走下楼，一副懒散的样子上了车。

而和文波永远都是一身运动休闲装，戴着小帽背着小布包，阿里从她身上一点儿毛病都挑不出来。

张阿美差不多及腰的半湿不干的头发，在车窗前被干燥的风吹得渐渐丰盈起来。她眯着眼冲车窗外摇头晃脑，一副印度电影里女主角被鼓风机吹上天的陶醉表情。

哥哥艾哈迈德一边开车，一边从后视镜中满脸疑惑地看着张阿美说："你就这么高兴白吃一顿饭吗？"

张阿美嘚瑟地撩了一下头发，点点头。张阿美金牛座的本性，在这一刻得到极大的体现。

大约在各色小胡同中穿行了十五分钟，车停在一处院子门口。

阿里先跳下车蹿进门，不一会儿探出头来，换上一脸俨然的主人神色，矜持地笑着说："欢迎光临寒舍，非常荣幸两位尊贵的中国客人来访，鄙人不胜感激。"

张阿美快乐翻了，这不是她给和文波翻译得做作，实在是阿里太拿腔拿调了。

堆上棋逢对手的一脸访客笑意，张阿美、和文波进了门。

一进院门，旁边是一间类似门房的屋子。一位微胖的中年男子正躺在地上的席子上，他动作敏捷地"腾"一下跳起来。在阿里介绍"这是我爸爸"后，他一本正经地跟张阿美握了握手。

张阿美还没来得及多客套几句，就被阿里引领着往里走。穿过门房豁然开朗，一个大约30平方米的院子，地面被细碎的小石子铺满，还零星地长着几棵细细的小树。院子四周围了一圈屋子，屋前有平台，高出石子地面大约30厘米。

一群衣着颜色各异的妇女围坐在平台上。

也门妇女在家里可以穿着艳丽的服装，但是外出时要身披黑色长袍，戴黑色头巾，大多戴黑色面纱。她们戴有手镯、项链、耳环等首饰，有的还在手、脚和脸上画上黄色的各种图案作为纹饰。随着现代文明的不断影响，也有一部分受过高等教育并从事工作的也门妇女只包头，不再戴面纱。

妇女们热情地招呼着。张阿美、和文波脱了鞋，光脚踩上尚有午后余热的石质平台，迎着一张张笑盈盈的脸走进那个由不同年龄女性围成的小圈子，抱膝坐在她们安排好的正中央的坐垫上。

阿里逐一介绍："这是我奶奶，这是我妈妈，这是我嫂子，这是我姐姐，这也是我姐姐，这还是我姐姐，这是我姐姐的孩子，这是我姐夫……"

张阿美惊奇地发现："咦，原来还有个男的。"

张阿美仔细一看，还有另外几个黑瘦的男青年在院子里快速穿梭着，她从那一张张神似阿里的笑脸上不难看出，这几个人一定是阿里的兄弟。阿里把附近所有能叫的亲戚都叫来作陪。

张阿美偷偷看了看那位被阿里称作"妈妈"的妇女。只见她围着色彩鲜艳的薄款头巾，身着居家长袍，正在抚着脸的双手戴了几枚有年头的金戒指，瘦削的脸上满是沧桑的细小沟壑，这大约与常年劳作加风吹日晒有关，与此形成鲜明对比的是她那明艳的笑容，丝毫不加掩饰甚至有些肆无忌惮地露出牙齿。

她笑意满满地看着张阿美、和文波，笑容将脸上的小细纹挤得更加明显。即便脸上有些许纹路，她依然给张阿美一种少女般活力的印象。

张阿美暗暗地希望，阿里说自己像他妈妈是指少女活力这一部分……

阿里妈妈向张阿美伸出手。张阿美也礼貌地急忙伸手。阿里妈妈实实在在地握了握张阿美的手。之后，阿里妈妈又把张阿美的手传递给奶奶、嫂子、姐姐等人一一相握。

那一刻，张阿美恍惚间感觉自己又回到了阿曼的乡村萨马德，也是在这样的乡村傍晚，也是这样友善的人们，不同的是，那时候她知道自己哪天回家。

和文波也入乡随俗地跟众人一一握手问好。这样深入中东民宅的体验，于她还是第一次，新鲜感十足。

握过手，张阿美恢复抱膝动作。她知道，接下来就要进入尴尬的讪笑阶段了。果然，第一拨互相问好后，大家一时无话可说。阿里只好隆重推出家里唯一一位会说英语的女性——哥哥艾哈迈德的妻子。张阿美、和文波同时念叨着"哦，好厉害"，以夸张的表情向她望去。

嫂子立刻露出略微羞涩又颇为骄傲的表情。而当眼神落在她脸上的一刻，张阿美就知道，哥哥艾哈迈德是个多有福气的人。

嫂子皮肤白皙得根本不像当地妇女。她那如剥壳鸡蛋一样的脸上，是富有西域眉眼特征又稍稍克制的柔和五官，眼睛不大，鼻子不高，反正各处都是刚刚好，多一分则野蛮，少一分则愚笨，活脱脱是从波斯细密画里走出来的人物。

嫂子随意往那一坐，张阿美感觉自己能以她为蓝本，按照《一千零一夜》的模式讲上三天三夜不重样的故事，故事里有夜莺，有月亮，还有热情的玫瑰花，更有亘古不变的爱情。

嫂子在大家的殷切期盼下，问起了张阿美、和文波的事儿。她虽然会说英语，但也仅限于简单交流。其他人则兴奋又好奇地围着张阿美、和文波。

一位裸着小麦色胳膊的大眼睛姐姐一直温柔地盯着张阿美，她的眼睛像印度人的一样，又圆又大，笑起来的时候便轻轻地眯着，显得格外风情万种。看起来她只有二十出头的样子，却已经当了妈妈，而且此时又有了一个月的身孕。

大眼睛姐姐虽有身孕，但张阿美感觉她的身量却比自己瘦多了。

张阿美观察的结果是，总体来说，阿里家青年女性的颜值都非常高，不知为何男性都是瘦瘦小小黑黝黝的，离得稍微远一点儿就看不清五官，只能看到一口白白的牙齿。

大眼睛姐姐端来好大一盘炸虾片儿和一盘咸味爆米花。炸虾片儿在中国和中东都很常见。爆米花做成咸味儿的是在意料之中，整个中东，人们都喜欢咸味的爆米花。

一个年龄稍长的姐姐给张阿美、和文波倒茶。张阿美听见阿里在远处急急地喊着什么，倒茶的姐姐顽皮地看了张阿美、和文波一眼，没有放糖。

院子里虽然宽敞，却还是挺热的。披着头发的张阿美禁不住开始汗流浃背。阿里妈妈发现了张阿美的燥热，便招呼大家领着她与和文波进屋边吹风扇边聊天。于是，一群女人拿着吃喝挪到了大哥大嫂的房间。

进屋后，张阿美发现阿里妈妈和奶奶不知去哪里了，只留下年轻的女眷陪她们。男孩子们时不时从房外路过，笑着冲里面打个招呼做个自我介绍。坦白地说，由于他们长得都太像，张阿美、和文波根本分不出谁是谁。当然，她们还是能一眼认出阿里的。

这时，阿里攀着门框探头说："你们在这里好好玩，做礼拜的时间到了，男人们要去附近的清真寺一起做礼拜。"

阿里一脸待客周到的微笑，让张阿美产生错觉："这真是那个急慌慌的催命鬼阿里吗？"

嫂子抱起两个月的孩子边哄边问张阿美、和文波，中国人用什么方法下奶。

张阿美、和文波不由地对视了一下，感觉这个问题对于还没生过孩子的她们来说很有难度。

嫂子却一脸坦然地看着她们，神情中竟有些迫切。

作为一个小小的中医粉丝，张阿美磕磕巴巴地试图将"黑芝麻炒盐"这个偏方传授给嫂子。但嫂子想了半天，也没明白张阿美说的黑芝麻是什么。

张阿美在本子上画了一些黑点，可是画的效果并不好，看起来很像蚂蚁。于是，张阿美拿出手机找到中阿互译 App，把"黑芝麻"翻译出来给嫂子看，这下她才恍然大悟地点头，说明白了。

张阿美也松了口气："我还以为索科特拉岛没有黑芝麻呢。"

像所有刚刚有了孩子的妇女一样，嫂子也高兴地晒起娃来。她主动把那个小肉球递到张阿美、和文波怀里，而她们则胆战心惊地小心抱好，生怕有个闪失把孩子磕了碰了。

这刚出生的小男孩儿，皮肤白皙细嫩，全然不像岛上的男人们晒得又黑又老。

后来，医疗队的医生跟她们说，索科特拉岛上的大部分孩子生下来都可白净了，到了可以在外面乱跑的年龄，就马上变得黑黑的。

"防晒要从娃娃抓起啊！"张阿美不禁暗暗地念叨着，同时决定明天给自己多涂一些防晒霜。

在张阿美的另一个"波斯之夏"故事中，年过五十但看起来很年轻的韩国大叔就曾告诉她，抗衰老的秘诀就是涂防晒霜。

闲聊了一会儿，屋里的妇女越来越少。最后，就只剩下了嫂子、张阿美、和文波。

张阿美奇怪地问："大家都去哪儿了？"

嫂子说："做饭去啦，这个时间开始做晚饭刚刚好。"

张阿美正想出门去瞅瞅黑灯瞎火的外面怎么做饭，却见嫂子拽着房梁上垂下的绳子，拴住包着娃的头巾吊了起来。

张阿美、和文波都张大了嘴巴，惊讶地走过去围着看。

嫂子见她们一副"世界真奇妙"的表情，忍俊不禁地说："没见过这样的吊床吗？在岛上我们都是这样吊的。"

张阿美依旧张着嘴巴摇摇头，然后死乞白赖地求嫂子同意拍张照片。

自打进了阿里家的院子，出于礼貌，张阿美一直没有掏出相机到处拍摄。现在看到这个场景，张阿美实在手痒得不要不要的。

嫂子经不起张阿美的一磨再磨，自己闪身到一边，让她把孩子和吊床拍了下来。

嫂子之所以在张阿美拍照的时候闪身到一边，是因为也门禁止对女人拍照。换言之，也门女人是拒绝被拍摄的。

不知为什么，这个吊孩子的方法总让张阿美想起《西游记》里师徒们路过比丘国的时候，见家家悬挂鹅笼，笼中尽装小儿，知是国王无道，宠信美后……

张阿美还想起东北八大怪之一——"养活孩子吊起来"。还有，在内蒙古的鄂伦春族、鄂温克族和达斡尔族，婴儿的摇篮扁长，往往也把一头吊起来，让婴儿有半躺半站般的舒适。这样想来，中国也门虽然万里之遥，但两地育婴的方法竟有异曲同工之妙。

放过熟睡的孩子，张阿美到院子里观摩阿里家人做饭。

她溜达到一群蹲在厨房门口的人旁边，手插在兜里不知说什么好。阿里和其他男孩子都还没回来，张阿美一时间还真不好找话题，只好堆出满脸的笑点头示意。要不是大家都不抽烟，她大概就要挨个散烟了。

大眼睛姐姐扯出一张大大的凉席铺在碎石子地上，让张阿美坐在上面歇息。

大眼睛姐姐拖过面板，一边擀饼，一边调皮地盯着张阿美。

阿里妈妈和奶奶在帮助另外几个姐妹煮通心粉。张阿美偷眼看见，顿时觉得一股暖流在心里蔓延开来。自从阿赫尔闹鬼的那晚，张阿美说艾哈迈德做的意大利面好吃，阿里不管到哪儿都会给她安排一顿通心粉，即使来了他家，也要热情地煮上一大锅。

其实张阿美知道，当地人基本还是以大饼和米饭为主的。

和文波走过来，也坐在凉席上。她们一起观看大眼睛姐姐擀大饼。她双手灵巧地将一块沾满油的面迅速擀成薄薄一片，再左右叠起来用手指戳住，重新擀成片儿。这个时候，旁边的小妹就会接过去，送到炉子边烤。

大眼睛姐姐见张阿美看得出神，便将擀面杖递了过来，让她也试一试。一家人一看外国人要动手擀大饼，纷纷饶有兴趣地围过来。张阿美在众目睽睽下顿时有些紧张，好在刚才看到的擀饼顺序还没忘，勉勉强强地擀出一张饼。

大眼睛姐姐满意地大笑起来，围观的家人也都露出了赞许的表情。张阿美估计，这个时候即使擀成个包子，大家也会说擀得好吧。和文波在旁边刚露出笑容，也被递过来一根擀面杖。看来，外国人必须都入乡随俗一下才能过关。善于制作甜品、面食的和文波，很快就擀出了一张完美的大饼，获得了阿里家人的一片称赞声。亲手擀过大饼后，张阿美、和文波坐在席子上乘凉。

院子里没什么光源，只有厨房门口的一盏小灯。抬头望去，但见皓月当空笼轻纱，灿灿群星手可摘。张阿美坐得屁股疼，索性身子一歪半躺在凉席上。旁边传来大家的轻声聊天，声音被阵阵晚风包裹而显得格外柔和。孩子们在四周轻盈地跑来跑去。

和文波坐在张阿美对面，她们高兴地仰望着澄明如镜的天空，非常放松。

张阿美突然感觉头皮痒痒，接着传来一声感叹。张阿美回头一看，是阿里妈妈正轻轻抚着她的头发，并示意其他人都来瞧瞧这外国人特有的"黑长直"。在国内，人们通常会将头发烫成各色卷卷，而这里大家都是自来卷，所以非常羡慕能长出直发的人，有些女孩儿还特意去美发店将头发拉直。

到了吃饭的时间，阿里姗姗回来。夜色中，他的眼睛在远处看来还是像两个黑洞。他站在院门口，饶有兴致地看着跟大家打成一片的张阿美、和文波，过了一会儿才走过来打招呼。

张阿美以为晚饭会是大家围坐成一圈一起吃，谁知大家把她们围在中间。摆好大饼、西红柿土豆酱，当然还有和文波最爱吃的水果蔬菜沙拉和张阿美最爱吃的通心粉，大家叫她们快吃。

阿里一家热情的目光，在如水夜色中，竟让张阿美、和文波感觉如置身于撒哈拉沙漠中。月光下，不仅有一张张殷切的笑脸，还有阿里温和的招待："快吃吧，这些都是你们爱吃的。"

张阿美、和文波接过姐姐们递来的盘子，从大盆中盛起通心粉和调味汁，配着沙拉、大饼吃起来。周围的人明显都产生了一种松了口气的感觉。

张阿美边吃边不住地向阿里和家人说着"好吃好吃"，和文波也配合地赞叹不已。大家就更加眉开眼笑起来，气氛越发轻松惬意。

事实上，张阿美还是感觉口味偏淡了些，要达到可口水准，还有很大的提升空间。但她感觉有一份真挚的情谊做调料，这顿晚饭也实属毕生难得的美味。

张阿美、和文波尽量多吃一些，无以为报，甚至都没有从国内带来的小礼物，只能努力让大家感觉她们真的很喜欢这些精心准备的食物。

阿里坐在旁边，一言不发地看着张阿美、和文波，表情慈祥得像邻居家姥姥。

张阿美边吃边察觉到阿里的变化，跟家人在一起，他身上一切棱角都默默消失，变得平和沉静。怪不得阿里曾跟张阿美、和文波说，索科特拉岛人以家庭为重。

张阿美已经吃饱，但她还是又盛了一盘通心粉。

阿里见状高兴地说："我跟她们说你最爱吃这个，所以今天才做了这么多。怎么样，很好吃吧？"

张阿美塞了满嘴通心粉，眉开眼笑地点着头，梗着脖子咽下去："就算味道很普通，也要让我们的小向导开心，咱吃的这不是晚餐，是亲情啊！"

很久以后，张阿美再次回想起那个夜晚，竟发觉那是阿里唯一没有吃得满嘴掉渣的一顿。他整晚的表现都矜持而高雅，简直让人有些认不出了。

和文波已经撑得直打嗝，她悄悄地跟张阿美说："实在吃不下了，我们住嘴吧。"

张阿美点点头。

她们十分同步地放下手中的勺子，抚着肚皮对周围期盼的目光说："吃饱了吃饱了。"

阿拉伯语"吃饱了"的杀伤力很大，和文波认真地跟张阿美和阿里学了很久。对于学日语出身的和文波来说，卖萌指数噌噌蹿到冒顶，让大家惊叹不已又格外开心。

饭后，张阿美、和文波又被拉回嫂子的房间，女眷们躺的躺坐的坐，填满了屋子。

阿里妈妈站在门外，笑眯眯地看看张阿美、和文波，她豪爽地挥挥手，念叨了几句就去洗碗了。

张阿美可以看出，嫂子的家庭地位挺高的，不需要做饭，也不需要洗碗，还能悠闲地坐在自己的房间里招待远道而来的外国客人。公婆如此有爱，一家姐妹都以嫂子为中心。

虽然阿里妈妈洗碗去了，但张阿美还是能默默感受到，她是一家之主。

又闲聊了一会儿，张阿美、和文波便起身告辞。阿里全家人把她们送到门口。

张阿美分明感受到，大家真心不希望她们这么早就回旅馆。可能的话，大家愿意她们留下来住在这儿。但从张阿美、和文波的角度出发，还是不要过多打扰人家了。

张阿美、和文波刚坐上车，阿里便从家里跑出来，从车窗递进来一塑料袋水果……

盼归
——从一弯新月等到一轮圆月

4 月 1 日大清早，要不是醒来看了一眼手机上的时间，张阿美都忘了这天是愚人节，更别说像以往一样，费尽心思琢磨整蛊别人的招数。张阿美想，和文波已经脆弱得不堪一击，这个时候还跟她玩愚人节，大概会被揍死吧，尽管她很温柔。

张阿美、和文波分别用冷水洗了洗头，趁着凉快，登上旅馆楼顶。

别看旅馆只有四层，却是当地最高的建筑。观赏整个哈迪布，顶楼绝对是最佳位置。清晨的哈迪布娇艳无比，朝霞给那些灰头土脸的小房子涂上一层玫瑰色。

"哈迪布，我的粉红之城，这种瑰丽的颜色只有在清晨短短几分钟的时间才能看得到，绝大部分时间它都显得与粉红色无关，就像它背后隐藏的故事一样，若你来这里却不知道这个故事，就有些'身在此山中，云深不知处'的小小遗憾了。"面对着清晨的美景，张阿美情不自禁开始抒情。

为能否回国的事儿伤春悲秋了一会儿，饥肠辘辘的声音就把张阿美、和文波拉回了现实。

"虽然早饭 7 美元一顿很坑爹，还是去楼下吃现成的吧！"张阿美、和文波怀着挨宰的心情下楼进了餐厅。

翘臀服务生跑过来铺好塑料布，"吡吡吡"地笑了一下就走了，并没有问她们吃什么。茶童倒是很记事地将一杯奶茶放在张阿美面前，把一杯红茶放在和文波面前。

不一会儿，翘臀服务生端来大饼，还端来两盘子菜。

　　张阿美仔细一看，竟然是洋葱炒鸡蛋！看这道菜的品相，颇有些我国十八线小城市唯一一家沙县小吃的风采。张阿美品尝了一口："哟，简直就是中式食物！"

　　和文波在张阿美的激动之情的怂恿下，也赶紧吃起来。

　　于是，这个本该惴惴不安的早晨，因为一盘洋葱炒鸡蛋而显得完美了。

　　"其实炒鸡蛋只要少放点盐，到哪都是一样的味儿。"张阿美心里又开始揶揄起来。

　　一位渔夫拎着鹦鹉鱼走进餐厅，打算送到后厨。张阿美拦住渔夫，强行拍摄了一张照片才放他走。

　　这个渔夫40多岁，他穿的鲜绿色蟒蛇纹裙子令张阿美沉醉不已，很想扒下来据为己有。

　　这里的男人平均每人有七八条裙子，但基本都不在岛上买，因为这里没有多少花色可供挑选，他们大多会到也门本土买漂亮和做工较好的裙子。难怪张阿美在苏丹的店里，没找到一条自己喜欢的裙子。

　　也门人平时的衣着简单朴素，富有民族特色，并因社会地位不同而有差别。上层成年男子一般穿白色的阿拉伯长袍，外套西服。中下层男子上身穿对襟衣服，下身围裙子，脚穿凉鞋，头上常缠着方头巾。

　　精美的腰刀和华丽的腰带曾是也门成年男子最重要的装饰品。腰刀有的用钢铁制成，有的用纯铜制成，刀柄镶嵌宝石、金、银等饰品，以显示身份。刀鞘也讲究，用金银丝编织成精美图案。腰带较宽，一般以黑色布料为底，上面用金银丝线编绣，华美绚丽。此外，成年男子大多还戴镶嵌宝石的银戒指。

　　不过，随着社会发展进步，腰刀蜕变成为工艺品，佩带腰刀的习俗渐失。比如阿里等人，既没有佩带腰刀，也没有戴镶嵌宝石的银戒指，甚至连一条精美的腰带也没有。

　　饭后，张阿美、和文波又陷入了无所适从的境地。她们回到房间，各自衣衫整齐地躺在床上，听歌的听歌，碎碎念的碎碎念，加上还没被强制停电的风扇声，组成一种巨大的无聊情绪，在房间里飘荡过来飘荡过去。

这样待了一会儿，张阿美、和文波觉得不是办法，她们重新爬上楼顶。

短短的时间内，哈迪布已经被上午的太阳迅速涂上了一层金色，醉死人的热浪很快就要袭来。

上鹤久幸住的那层大堂，直接通往外面平台。那些被悬挂起来的衣服属于旅馆的洗衣服务，全部由蒙面大婶搞定。

张阿美每次遇见大婶，都觉得她生活在另一个平行世界里，那里的平均速度要比正常世界慢三分之一。她勤勤恳恳地洗衣、晾衣、做客房服务，每一项都做得认真而缓慢，似乎快一秒都会扰乱自己的既定节奏。

在楼顶上，可以看到索科特拉岛最贵的夏日岛酒店的白色楼顶，它右侧的宽阔土路，则是张阿美、和文波每天出行必经的一条干道，从那里一直往前走就可以进入老城区，果汁店、电器行、小卖部应有尽有，阿里的家也在那个方位。越过夏日岛酒店的楼顶往远处看，则能看到男校的操场。这里经常会举办"索岛杯"足球赛，赶上下雨就推迟一会儿，雨停马上继续开赛，随意得很，全哈迪布的青壮年男士都会兴致勃勃地前来观战。

夏日岛酒店的楼顶上，有好多太阳能热水器，这大概是全岛唯一拥有热水器的酒店了。现在张阿美、和文波看到热水器，都要大为惊叹一番。

张阿美、和文波所处的位置在哈迪布的中心大道最东边，开车向西，出城不一会儿就可以到机场，再多开一两个小时就到美丽的卡兰西亚海滩。

"可是，目前'唐长老'和'孙猴子'被困'比丘国'，前往'东土大唐'的路，显得如此遥不可及。'孙猴子'现在特别想吃酱油，什么酱油拌饭、酱油蘸大饼、酱油炒蔬菜都可以。"张阿美自我解嘲，"哎呀，由于太想吃酱油，自己已经开始胡言乱语了。"

早上 10 点多，阿里又一次出现在旅馆。

无聊的张阿美、和文波本来想拉着阿里唠嗑，却听到了一个让人无法淡定的消息："四个正在环球旅行的欧洲人乘坐小艇停靠在码头，将在岛上补给两天，然后一路开往吉布提。"

张阿美、和文波不由自主地对视了一下。阿里用犯愁的表情看着张阿美、和文波说："建议你们去找这些人问问，要是能跟他们的小艇去吉布提的话，两天后就可以出发。"

经过上次欧洲游客冒险撤离事件，和文波已经变得谨慎了许多，她迟疑地说："这样不太好吧，可能他们并不想给自己添麻烦呢。"

张阿美觉得不太靠谱，并有婉拒之意："我们已经联系了大使馆并得到承诺，不管中间有什么样的诱惑，也不能失信于自家大使馆啊。"

阿里听了张阿美、和文波的回答，耸耸肩说："虽然是有点不太好，但既然这些人在这个时间来到索科特拉岛，我个人感觉机会挺难得，咱们还是去看看吧。"

和文波决定去找上鹤久幸商量一下。阿里见她们一时拿不定主意，便下楼去饭馆订午餐。

午饭多了一条大个烤鱼，外焦里嫩，十分可口。阿里坐在张阿美旁边，豪爽地吃着大饼。张阿美、和文波面对面，矜持地吃米饭。虽然烤鱼相当好吃，可张阿美依旧没有什么战斗力，米饭还剩一半的时候，就放下了勺子喝起饮料。

阿里嚼得满嘴掉渣子，他看着张阿美的盘子说："你这样太浪费了！"

张阿美摊手表示不想吃了。

阿里便不知死活地突然提出要比赛，如果张阿美能把米饭吃了，他就把自己那盘子大饼全吃光。

张阿美斜眼看了一下他的大饼，多得都够喂饱饥饿状态下的艾哈迈德了。阿里那点胃口，根本不可能吃完。而张阿美剩的那些米饭，对于战斗力尚有保留的她来说，努努力肯定可以连盘子都舔干净。

张阿美点点头说："你已经输了。"

接下来，阿里展示了真正的满嘴掉渣技能。可即便如此，当他扭头看到张阿美大口大口塞米饭的样子，还是露出了心有余而力不足的表情。

终于，在张阿美快要吃光最后一口米饭的时候，阿里把大饼"啪"地一扔说："我不比了！"

张阿美擦着嘴咽下米饭，她觉得整个过程特别像高手跟臭棋篓子下棋，还剩最后一颗棋子要赢的时候，臭棋篓子突然把棋盘给掀翻了。

下午，上鹤久幸急匆匆地来敲门，说那几个欧洲人正在附近的银行取钱。在上鹤久幸的催促下，张阿美、和文波赶紧和他出门去银行。上鹤久幸还不确定自己是不是真的可以被中国大使馆救走，所以他无论什么样的"橄榄枝"都想去看一眼。他们急匆匆地走进银行，但那几个欧洲人已经离开了。

一位银行负责人倒是热心地将张阿美等人的情况转告了欧洲人，但得到的回答是："不好意思，我们的小艇坐不下这么多人。"

张阿美松了口气，心想："本来我就不赞成这个计划，现在人家已经婉言拒绝，那真是再好不过了。"

但银行负责人又提供了一个新消息：今天有艘印度商船停在港口，明日将开往阿曼塞拉莱。他建议："你们不如去问问船长，看他愿不愿意带你们一起走。"

"什么？"张阿美、和文波诧异地互相看了一眼。不愧是愚人节，没完没了的一波未平一波又起啊。"诱惑"接连扑面而来，要守住对大使馆的坚持，还真是有些难度。

这时，阿里推门进来，告之他刚刚得知的关于印度船的消息。

张阿美有些失神地告诉他："我们已经知道了。"阿里去找银行负责人确认细节，并打电话叫他哥哥艾哈迈德开车到银行门口待命，一会儿拉着大家去港口。

大家尴尬地坐在银行的椅子上，默默无语。张阿美还不知和文波在想什么，但上鹤久幸明显有些心动了。

阿里说，印度船的状况非常好，比起"诺亚方舟"要大得多，也高级得多，只要有空余的舱室，去往塞拉莱是非常安全的。

和文波见张阿美很是犯愁，知道她在想大使馆的事儿，于是劝说："咱们不一定真的要跟印度船走，银行负责人和阿里既然提供了这些信息，出于对他们的尊重，不如一会儿去看看。"

张阿美点点头，心想看看又不会掉块肉。再说，她俩要是不去的话，上鹤久幸也不好意思单独用阿里的车吧？

阿里招呼张阿美、和文波、上鹤久幸上车。越野车驶出哈迪布，一路向东，不出十五分钟就到了港口。港口停靠了好几艘货船，粗犷的水手们在码头走来走去，大声吆喝着卸货。四周灰尘满天、嘈杂无比，就连视线都被蒙上了一层灰。

阿里说自己有点累，想在车上休息一会儿，他就留下了。张阿美、和文波、上鹤久幸惴惴不安地跟着一个半老徐"郎"的港口负责人，穿过好奇的人群挤到岸边。

一艘看起来常年风里来雨里去的商船，展现在大家眼前。港口负责人朝船上喊着什么，大概是叫船长出来。不一会儿就见商船上放下一艘小艇，一个肤色黝黑、头发花白的胖大爷站在上面，气度不凡地跟负责人招手。

这艘印度船，比"诺亚方舟"好了不知几百倍。

胖大爷只会说印度语和阿拉伯语，他跟负责人面对面大声地聊着，码头实在太吵，得用吼才能听清彼此的话语。

张阿美、和文波、上鹤久幸站在一边，努力地听着并猜测他们在说些什么。上鹤久幸时不时努力地插话沟通。

毕竟满船都是印度水手，上鹤久幸知道张阿美、和文波非常担心安全问题，所以他首先请负责人代问船长：是否有空余船舱给两位女士，舱门可否上锁，在船上的两天饮食要如何解决等。他缓慢地问过这些问题后，负责人要慢慢消化一会儿才弄懂，然后再翻译给胖船长。

张阿美也想帮着上鹤久幸问，可是她离胖船长有点儿远，周围嘈杂一片，声音根本传不到他那里。

时间，就这样慢慢地被消耗掉了。

水手们不知就里地团团围上来，并纷纷发表意见。张阿美、和文波虽然知道这里的人都很友善，可被一群灰头土脸、表情严肃的男人围在中间，那滋味可就太不自在了。

和文波紧张地抓着张阿美的胳膊，小声说："这有什么好围观的啊！"

在越来越乱的人群中，就连淡定的上鹤久幸也快要崩溃了。他们不由得忧心，负责人到底和胖船长商议得如何？

突然，人群右侧被挤开一个口子，阿里再一次光芒万丈地径直走进包围圈，他瘦小的身子挡在张阿美、和文波、上鹤久幸前面，干脆利落地问起话来。他时而严肃讨论，时而微笑应承。

胖船长也终于不再迷茫，笑眯眯地给出了答案："两位女士将得到整条船最豪华的船长室，上鹤久幸的房间紧挨在一边，每天三餐全包，每人收 150 美元即可。"

阿里真是分分钟刷爆主角光环，自他挤进人群，刚才的混乱便如清泉涌入干涸的河道，一切变得顺畅起来。张阿美、和文波、上鹤久幸也因为阿里的出现顿感心安。

但张阿美过后一想，不由得开始小肚鸡肠起来："是不是他为了抢戏，假装累了歇在车里，等我们完全搞不定的时候突然冲到舞台中间，吸引全部的镁光灯呢？那个谁，剧务，今天晚上阿里的盒饭记得把鸡腿撤掉，要是他觉得没味就撒点酱油。"

一想到酱油，张阿美又有些抑郁了，她更想有酱油吃……滚滚尘土中，张阿美一行逃命般跳上车。

回去的路上，和文波坐在张阿美旁边轻轻念叨着："印度船给出的条件真的很不错，咱们怎么办好呢？"

张阿美也有些头疼，状况这么好的一艘船，给单间包饮食，只需 150 美元。想想昨天离岛的那些欧洲游客，可是每人出了 400 美元，还不管吃喝。而且这种商船长期在阿曼与索科特拉岛之间来往，对海上的状况再熟悉不过，危险性其实是很低的。要说唯一的顾虑，大概就是船上的印度水手了……

上鹤久幸看起来心情很好。

张阿美猜测："上鹤久幸十有八九是想收拾背包，明早就跟着印度船出发。虽然田琦大使已经答应可以带上上鹤久幸一起走，但以他个人来说，肯定还是希望能自己解决就不给我们添麻烦吧。"

话不多的上鹤久幸，这一路絮絮叨叨地说了不少话，倒显得张阿美、和文波太过安静。

回到旅馆刚下车，英语不灵光的旅馆负责人就堵上来。他神情迫切地跟阿里说着什么。

阿里听完翻译给张阿美、和文波："下午中国医疗队队员曾到旅馆来找过你们，没找到就先去忙别的事了。一会儿还会回来，让你们哪儿也不要去。"

张阿美、和文波互相看了一眼，她们有些担心，即将得到的消息别是走不了了吧。

回房间略为休整一下，张阿美又接到了中国驻阿曼大使馆工作人员打来的关心电话。

张阿美、和文波合计："毕竟现在医疗队有新动向，而大使馆人员也在电话里告诉我们一定可以安全撤离。在这种情况下，从我们的立场出发，必定是要放弃印度船了，本来也没打算跟他们走。"

张阿美、和文波决定上楼找上鹤久幸摊牌，让他自己来抉择去留。万一耽误了上鹤久幸的撤离计划，她们感觉自己也负不起这个责任。

上鹤久幸打开门，一脸愉悦。看得出，他还沉浸在发现印度船的惊喜中。随着张阿美、和文波说明目前的情况，他的眉头微微皱起。

在患难与共的日子里，每一次做出决定，对于上鹤久幸来说都很艰难。尤其是印度船明天就出发，若他肯花钱，两天后就能悠闲地在阿曼观光了。和文波告诉他不要有心理负担，如果很想跟印度船走，就遵从自己的决定，希望不会因为她们而耽误自己的时间和行程。

上鹤久幸叹口气，强装微笑："容我考虑考虑，不管怎样，非常感谢你们一直这么关心我。"

张阿美说："过一会儿医疗队的人还会再来旅馆，届时不知道有什么样的新消息。不如等等新消息，你再做决定也不迟。"

上鹤久幸点点头，决定跟张阿美、和文波一起到大堂等候医疗队的人。

不知道医疗队啥时候过来，阿里也陪着等，但他的耐心非常有限，每隔十分钟就给医疗队的当地司机打电话问到哪儿了。司机也很不靠谱，每次都说"快了快了，还有十分钟"，但十分钟过后，依旧没有人影。

阿里跑到张阿美旁边，说早晨接到了澳大利亚使馆的电话，对方向他询问那对澳洲夫妇的去向。可阿里也不是他们的向导，所以除了回答关于"诺亚方舟"何时离岛的问题外，别的也说不出什么。

张阿美干巴巴地揶揄："自从田大使他们跟你联络后，你倒成了岛上的红人了，以后再有谁来旅游，肯定第一个找你。"

　　张阿美、和文波、阿里疲惫地斜靠在旅馆大堂的沙发上，尽管风扇猛烈地吹，却依旧吹不散心中的燥热。阿里脱了鞋，表情严肃地歪躺在沙发上，跟每一个来来往往的人打着招呼。

　　这里的人没事儿就推门进来，坐在沙发上蹭 Wi-Fi 或者看电视，才不管这儿是不是旅馆。张阿美、和文波每次经过大堂，都会遇到很多从没见过的人在这里懒洋洋地消磨时间，但他们都非常有礼貌，见面一定会微笑着打招呼。张阿美起先还有些不好意思，时间久了也就习惯了。这习惯导致她回国后好长一段时间里，每每看见有人路过自己身边，都想露出微笑点点头。

　　上鹤久幸无聊地坐在沙发上刷手机。

　　那群亚丁小伙子一阵风似的走进来，似乎完全没受到滞留的影响。他们认识上鹤久幸比较早，都很喜欢他。在跟张阿美、和文波打过招呼后，他们就把上鹤久幸团团围住嘘寒问暖，虽然彼此语言根本不太通。他们给了上鹤久幸好多零食，张阿美、和文波作为跟班，也有幸得到一些难吃的瓜子和毫无味道可言的油条状食物。

　　两个小时后，医疗队的小面包车终于停在了旅馆门口。张阿美、和文波疾步迎出去，看到翻译崔露凡和医生宫影全副防晒武装地从车上下来。她们好像还有别的事儿要去处理，只是急匆匆地告诉张阿美、和文波："明早 8 点多去医院，队长有事儿要说。"

　　送走了崔露凡和宫影，张阿美、和文波目瞪口呆地对视了一下。仔细想想看，其实这件事儿打个电话来不就得了吗？

　　张阿美、和文波转身打算回房间，却见上鹤久幸一脸恳切地站在旅馆门口，等着她们宣布新消息。

　　"这可怎么说好呢？一竿子戳到明天早晨，可明天印度船就要出发了呀！"和文波面带愁容，小心翼翼地将新消息告诉了他。

　　上鹤久幸表面上还在维持礼貌，内心却有些崩溃了。三人一时无语。阿里则背着手，以他们三人为圆心，匀速地做着圆周运动。

上鹤久幸在发呆三五分钟后恢复了神志，似乎喃喃自语地说："这样啊，请让我再考虑一下要怎么办，过一会儿来找你们。"

上鹤久幸匆匆忙忙地跑回了旅馆。

阿里终于得到插嘴的机会，十分有存在感地把脸横在张阿美视线里，问出了那个亘古不变的问题："现在是什么计划？"

张阿美再次像赶苍蝇一样把他扒拉开，嘴里叨叨着"没计划没计划"，顺腿就朝饭馆走去。

阿里陪着张阿美、和文波吃晚饭。他见问不出什么点子，便自作主张地说："明早7点半我在楼下等你们，送你们去医院。"

和文波有些担心地说："那你班儿都不上了吗？"

阿里每次面对和文波都很有礼貌，他微笑着说："别管什么学校的事啦。"

张阿美一边吃一边想："这要是我问，他肯定还得来一句'去他的学校'。"

饭后，张阿美、和文波跟随阿里，去老城区的小卖店买了些生活用品，又逼着他帮忙换了好多龙血树硬币。此前，张阿美、和文波在银行曾打算自己换一些硬币，却被告知没有。

张阿美、和文波高兴地揣着一兜子硬币满载而归。回国后，张阿美把这些龙血树硬币当做特殊的小礼物送给许多朋友。

"虽然硬币不值钱，但它们可都是货真价实用生命背回来的呀！"张阿美很重视友情。

上鹤久幸早早等在三楼大堂，一见张阿美、和文波回来就迎上前说："思前想后，我还是打算跟你们一起去医疗队。毕竟你们已经跟田大使提到了我的事儿，就这样不辞而别实在很不礼貌。如果可以跟你们一起走的话，我想我能放弃印度船。"

其实，要上鹤久幸这样没有预期地等下去，张阿美真的很不好意思，因为她也不知道什么时候能走。对于上鹤久幸来说，多待一天就要多花一天的钱，阿里可没说要帮他付饭钱。

理想很丰满，现实很骨感，上鹤久幸就快要囊中羞涩了。张阿美估计，再过几天，上鹤久幸就只能从她这儿借钱度日了。

"我，一个身携1000多美元巨款的人，突然成了三个游客中的富豪，这种心路历程，一般人是体会不到的。不过从这件事儿可以看出，一切无意识中做的无用功，在不久的将来都会得到用武之地；不管事情始于哪个时刻，都是对的时刻；无论发生什么事儿，都是唯一会发生的事儿。譬如我傻乎乎地多带了那么多现金，譬如我昏了头地买了足够当身体乳的擦脸油，譬如我选择了阿里做向导，譬如我在三楼大堂跟陌生的上鹤久幸打招呼……"张阿美又开始思绪飞扬起来。

上鹤久幸说他今早去老城区转悠的时候，吃了那里的早饭，连茶带主食一共才300里亚尔，不知道她们明早愿不愿意一起去。

"300里亚尔，简直就是不要钱啊！"张阿美、和文波想想楼下饭馆每人7美元的早饭，毫不犹豫地点头答应了。时间约在早晨7点，在阿里到来之前。张阿美、和文波要抓紧吃完早饭赶回来，晚了一定会被阿里骂的。

上鹤久幸在回房间之前，特意把他的新手机留给张阿美，说如果有什么事情，阿里就不用专门跑一趟了，若是接到日本大使馆的电话，告诉他一下就可以。

张阿美接过手机，眉开眼笑地点头致谢。

经过一天的焦灼奔忙，张阿美、和文波都想去楼顶吹吹凉风。

四面八方的清真寺宣礼塔中，都传出阿訇叫人们去做礼拜的悠长呼唤。

宗教在也门人民的生活中占有极其重要的地位。国家和社会组织的一切活动，以及风俗习惯都直接或间接地受宗教信仰影响。

随着阿訇的呼唤，街上陆续出现一些人，或快或慢地朝着清真寺走去。张阿美、和文波的头发被晚风吹得飘扬起来，心情已经跟清晨在这里时大相径庭。月色朦胧。月亮被挡在蛋花汤一样的云层中，只透出紫红色的光影，但隐隐约约可以看出，它已经变成了满月。

当晚，和文波忧郁地在日记里写下了一句话："从一弯新月等到一轮圆月，我想回家！"

4月2日，为了吃到上鹤久幸说的很便宜的早饭，张阿美、和文波早早起来梳洗完毕，如同军训一样跑到一楼大堂。守时的上鹤久幸已经等在大堂里。迎着初升的太阳，他们边聊边小心地绕过路上的各色石头，走进老城的胡同里。

走了不久，上鹤久幸指着前面说："就是这里了。"

张阿美、和文波望去，只见两根棕榈木撑着个小棚子依附在石头墙上，一群男人在那里或蹲或坐，边聊天边吃早饭。

"往哪儿坐啊？"张阿美被如此简陋的就餐环境惊到，她假装平静地继续往前走。

食客和店主显然都注意到三个外国人的到来，他们停下手里的动作，齐刷刷地看过来。

张阿美、和文波习惯性地招招手，笑了笑。在座或不在座的各位食客，也立刻露出笑容。

上鹤久幸在门口空地上找了块石头，招呼张阿美、和文波入座。

和文波压低声音说："之前路过这里，怎么没发现是个早饭摊儿呢？"

张阿美听到有人喊摊主"萨利姆"，她也回头跟着喊"萨利姆"。

萨利姆听到外国游客喊他的名字，一边忙一边大声地回应。

由于并不知道这里早饭有什么东西可吃，张阿美将目光投向上鹤久幸。他会意地举着三根手指缓慢地用英语对萨利姆说：

"三、三份。"

萨利姆点点头，又问："Tea（茶）？"

好不容易被人听懂语言的上鹤久幸赶紧点点头："Tea！Tea！"

不出一分钟，三杯热奶茶就被端到桌子上。

和文波说："这个石头有些碍事儿，要不我们把它挪开，直接放在地上吧。"

张阿美和上鹤久幸一起将石头挪开，却发现下面的蚂蚁们炸窝了，他们赶紧将石头恢复原位。

张阿美正琢磨早饭会是些什么，萨利姆就端来一盘油炸小饼。饼子薄薄一层脆皮，里面是空心的，咬起来又不是完全酥脆，稍微带点儿韧劲，似乎放了些发酵的牛奶在里面。

由于忘记告诉萨利姆不要在茶里放糖，所以奶茶甜得要命。幸好小饼只是略带一点牛奶的天然甜味，无形中中和了浓郁的甜茶。

张阿美吃着小饼喝着热茶，用胳膊碰碰和文波："是不是就这些了啊？"

和文波扭头问上鹤久幸，得到了肯定的回答。

由于小饼味道不错，张阿美、和文波追加了一盘。她们吃得有些撑。张阿美把钱递给萨利姆，起身拍拍屁股打算走。

迎面碰上一个渔夫。张阿美拉住渔夫，拍摄了一下他手里的鱼。

刚放走渔夫，又走来一位腆着小肚子的粉刷匠。见张阿美拍他，粉刷匠立刻停住脚步，将双手微微绽开，摆出很上镜的姿态，并笑眯眯地看过来。张阿美被他的情绪感染，觉得今天的事情一定都会很顺利。

往回走了没几步，遇到另一个渔夫正猫腰试图将鱼包起来。张阿美凑过去，在众目睽睽下非常欠地拍摄了地上的鱼。渔夫一脸的惊讶，仿佛在说这有什么好拍的。

张阿美还发现，一位老人的拐杖非常时尚，简直就像发廊门口招揽生意的那种旋转的彩色光柱灯。

300里亚尔的早饭虽然花得很值，但短短的几步路程，却让张阿美闷出韩式汗蒸的感觉。她羡慕地回头看了看并不出汗的和文波、上鹤久幸，心想要是自己也能那么干爽就好了。

从路口向左拐，便看到女子学校的大门。此时，正赶上学生们被校车送来上学，张阿美大概忘记了当地禁止对也门女人拍照的禁忌，趁着相机随手摆动到最低点时，悄悄地按下了快门。

然而路过校车的时候，从驾驶室探出一个脑袋，热情的招呼倒把张阿美、和文波、上鹤久幸都吓了一跳。

司机兴致勃勃地打听他们从哪里来、到哪里去。

上鹤久幸被车窗旁边的汉字搞晕了，上面明明写着"中国运输"，下面却还带了一个"（株）"，他凑过去摸着那个"（株）"字，颇有些他乡遇故知的感觉。

司机的英语出奇地利索。他听说张阿美三个人因战火滞留岛上后，连忙安慰说："索科特拉岛是个非常安全的地方，不要担心会受到战争波及，你们只需要耐心等待即可。"

然后，司机像新闻主播一样，把最近电视里播报的新闻大致地讲了一下：听说现在首都萨那状况非常不好，有胡塞武装在到处抓人质。前天有几户常住萨那的外国人全都失踪了，至今没找到，不知道是被绑了还是被炸死了。

司机见张阿美三人都露出震惊的神色，觉得有些不好意思，赶紧扯开话题问了点儿别的。张阿美三人便配合地跟他聊了一番诸如"天气真热""鱼肉很好吃"的客套话后，才再三挥手道别。

回到旅馆房间，张阿美坐在电扇底下闭着眼睛定了好一会儿神，滚滚而下的汗珠才被止住。和文波看看表，觉得阿里差不多要到了，便催张阿美一块下楼等。

张阿美、和文波走到大堂，发现上鹤久幸正跟阿里聊着，暗自感叹真不愧是两个守时的人。

阿里见张阿美、和文波下来，依旧露出太阳般的微笑说："早上好，你们昨晚睡得好吗？"

阿里没有带车来，因为他哥哥艾哈迈德早晨去医院上班把车开走了。他们聊着天，朝着医院方向走去。

张阿美问阿里："你今天又不去学校吗？"

阿里说："我把你们送到哥哥那里再去。"

这时，一位年纪很大的男人路过并和阿里打招呼。

阿里对张阿美使了个眼色："看见没？那是我的学生。"

张阿美惊讶地张大嘴："大学生为什么这么老？"

阿里摊开双手，并拖长声音回答："因为愚蠢啦。"

张阿美瞪了阿里一眼。

阿里挠挠头，表示自己在开玩笑，这里有很多人念到初中或者高中就辍学务工去了，等赚到一些钱后决定回学校继续读书，所以才有很多大龄学生。

早上 8 点整，他们到达医院。门口有许多人，但这些人根本不算什么，里面那才叫人满为患。岛上环境虽然很纯天然，但心脏病和癌症患者也有不少。

越过重重人群，他们挤进医院。阿里跑到一个窗口前，呼唤正在忙活的哥哥艾哈迈德。

哥哥艾哈迈德戴着橡胶手套跑出来，点头示意后，领着大家往上次去过的办公室走去。阿里则转身出门，去学校了。

敲敲办公室的门，没有人回应。哥哥艾哈迈德说，这个点医生们应该还没来，于是领着大家到对面的病房里等候。

浑身瀑布汗的张阿美刚一进病房就舒爽了："不愧是医院啊，冷气开得好足！"

病房里除了摆着两张床和几个柜子，只剩下几位一看就不是病人的男子在闲聊。见有人进来，他们纷纷起身打招呼。张阿美、和文波被让到里边，在床沿上落座。

张阿美、和文波本来以为病房里这么多人会有些尴尬，但阿拉伯式男女分明的待客方式，让她们得以悠闲地坐在一边不用劳神客套。

上鹤久幸就有些惨了，大家不断地寻找话题陪他。由于口音和语速问题，有时候他们根本听不明白对方在说什么。

一位医生陪着上鹤久幸聊了一会儿，突然起身出去了。他回来的时候，手里多了个塑料袋，里面装着三罐冰镇柠果汁，热情地分发给张阿美、和文波、上鹤久幸，并客气地说这里没什么好东西招待，随便喝点果汁吧。

张阿美虽然刚进病房那会儿热得要死，现在却被空调吹得直起鸡皮疙瘩。她拿着还在冒凉气的果汁饮料，不禁打了个寒战："中国医生什么时候来啊？"

一位白大褂看看表："平时这个时间也差不多该来了，你们别急，咱们这儿上班时间卡得没那么死。"

这时，门外走进来一位中亚人长相的医生，他语速飞快地跟各位道早安，看到张阿美等人也没有十分惊讶，想必早已知道了情况。

"果汁"医生介绍说："这位是乌兹别克斯坦支援索科特拉岛的医生，不会说英语，只会说阿拉伯语，希望你们多包涵。"乌兹别克斯坦医生朝张阿美等人微笑点头致意，然后继续语速飞快地与病房里的男人们聊天。张阿美从有限的几个单词能听出，他们是在说萨那遭受轰炸的事儿。

上鹤久幸身居病房正中央，只好装出一脸"哦哦，原来是这样"的表情，频频点头。

对面的门打开了。门口站着三位慈眉善目身穿白衣的中国女性。张阿美、和文波连忙过去打招呼。她们笑着请张阿美、和文波进办公室："秦队长过一会儿就到，等他来了会详细交代情况。"

上鹤久幸讪讪地跟在张阿美、和文波身后走进去，不好意思地向每个人点点头。

医生们因为工作繁忙，放下东西就去帮人看病了。剩下张阿美三人，你看看我我看看你，规规矩矩地排成一排，静静地坐在靠墙的椅子上等待秦队长。

一位穿着便装戴鸭舌帽的精瘦男子走进来，看上去50岁左右。张阿美乍一看，感觉他很像个大导演，虽然脸上有着岁月的痕迹，却精神焕发。

他一进屋就跟张阿美、和文波挨个握手，张口便是浓重而亲切的东北口音："你们就是滞留的两名游客吧？"

此人就是中国援助也门医疗队索科特拉岛分队队长秦拓，大家都喊他"秦队"。张阿美、和文波也入乡随俗地喊他"秦队"。

张阿美原本以为，作为医疗队的领导，秦拓一定会稍稍严肃些，没想到他一点儿架子都没有，不但和蔼，而且有些活泼。

秦拓站在屋子当中，左手摸着下巴，右手在面前指点着，将自己得到的消息娓娓道来："目前还没有太具体的指示传达下来，但明早可能有飞机来索科特拉岛，接大家去萨那与尚未撤离的同胞会合，再从萨那飞往第三国。"

"明早？！"张阿美按捺不住激动，扭头看着和文波。和文波也扭头，欣喜地看着张阿美。她们齐刷刷地转回头来问秦拓："明天真的能走吗？"

秦拓看见张阿美、和文波表情夸张，有些忍俊不禁地说："先别这么亢奋，在得到确切消息之前，咱们能做的就是安心等待。"

秦拓的目光落在手脚都不知该往哪儿放的上鹤久幸身上。他凑近张阿美、和文波说："当然啦，要是我们能走，这位日本人也可以一起带上。"

和文波转身向上鹤久幸转达了秦拓的意思，他的脸上终于露出安心的微笑。

秦拓说:"咱们留个电话吧,下午四五点钟的时候再联系一下,互通消息。在此期间,你们不要乱跑。"张阿美从兜里掏出上鹤久幸的手机,记下了秦拓的电话,并给他拨打了一下。

哥哥艾哈迈德在门口等候多时,见张阿美她们出来,便一脸关切地迎上前,想问问怎么样。但苦于英语不好,他只好打着手势边走边聊。张阿美、和文波也比比画画地跟哥哥艾哈迈德说着。听到最后,哥哥艾哈迈德脸上有了笑意,显然是听懂了,并且为她们高兴。

张阿美三人与哥哥艾哈迈德告别后,顶着上午势头强劲的太阳,有说有笑地走出了医院大门。上鹤久幸挺高兴,走得也比较轻快。

张阿美、和文波商量着去街上走走拍点照片。于是和文波告诉上鹤久幸,让他自己先回旅馆。上鹤久幸点头答应,并说如果有什么事儿去房间通知一下即可,下午他哪儿也不去了。

上鹤久幸越过穿着黑袍的妇女朝旅馆方向走去,他的背影似乎都在哼着歌。

"真的要走了吗?"张阿美一边举着相机漫无目的地乱拍,一边问和文波。

和文波显然不希望这件好事儿被张阿美的乌鸦嘴搞成泡影,连忙说:"如果是秦队得到的消息,十有八九是确定了的吧!"

张阿美擦着汗,点点头:"也对哦,医疗队说能走,必定是靠谱的。这么说,今天是我们在索科特拉岛的最后一天了。"瞬间,张阿美、和文波都有些沉默。

"一会儿见到阿里,不知道他会高兴还是难过。"张阿美试着不让自己去想分别的事情,便跟和文波讨论要不要先算算房钱和饭钱,白吃白喝了好几天,总觉得心里很别扭。

和文波有些担心地问:"萨那正在被空袭,如果我们飞到萨那中转会不会有危险啊?"张阿美说:"这个不是没可能,但大使馆的人都坚守在萨那,冒着生命危险为所有同胞回国排忧解难，我们也要有共同承担风险的义务。说到底，来索科特拉岛是我们自己选择的，若只有这一条路可以回国，那就扔掉心里的恐惧，做好一切准备吧。"经过这几天的折腾，和文波也渐渐坚强起来，悄悄抹眼泪的次数减少了，有时候还能开导开导张阿美。虽然张阿美说出了一番冠冕堂皇的话，但她相信，和文波其实早就想通了。

上午的哈迪布懒洋洋的。大街小巷的店铺不情愿地开着门，老板纷纷歇在外面的阴凉地里，悠闲地唠着嗑。从他们的世界路过，仿佛战争从未发生过。

几乎每个房子前面都有一台小小的发电机，用来应付时不时的供电困难。

从小巷子一路来到中心干道，只见人来人往，还挺热闹。"看来，全岛也就阿里怕热吧。"张阿美心里嘀咕着。

正对着巷子口的是一所小学。中午放学了，孩子们拥出来。张阿美、和文波决定过去看看。

学校门口的地上坐着几位蒙面妇女，在卖一些叫不出名字的小零食。张阿美、和文波好奇地上前去看，学生们也好奇地围上来看她们，有胆子大的孩子笑嘻嘻地喊着"Hello（你好）"。

几位妇女见张阿美、和文波走过来，热情地递上那怪怪的零食，非要她们尝尝。

张阿美实在推不掉，只好接过来尝了一口。顿时，酸倒了牙齿，原来是酸角！因为长得跟别处的酸角不一样，她们都没认出来。索科特拉岛的酸角威力强大，酸劲儿更胜一筹。

张阿美站在那里挤眉弄眼缓了半天，余光却见小学生们纷纷笑起来。她俩不敢再接妇女递过来的一大把酸角，礼貌地摆手婉拒，然后飞一般逃离了校门口。

离学校不远就是水果一条街。张阿美记得，到索科特拉岛第二天的时候，阿里曾在这里给她们买过番石榴。

张阿美刚拍了一张水果一条街的照片，摊主就举着自家的水果、蔬菜高声招呼她们，大有拥上来推销之势。她们只好又一次讪笑着逃走。

心里盘算着"明天一定能走"的张阿美、和文波，打算越过旅馆和"7美元"饭馆，到"曾经战斗过的"老城拍拍照。眼前那标志性建筑——清真寺宣礼塔作为旅馆参照物，曾经无数次拯救了迷路的张阿美、和文波。

一个男人提着鱼捧着木瓜从张阿美、和文波身边匆匆走过。看样子，他家的午饭已经有了着落。路过一家饭馆，张阿美拍了几张围栏的照片。只有到了晚上，围栏里才会热热闹闹地坐满人。

饭馆东边不到三米就是旅馆。后来，即使在北京，每次看到自己拍摄的旅馆照片，张阿美都有推门而入的冲动：头顶有不停歇的电扇，沙发上躺着玩手机的陌生人，大家相视一笑，你回你的房，我玩我的手机。

经过旅馆门前左拐，便会看到一个纪念品商店。里面是落满尘土的明信片、蜂蜜罐子、龙血粉等索科特拉岛特产。那天阿里帮忙换硬币，就是找了这家店的人帮忙。

热到快要发疯的时候，张阿美、和文波终于来到了老城。她们赶紧找了一家果汁店钻进去，却觉得里面比外面还要热，只好匆匆点了两杯杧果汁又逃出来，坐在外面的棚子下。

老板友善而温润的笑容，好像盛夏干燥的大马路上有洒水车经过水珠迸到身上一样清凉。

很快，带着冰沙的两杯杧果汁端上来。张阿美、和文波赶紧"咕咚咕咚"了几大口，一下差点儿干了个底掉。

"一种沁透心肺的冰凉直冲五脏六腑，这才觉得周身毛孔止住了汗水。"要搁以往，张阿美是绝对不会这样暴饮冷饮的，但这里实在太热了。

刚才在店内与老板聊天的红胡子老人拄着拐杖走出来，用不太标准的英语向张阿美、和文波问好。他皱纹里满是笑意。

张阿美、和文波亦微笑回礼。

红胡子老人在转身离去之前，留下一句话："别害怕，索科特拉岛是安全的。"

张阿美、和文波从未怀疑过这一点儿。虽然自己的国家正遭受着苦难，但遇到滞留的外国游客时，他们总是谦谦有礼地送上温暖的安慰。

结账时，张阿美、和文波发现，两杯杧果汁只需200里亚尔。而3月29日晚上，阿里替她们付账的另一家店的杧果汁，两杯则是300里亚尔。

"咦，阿里被自己人坑了？"张阿美、和文波都感到诧异。

回到旅馆房间，和文波打开花洒冲澡。

张阿美给此刻冲澡的和文波贴上"聪慧"的标签，这是因为前几天洗澡都选在早晨或者晚上，水管里的水冰凉彻骨。后来，和文波发现中午洗的话水温接近30摄氏度，从此她们告别了洗澡打摆子的窘境，并常常悄然向对面拥有众多热水器的夏日岛酒店撇嘴，以示不屑。

有人敲门。张阿美懒懒散散地去开门，却被门口的人惊了一下。只见阿里换了身新衣服，油光水滑地站在门口，笑眯眯地问好。

张阿美、和文波从到达索科特拉岛第一天开始，就没见阿里刮过胡子，头发也如羊毛般纷乱地卷着。滞留岛上后，阿里在来找张阿美、和文波的时候，时常念叨他要去理发店好好修整一下头面，并埋怨因为她们，所以没空去。现在，谁知人家鸟枪换炮，真的旧貌换新颜了！

张阿美立刻抱起膀子，上下打量着这个"崭新"的阿里：那满头乱发已经被修剪得整整齐齐，打上发蜡的鬈曲头发服服帖帖地粘在一起。原本看起来脏兮兮的胡楂被清理干净，只剩下棕黑肤色中透出的隐隐青色。细细的鬓角则像精心打理过的草坪一样赏心悦目。

张阿美忍不住"啧啧啧"起来，而阿里也报以"知道会被赞赏，所以要低调，但还是难掩羞涩"的微笑。

阿里却没想到张阿美继续挤兑他："你这长相稍加修饰，原来也是能看的啊！"

阿里很想回嘴，可能考虑到有损自己好不容易搞出来的文明造型，他翻了个白眼，假装淡然地从门缝挤了进来。进门时，阿里或许是故意撞了张阿美的肩膀一下，然后直接朝着门口的"杂物床"走去。随着阿里走过，一股清新的香水味飘起。

张阿美抽抽鼻子，转过身看着歪在床上的阿里："喷了几瓶香水啊？"

阿里终于忍无可忍地坐直，愠怒地拍着腿："哼，其实你早就在垂涎我的美貌，那天在阿赫尔，你说帐篷闹鬼是借口吧？还不是想着法接近我。"

张阿美动用脸上所有肌肉，做出一个有生以来最鄙视的表情，大声喊道："我发誓，我的审美绝没有那么低俗！"

阿里咧开嘴笑起来："萨阿迪亚，我这么打扮可都是为了你啊！"

两个相熟了的年轻人，无拘无束地互相揶揄着。

张阿美拿了瓶水，拧开盖递给阿里："医疗队有好消息，要不要听？"

阿里眼睛一亮，接过水问："什么好消息？"

张阿美便把秦拓上午说过的话向阿里复述了一遍。

阿里的表情渐渐变得有些复杂，大概既替她们高兴，又有些不舍。

阿里拿着水却不喝，嘴上虽然在笑，语气却并不欣喜："祝贺你们终于可以回家了。"

张阿美点点头："是啊，今天大概就是我们在索科特拉岛的最后一天，你可以松口气了。"

这时，和文波从洗手间擦着头发出来，提醒张阿美跟阿里算算食宿费用。

张阿美一拍脑袋，赶紧问阿里："这些天我们花了多少钱？"张阿美等待阿里回答，准备一会儿先数钱给他。

阿里有些注意力不集中，他摆了摆手说："你们只管明天收拾行李去坐飞机就好，其他一切都不要想。"

张阿美还想继续争论，却被阿里打断："停停停，再说我可要生气了！"

阿里站起来，习惯性地拍拍屁股，表示该回家吃午饭了，他下午再来。

张阿美一把拉住阿里："先别走，好不容易拾掇这样干净，拍个照吧。"

阿里露出一个无奈又慈祥的笑容，认命地点点头等着被拍。和文波坐在阿里旁边摆好动作。

张阿美举起相机喊着"一二三"，按下快门的瞬间，阿里竟顽皮地在扭头的同时做了个鬼脸。

这一张照片，由于阿里的鬼脸，和文波被拍成了胖子。张阿美佯装生气，叫阿里转回脑袋坐好，她终于拍到一张完美的合影。

惊奇
——阿里竟是"小王子"

送走阿里，张阿美、和文波决定下楼吃午饭，却在三楼大堂遇见曾经给她们送百事可乐的大叔。他姿态优雅地跟张阿美、和文波打招呼，然后比画着问要不要一起吃饭。

这时，一间房门打开，另一位气质不凡的大叔走出来笑着说："他想请你们吃饭又不会说英语。走吧走吧，跟我们一起去饭馆。"

张阿美、和文波连忙推辞："这怎么好意思？"

她们的推辞被大叔们的热情淹没，只好跟着下楼。

饭馆里，还有一个大叔正等着他们。为了分清谁是谁，张阿美要给他们进行命名：会说英语的气质大叔叫大叔 A，送百事可乐不会说英语的大叔叫大叔 B，等在楼下饭馆的大叔叫大叔 C。

一落座，翘臀服务生跑过来，殷勤地开始铺桌布。有大叔们撑场点菜，果然底气十足。翘臀服务生一脸唯唯诺诺，记下来便跑到厨房准备去了。

大叔 A 开始向张阿美、和文波介绍情况：他和大叔 B 同在联合国任职，来索科特拉岛进行测绘工作，要一直待到九月。两人都来自也门本土。大叔 A 在荷兰留学多年。大叔 B 则一直生活在德国，所以他精通阿拉伯语和德语，并不怎么讲英语。略懂德语的和文波立刻用德语对大叔 B 说："你好！"

大叔 B 露出非常惊讶且高兴的表情，也用德语问好，并赞许地点点头。张阿美在一边悄悄地感叹："怪不得大叔 B 总给人一种严谨的感觉，原来是浸染德国文化多年的原因。"

大叔 C 不等被介绍，接过话茬说他是本地人，曾在捷克留学，目前在索科特拉省环境保护局工作，他们三人时常一起出去测绘，他负责引路和讲解地形地貌。

张阿美对大叔 B 那天送饮料表示感谢，并请大叔 A 代为翻译。大叔 B 听完，边摇头边目光灼灼地说了好长一段话。大叔 C 替他翻译道："听说你们被迫滞留索科特拉岛，作为也门人，自己国家的问题导致你们不能回家，我们有些愧疚，并希望在自己的能力范围内帮一帮你们。也请你们别害怕，索科特拉岛很安全，你们一定会没事的。"

伴着三位大叔的真诚注视，张阿美心中涌动着暖流："也许此生再不会有这样阴差阳错的经历，也许我们已经用光所有运气，可我愿意用一辈子来铭记，铭记这些在我们遇到生死考验时伸出援手的人。"

食客在聊天，羊在叫，苍蝇"嗡嗡"地绕着人飞，但张阿美的内心却异常安静。

张阿美慢慢将大叔的长句翻译给和文波，她感动地向大叔们点了点头。

"这虽然只是一顿午饭，却不是普通意义上的午饭，谢谢你们！"张阿美认真地将这句话讲出来，却没有肉麻的感觉。

这天翘臀服务生格外殷勤，上菜又快又稳。张阿美、和文波少见多怪地不停发出疑问："这个是啥？这个又是啥？好多没吃过的东西啊！"

一道甜点上来。甜点就是把烤好的大饼撕成碎块，与晒干的椰枣肉混在一起，并捏成馒头状。大叔们一边告诉翘臀服务生下一个菜要注意怎么做，一边叫张阿美、和文波赶紧尝尝甜点。张阿美发现，大饼中和了椰枣齁死人的甜味，吃起来很有嚼头。

盘子里的酱汁是由芝士、柠檬、洋葱、辣椒、大蒜混合而成的，可以用来蘸大饼，也可以用来浇米饭，口感酸辣清香，非常提味。以前，张阿美也跟翘臀服务生要过酱汁，可他端上来的都是一些稀稀拉拉的洋葱、辣椒碎而已，绝没有这盘层次丰富味道浓郁。

炖羊肉端上来，风格也跟之前吃过的羊肉不同，至少羊肉煮沸后的浮沫被撇得干干净净。张阿美浇了点酱汁吃了一块，她真想来杯啤酒搭配一下。

烤鱼、大饼、米饭也迅速攻占了桌子。大叔 C 从冰箱里拿出饮料递给张阿美、和文波，并招呼大家赶紧吃。

不知为什么，张阿美、和文波都觉得饭比以往做得要好，忍不住吃了好多。

张阿美叹口气说："身边有成熟男性的感觉真是太好了！"

和文波满脸黑线地边吃边说："虽然意思我懂，可为什么被你说得如此猥琐？"

吃饱喝足，张阿美掏出小本子，请各位大叔将自己的电子邮箱留下，一会儿在旅馆拍几张合影，回国后发给他们并保持联系。

大叔 A 规规矩矩地写上了自己的邮箱和全名。大叔 B 则顽皮地用自创的汉字写在自己邮箱的下面，还得意扬扬地给张阿美、和文波展示他的书法。

"这真是一个可爱的举动，大叔 B 虽然看起来很严谨又不会说英语，却总能让我们觉得铁汉卖萌萌死人。"张阿美心里直乐。

大叔 C 写完邮箱后，问张阿美、和文波知不知道岛上通用的索科特拉语。张阿美来之前查资料看到过，但并未深究。

于是，大叔 C 便开始向她们讲解起来：据说这种当地语言混合了土耳其语、非洲语、阿拉伯语，只有语言，没有文字，这里的小孩子们在上学前是不会说阿拉伯语的，只会说索科特拉语。岛上有一个需要徒步两小时才能到达的山洞，洞中石头上刻着神秘的文字，没人能知道到底是什么意思。索科特拉人最初曾使用这种文字为索科特拉语的字母，时间久了便只剩下发音，现在若是想用索科特拉语写字，也都是用阿拉伯语拼音来写。

张阿美习惯性地把大叔 C 说的重点记在小本本上，还求他教了一句索科特拉语"你好"，但发音骨骼清奇，羞于启齿。

大叔 C 笑呵呵地说："你的向导是阿里吧？回头可以揪住他多学几个索科特拉语词汇。"

张阿美摇摇头："阿里才不屑于教我们呢。"

大叔 C 点着头："也是，阿里本来就不是普通人。"张阿美奇怪地看着他问："不是普通人？什么意思啊？"

大叔 C 一脸惊讶地问："阿里带了你们这么多天，也没提过吗？"

张阿美更加诧异地摇着头："提什么啊？"

大叔 C 说："你们的向导，是王子啊！"

张阿美、和文波都觉得大叔 C 在开玩笑。

大叔 C 却收敛了笑容说："17 世纪开始，也门东部和索科特拉岛都被马赫里苏丹国统治着，也就是当时的马赫里苏丹王国。一直到 1967 年，这个王国才被划进也门共和国的版图。那么，最后一任苏丹王是谁呢？他就是阿里妈妈的父亲，即阿里的亲姥爷。阿里的父亲也是这个王族的子孙。"

大叔 C 的神情颇有些小小得意，声称他与阿里家还沾点亲。

张阿美、和文波都吃惊地把嘴张到最大。

在跟大叔们吃饭之前的日子里，张阿美多次用"不耐烦""赶苍蝇"的手势，将阿里随意扒拉在一边……

张阿美双手捂住脸，做出惊慌的表情："原来我们身边自始至终都伴随着一位真正的王子，整个 BCC（英国广播公司）纪录片《与王子同行》啊！"

张阿美想到阿里那不过百的体重、脏兮兮的穿着、嗑瓜子时满嘴瓜子皮横飞的样子，跟想象中的王子形象相距甚远，几乎远过了银河系。

和文波突然冒出来一句："这么说阿里就是索科特拉岛小王子嘛。"

张阿美被和文波随意想出的"小王子"昵称搞得"噗"一声笑出来，遂决定下午阿里来的时候，好好取笑他一番。

"阿里还曾经赞扬过我像他妈妈，这不是变相夸我像公主殿下吗？"张阿美陶醉地将了将头发，将这莫须有的夸奖当回事儿，虚荣心随即膨胀起来。

大叔 B 回房间拿出笔记本电脑招呼张阿美、和文波去看。张阿美去了洗手间没有听到招呼声，和文波好奇地凑过去。

原来大叔 B 用谷歌翻译了一行汉字：索科特拉岛，你的亲人和朋友。他一边展示一边用诚恳的神情望着和文波，希望她能看懂。电脑翻译得并不通顺，和文波却对内容了然于心，她十分感动地点头致谢。大叔 B 这才收起电脑，道了午安回房间去了。

下午在房间里，张阿美、和文波如坐针毡地静待阿里的到来。张阿美憋了一肚子的坏无处释放，真是太难受了！

幸好，阿里没有拖得很久。门被敲响的那一刻，张阿美、和文波几乎是抢着打开了门。

阿里站在门口，惊讶地看着她们。

张阿美抚着胸口鞠了一躬："王子殿下光临，未能远迎，失敬失敬。"

和文波站在张阿美身边，捂着嘴笑。

阿里还没搞明白到底是什么情况，穿过两个毕恭毕敬的女人走进房间，脱鞋爬上他的专属杂物床。

阿里带着不解的笑意，问："你们这是怎么啦？"

这回，就连温和的和文波也忍不住要揶揄阿里了。

得知事情原委后，阿里有些不好意思："都是陈芝麻烂谷子的事了，我根本没放在心上，所以才没向你们提起过。"

张阿美嬉皮笑脸地说:"让一位王子伺候我们这么多天,多不好意思,要不要我们给你磕个头意思意思?"

阿里在满床的杂物中找到最舒适的缝隙,双手捧着后脑勺,跷起二郎腿。他顺着张阿美的话往下演:"好了,不用跪了,心意我领了。"

和文波称赞"小王子"的裙子真好看。他得意地说,这是王室时尚风格,普通人是不允许这样穿的。

张阿美问阿里:"作为一位王子,为什么没有戴王冠?"

阿里兵来将挡地回答:"王冠放在家里,只有接见外国元首的时候才会戴。像你们这些平民,是没有机会看到王冠的。"

演到高兴处,"小王子"开始给自己加戏。他掏出破破烂烂的手机说:"我要叫我的仆人们准备龙虾晚餐,今晚为你们钱行,明天一早送你们去机场。记住这是王子说的话,王子的话是不可更改的。"

张阿美憋住笑挤兑阿里:"王子殿下,你身处中国游客制造出来的'垃圾堆'中有什么感想?"

阿里在"垃圾堆"中蜷了蜷瘦小的身体,满不在乎地说:"这就是随遇而安的索科特拉王室成员精神,懂吗?精神!"

就在张阿美、和文波前仰后合地揶揄阿里的时候,他真的拨通了电话,不知对那边说了些什么。

阿里挂掉电话,笑眯眯地望着张阿美、和文波:"今晚吃龙虾,我已经订好了。"

张阿美收起笑容:"我们想吃龙虾会自己掏钱的,你别来劲啊。"

阿里不耐烦地挥着手,按住张阿美的话头说:"没有什么花不花钱的,王子说吃龙虾就吃龙虾。"

后来,张阿美问过阿里的生日,果然是7月的尾巴。她感叹:"狮子座要请客,天王老子都拦不住。"

阿里起身回家,约好晚饭时候给张阿美发短信。上鹤久幸的手机，还在张阿美这儿。

送阿里出门后，张阿美、和文波决定趁着夕阳西下，到楼顶吹吹风。

日头渐渐落下去了。白天的酷热，早已被瑰丽的光辉驱散。丝丝温柔的风，将四面八方清真寺阿訇们召唤礼拜的声音梳进飘扬的头发中。

和文波在乱七八糟的楼顶上找了块石头坐下，静静欣赏夕阳下的哈迪布风光。张阿美拿着相机，随意地四处拍起来。

楼顶上很乱，除了几个大水箱，还有几个小破"锅盖"。和文波不止一次怀疑，这些电视接收器是不是真的能接收到信号。和文波虽然吐槽了小破"锅盖"们，可还是高兴地坐在它们前面合影。大约是明天要走的缘故，和文波笑得极为放肆。

和文波的粉拖鞋，是从国内带过来的。据说，这双拖鞋已经跟她征战了好多个地方。

刚被困在哈迪布的时候，有一天和文波跟张阿美说鞋子磨脚。张阿美拿来穿穿，发现不是磨脚，而是鞋底被街道的石头戳穿了，每次走路，街道上的小石头都会钻上来。即便如此，和文波还是坚强地把它穿到了最后一天。

远处的足球场上，孩子们又开始了新一轮训练。

张阿美的思绪又飞扬起来。索科特拉岛的男性，彼此间都很亲密，他们除了日常见面亲吻脸颊、握手之外，关系好的朋友走路还要牵着手。

起初，张阿美几次想拍亲密关系的男性都没得到机会。现在，她终于可以发挥一下想象力了：开始时，他们是矜持的。越过道德的荆棘密布，两个人越走越近，终于，他们勇敢地牵起了手。"怎么回事儿，地上的身影怎么变成了三个？"很不幸，站在楼顶上的"自由摄影师""王子随身侍应"的身影投射了下去，被他们发现了。于是，他们松开手跑起来，消失在房子后面……

旅馆旁边的标志性建筑——清真寺，渐渐被夕阳染成了红色。埃及秃鹰落在宣礼塔上，似乎也在欣赏一轮红日落入大海的盛景。

由远及近，四面响起悠扬的召唤礼拜的声音。张阿美每每回忆起这一刻，都希望它永远这样安宁静谧。风已经将这个下午的情景深深地刻在了她的记忆里。

和文波凑在张阿美身边，翻看刚才拍的照片。她们回头的时候，却发现地上多了一壶咖啡和一盘椰枣。张阿美、和文波诧异之时，就见小叮当身穿猩红衬衫配红色蟒纹长裙慢慢走上来。小叮当在这家旅馆工作，平时就是接个电话，看看店，但他几乎一句英语也不会说。

3月28日晚上，因为没法上网改签机票，张阿美、和文波跑到楼下借电话用的时候，他还是个看起来面目略凶的大叔。他的真名叫易卜拉欣。经过相处，和文波忍不住赋予了他一个"小叮当"的昵称。

前几天，和文波因为压力太大，坐在三楼大堂里偷偷哭泣。

小叮当看到了，赶紧跑上前安慰并试图沟通。最后，因语言障碍沟通受阻，满头大汗的他四处找张阿美和阿里，叫他们去劝劝和文波。

张阿美当时只是感觉小叮当心地非常善良，见到女孩子流眼泪，他自己也差点儿急出心脏病。

有一次，张阿美、和文波在楼下吃饭，小叮当也在饭馆。他大约是鼓了很大的勇气，把自己的一碗羊肉汤端过来送给她们，然后腼腆地笑着跑掉了。自那次起，张阿美再看他便不会有面目略凶的感觉，而是感觉自己这个金牛座就是这么好忽悠。

小叮当见张阿美、和文波已经发现了他摆在那里的小零食，有些羞涩地笑起来，做出"请吃请吃"的手势。

和文波笑着蹲在小叮当对面，端起热咖啡喝。

张阿美问小叮当："是卡哈瓦吗？"

小叮当见张阿美识货，立刻高兴地点头，并重复着"卡哈瓦"。

在阿曼，很流行这种号称"中东咖啡"的饮品，它不加任何调味品，只有纯纯的苦味。没喝过的人，可能会觉得味道有点像刷锅水，其实它浓重的苦味，非常适合跟甜腻的椰枣搭配。

小叮当的卡哈瓦品质很普通，喝起来非常淡。小叮当加了一点姜末在里面，试图挽回一下味道。

小叮当的眼神很好地诠释了"宠溺"这个词，中东男性对待女人的态度，往往不是纯粹的男人照顾女人，而是带有一点儿爷爷奶奶宠孙子的感觉。小叮当就是这样，虽然他不会说英语，但光靠眼神也能表达个八九不离十。

张阿美叫小叮当抬头看自己。他努力了好几次，才露出自然的微笑。张阿美真的觉得他非常会搭配衣服，一身稳重的猩红色加黑格子方巾，倒把那一脸胡子拉碴衬出了些许沙漠玫瑰的感觉。

张阿美见小叮当只顾看着她们吃，便客套地让了让。于是，小叮当毫不推辞地与她们一起吃起来。

可是后来，阿里告诉张阿美，小叮当那天正在斋戒，让他吃东西等于破了一天的清修。

张阿美很惊讶地表示，小叮当完全没有流露过婉拒的神色，大概是怕自己解释不清楚，辜负了她们的好意吧。

后来，张阿美、和文波又有好多次在楼梯上遇见小叮当。每次，小叮当都拿着本英语书，急匆匆地来回走着，并努力向张阿美、和文波解释，他在学英语，很快有个考试。

有一次，小叮当还试图让和文波指导他学英语。可是，和文波的强项是日语，俩人掰扯半天也没说清楚。和文波很想让张阿美去跟他说清自己的能力范围。可张阿美觉得，以小叮当的英语水平，就算自己在场也白搭。

晚上，阿里带着苏丹拎着龙虾到了楼下饭馆，发信息叫张阿美、和文波下楼。阿里请客吃龙虾，还叫上了上鹤久幸。

饭馆的人早已在外面摆好了一张张桌子。张阿美、和文波、上鹤久幸去的时间很早，饭馆里还没有多少食客。

月亮从层云中探出一点儿圆脸，远远注视着夜幕降临下欢声笑语的哈迪布，似乎远在也门本土的空袭，完全没有影响到这里。

阿里指挥着翘臀服务生，让他把龙虾和鲜鱼拿到厨房去好好做一下。

坐在椅子上的阿里，一只脚踩在椅子上，一只脚耷拉在地上，悠闲地问："怎么样，两位尊贵的客人，下午歇息得可好？"

张阿美、和文波忍住笑，一本正经地看着他，很想按着胸口低头敬礼臊他一下。可是安静羞涩的苏丹坐在一边，她们还是先给阿里留点面子。

苏丹偶尔也会加入聊天，但他大部分时间还是保持静默状态。张阿美有时以为苏丹不太懂英语，但如果她们想要什么东西的时候，他竟能先于阿里一步招呼服务生。张阿美不得不为他的心细点赞。

上次挠了张阿美一爪子的小野猫，早早坐在桌子下面霸气十足地盯着她，一副"你不给我吃的我就欺负你"的霸道表情。张阿美心想："要不是因为天热穿得薄，我才不怕你呢。"

苏丹发现张阿美频频看桌子底下，便用阿拉伯语指使坐在她一侧的阿里帮着赶猫。

阿里跳起来，虚张声势地将小猫们赶走。可他刚落座，这群小家伙又恬不知耻地围了上来。

张阿美怕再让苏丹着急，便不去低头看猫，猫就时不时站起来，用爪子捅捅她的胳膊。

张阿美忍住猫奴的跪舔，硬是坐在那里一动不动，然后皮笑肉不笑地对阿里说："你们这里的人都太温柔了，你看，连猫都不怕你。"

上鹤久幸努力地帮张阿美驱赶了几次小猫，最后也放弃了，因为猫并不在乎温和的日本游客。

在阿里再三催促下，龙虾终于做好端上来，他一边叨叨着服务员傻，一边招呼大家下手吃龙虾。

张阿美、和文波看着硬桥硬马浑身刺的龙虾，谁都不想动。上鹤久幸大概是因为被请客，矜持得不好意思下手。

阿里只好亲自过来手撕龙虾，他野蛮地掰了几下，雪白的虾肉就像一段完整的大肉肠一样被掰出来。

阿里指着龙虾里面的椒盐对张阿美说："萨阿迪亚，你不是说上次的没滋味吗？这次我叫他们涂了点调料在里面，你吃吃看合不合口味。"

张阿美拿起刀，狠狠地将瓷实的虾肉切开，分给和文波和上鹤久幸，然后自己也拿走一大块吃起来。

虽然阿里让加了调料，但张阿美吃着还是有点噎得慌，但其肉味鲜甜，给人一种"是金子到哪都会发光"的感觉。

阿里矜持地吃着大饼，有型有款地跟苏丹聊着天。他时不时看着张阿美的吃相，还问是否满意。

晚风拂来，邻桌的人在畅谈国事。

身后的一桌人刚走，两只山羊用最快的速度冲过去，瞬间将桌子占据。借着张阿美相机对焦的红光，两只山羊张大嘴猛吃的样子一览无余，毫无廉耻。

上鹤久幸也跳起来，和张阿美抢着拍山羊。在之后的日子里，张阿美常常会用西洋人拔枪决斗来形容上鹤久幸和她的掏相机速度。张阿美也希望，自己到他那个年纪，还会保持一颗无论见到什么都好奇的心。

旁边桌子的男士见张阿美在拍羊上桌，善解人意地拿着自己正在吃的大饼，勾引最不要脸的那只山羊，诱惑它登上椅子，做出马戏团动物表演一样的吃饼动作。

大家纷纷鼓掌。

阿里得意地说："这是王子给你请的'弄臣'。"

张阿美问："你说的是羊还是人？"

阿里耸耸肩："当然是羊。"

逗过"弄臣"的男士，吃完饭起身离开。"弄臣"们一拥而上，将桌子上剩下的东西吃光喝光，速度之快令相机都拍不清楚它们的动作。

一只黑色的"弄臣"有极强的表现欲，大概是为了让大家看得更清楚些，它一个鱼跃蹿上桌子，并呆呆地站在上面长达5分钟，其间踩翻篮子，还踢倒茶杯。

大家只顾起哄拍照，没人去赶山羊。翘臀服务生焦急地跑过来，嘴里"嘘嘘"地嚷嚷着，山羊才不情不愿地慢慢从桌上跳下来。

俗话说"酒肉穿肠过，化作相思泪"，张阿美抚摸着肚子，思念着北京的饭菜，慢腾腾地站起身。

阿里拉着苏丹跟她们告别，并再一次嘱咐："不要乱跑，回房间锁好门，晚上好好睡。"

张阿美敷衍地"嗯嗯"点头，又态度恭谨地说："谨遵王子殿下教诲。"

阿里有些脸红地说："怎么还没忘这茬儿？以前再怎么样，现在还不是老老实实给你们当向导？知足吧。"

阿里仿佛害怕苏丹听到似的，拽着他迅速逃离。瘦弱如火柴棍般的苏丹，被阿里拽得跟跟跄跄，如在风中摇曳……

回到房间，张阿美试着连了连 Wi-Fi，还是连不上，她不由得叹口气："天将降大任于斯人也，怎奈 Wi-Fi 不争气。"

张阿美、和文波对视了一会儿，决定去楼顶吹风。

虽然跟秦拓约了下午互通消息，但到现在还没有收到他的短信，也没有接到电话。张阿美有些"鸵鸟"地认为，只要没消息，就是明天一定可以走，所以不敢主动打电话给秦拓，万一得到不能走的回答，岂不是崩溃？

张阿美将自己的想法告诉了和文波，没想到她也是这么想的。

张阿美、和文波坐在楼顶上嗅着海风，听着热闹的哈迪布人声嘈杂，略有些忐忑地认为，今天便是在索科特拉岛的最后一夜了。既然有这样的想法，她们便无法再留恋楼顶上的凉爽了。

张阿美、和文波匆匆下来，敲开上鹤久幸的房门，叮嘱他做好打包行李的准备。

回到房间，张阿美、和文波热火朝天地收拾了半天。其间，她们还跑到楼下小卖店买了一条卡马兰岛香烟，打算带回家以示纪念。买烟时，店主有些忧郁地说："香烟马上就要卖完了，不知道还会不会有商船过来。"

张阿美发现房间的 Wi-Fi 速度快了点，马上连上网，却发现有一堆留言，全部来自萨那的一位朋友。

张阿美来索科特拉岛前，曾经在社交媒体 Instagram（照片墙）的一张图片评论里问关于索科特拉岛动物的问题。这个人很快加上了张阿美，他一边讲解所了解的索科特拉岛，一边发了海量照片。

张阿美笑称以后有机会去萨那找他玩，他表示非常欢迎。

谁知不过短短半个月的时间，风云突变，他的留言从"不要担心，我们全家都没事"变成"昨天我的一个亲戚被胡塞武装绑走了"，今天则是"请为我们祈祷吧，谢谢"。

这个朋友给张阿美发来当日的照片，他家附近的一个军火库被炸了，那绚烂如焰火般美丽的景象，却是死神的召唤。

张阿美犹豫着在回复框里敲下几个字，终究还是删掉了，最后写上了一句"希望你们全家平安"，并发过去。

这一晚，张阿美的梦里开满照片里的"烟花"，声音却如同金属切割机一样刺耳。

不管明天能不能走，她今夜是睡不好了！

苦等
——说好的飞机没影了

4月3日是星期五。早晨非常安静，那些趁着凉快散步的人，也几乎不见踪影。星期五在中东世界是大礼拜日，尽管大家平时也似乎无事可做，但这一天显得比平时更加休闲。

张阿美、和文波并不是因为早晨凉爽才起来的，而是实在睡不着。

和文波时不时催促张阿美，让她看看手机是否错过医疗队的短信或电话。

张阿美不想让和文波失望，却也避无可避，只好安慰她说："现在才5点，秦队他们一定都在休息，就算有什么消息也要等过了8点再说。"

由于昨天在医院得到的消息太过振奋人心，到目前为止，张阿美、和文波都还抱有"今天一定能走"的希望。

饭馆很敬业，早早地开门了。张阿美、和文波在苍蝇的伴舞声中吃完早饭。

她们回到房间，却发现停电了。最近几天上午，停电的情况越发频繁。风扇停摆，房间里非常闷热。

张阿美、和文波只好走上楼顶，坐在阴凉地里玩词语接龙。她们从两个字玩到四个字，终于无聊到玩不下去而陷入发呆中。

擅长打牌的和文波，后悔自己没有带一副扑克来。而不擅长打牌的张阿美，把头深深埋进两膝间，心想："就算有牌，两个人打也没意思啊。"

掌心的手机被攥出了汗。张阿美把它搁在地上，出神地望着毫无生机可言的屏幕。

这时，一个嘴巴漏风的声音传入耳朵："早晨好，你们昨晚睡得好吗？"

阿里的笑脸出现在楼梯上。

接着，阿里整个身子冒出来，咧嘴笑的样子像极了《爱丽丝漫游奇境记》里的柴郡猫，显得有些欠揍。碍于阿里的"王子"身份，张阿美、和文波都没有动手。

阿里见张阿美、和文波都一副垂头丧气的样子，便安慰她们："现在还早，说不定一会儿就有消息了呢。你们行李收拾了吗？"

得到肯定的回答后，阿里又问有没有吃早饭，然后一边重新围头巾一边说："我要去学校了，有什么事儿，随时给我打电话。"

张阿美、和文波回到房间，看看时间已经过了 9 点，手机依然没有动静。

虽然风扇停摆，但和文波还是决定忍着闷热睡觉，并嘱咐张阿美，如果有电话或短信一定要告诉她。

张阿美翻开日记本，找到夹着卡特叶子的那一页，发现叶子已经干了。

上鹤久幸来要他的手机，但没有敲开门。

在没有风扇吵闹的房间里，睡上一会儿就浑身汗湿。和文波恹恹地起身，打算到外面走走。和文波在三楼大堂遇到不太会说英语的大叔 B，并被用手语邀请共进午餐。和文波不想总占人家便宜，便笑着摆手谢绝了。

见外面越来越热，和文波回房间叫醒已经热成"狗"却还在酣睡的张阿美。

张阿美无精打采地坐起来，用手背抹了一下沁满汗珠的额头："是不是该吃午饭了？"

和文波无语地点点头。

中午，饭馆倒是贴心地打开了风扇。

由于饭馆和旅馆名字几乎一样，又挨得很近，按逻辑来讲，他们可能共用一个发电机。那么，既然饭馆的风扇开了，旅馆也一定有电。但张阿美、和文波下楼的时候，旅馆内依旧是停电状态。这不禁让张阿美怀疑，旅馆是不是擅自拉下了电闸。

大叔 A 和大叔 B 已经快要吃完饭了。张阿美、和文波走过去坐在相邻的桌子前，并向他们问好。

大叔 A 说："下午我们要去得哈里调研，你们要不要同去？"

得哈里就是那片珊瑚保护区，标志性的景色是两个红色的小山包浮在深蓝的海上，和文波在那里潜水看到很多美丽的小鱼。

张阿美有些悠然神往，可看了看桌子上依旧没动静的手机，担心它在得哈里没有信号，只好歉然地说："我们非常想去，不过今天还未得到任何消息，必须在手机信号满格的地方待命，所以只好放弃了，谢谢你们。"

大叔们见张阿美、和文波一副颓废的样子，表示非常理解。大叔 B 更是指着餐桌要帮忙付账。张阿美、和文波连忙推辞，并催促他们上楼休息。不是张阿美、和文波没礼貌，其实她们心里非常感激，但总是这样只等人付出，自己却无法做出回报的感觉实在太差了。

张阿美、和文波不情愿地挪回房间，却发现风扇莫名其妙地转开了。她们欣喜若狂地洗了个澡，悠然地躺在床上发呆。

闲极无聊，张阿美问和文波："要不要试试我修炼了一年的背部按摩？"

和文波也闲极无聊地答应了。

于是，和文波接受了长达一个多小时的按摩，她神清气爽地起身："要不是看在我们朋友这么多年的份上，我一定会掏小费给你的！"

再次登上楼顶，已经是日落时分。

看着天边绛紫色的云彩和慢慢下沉的太阳，和文波伤感起来："是不是今天确定走不了了？"

答案显而易见，所以张阿美佯装望着远处出神没有回答，生怕她更加焦虑。

下午不到5点，各个清真寺便如同比赛一样，开始召唤人们去做礼拜。由于是星期五，这些阿訇的声音显得比平日更加有力，他们一声盖过一声地用喇叭悠扬地发出阿拉伯语长调。

一时间，四面八方群雄争霸。其中有位阿訇显然感冒了，边咳嗽边努力地喊着，似乎这样才显得他更加斗志昂扬。直到过了召唤时间，其他清真寺里的阿訇都没了动静，他才有些得意地停止召唤。

上鹤久幸的声音从身后传来，他来要手机与日本大使馆联络。

上鹤久幸还问张阿美、和文波要不要一起去他新发现的小饭馆吃晚饭，据说还是很便宜。想到阿里晚上大概要来，张阿美便让和文波跟上鹤久幸一起去吃晚饭，她留在旅馆等候。

天一黑，阿里果然带着哥哥艾哈迈德出现了。他们围坐在饭馆的露天桌子前。阿里精神饱满地不时跟来往的人打招呼，哥哥艾哈迈德依旧腼腆地默然不语。

阿里照例拧着眉毛问："今天没接到医疗队的消息吧？"

张阿美有些烦躁地点点头。

阿里下一句立刻跟上来："现在的计划是什么？"

张阿美终于忍无可忍地摊手反问："你觉得我能有什么计划？我现在能做的就是等。再问100次，我也只能告诉你，我不知道！"

哥哥艾哈迈德的脸上布满惊慌，一点儿都不夸张，是真的惊慌。

阿里也被吓到了，他举着双手："我说了什么？干吗这副脸色？"

　　张阿美事后回忆了一下，其实当时自己的表情只是略有不耐烦，声音稍微高了一点儿。但她还是尽量让自己的嘴角上翘，以显得不那么疾言厉色。尽管这是经过控制的神态举止，但在索科特拉人看来，这也相当于掀桌子摔酒瓶子了。

　　张阿美看到阿里和哥哥艾哈迈德似乎把自己的愠怒当成很严重的事儿，顿时有些后悔，连忙软化了态度道歉，并解释自己可能因为整日无所事事，才会憋得上火。

　　阿里摇摇头："的确不能再让你们这样无聊地等下去了，不如这样，明天下午我带你们去海滩休闲一下。"

　　阿里见张阿美欲言又止，又补了一句："放心，离哈迪布不远，手机是有信号的。"

　　哥哥艾哈迈德依旧面色惊慌，他跟阿里说着什么。

　　阿里扭头问张阿美："你确定真的没事吗？哥哥担心你的心理状况。"

　　张阿美不好意思地冲哥哥笑了一下："这种事情很平常，要是我在国内像刚才那样怒一下，别人也不会很在意，你们不要多想。"

　　阿里恢复了嬉皮笑脸的样子："哎呀萨阿迪亚，你是想告诉我，中国人都像你一样脾气不好吗？"

　　张阿美冤枉地反驳："哪里脾气不好，今天只是声音大了点嘛。"

　　哥哥艾哈迈德赶着身边川流不息的山羊，小心翼翼地赔着笑，似乎生怕再次点燃张阿美这个"炮仗"。

　　张阿美看见哥哥艾哈迈德这个样子，心里更觉得愧疚："我都多大岁数了，控制情绪的能力还跟小孩子一样，无端伤害了这些平日除了欢笑聊天心无旁骛的人，何况他们还在尽全力帮助自己。"

　　阿里问张阿美："你吃羊肝吗？"

　　当听张阿美说很喜欢后，阿里来了兴致，一定要她尝尝特色爆炒羊肝。

由于这几天吃的东西口味都乏善可陈，即使阿里把羊肝说得天花乱坠，张阿美也只是抱以怀疑态度。

阿里叫来翘臀服务生，叮嘱他好好做羊肝给中国游客开眼。翘臀服务生"吧吧吧"地答应着跑掉了。

不一会儿，翘臀服务生又回来，指着街对面亮灯的地方哇啦哇啦地说着什么。阿里扭过头看，然后不耐烦地打发翘臀服务生去厨房。翘臀服务生还是有些不甘心，嘴里叨叨着转身离去。

张阿美问怎么回事儿。阿里说，翘臀服务生看见和文波和上鹤久幸去街对面的饭馆吃饭，问他们今天为什么不在这里吃。阿里说翘臀服务生一副被女朋友劈腿的样子，并补了一句傻×。阿里还让张阿美不要理翘臀服务生，因为他脑子坏掉了。

爆炒羊肝上桌了，两个小盘，两种不同口味的做法，还配了一碟鱼杂和大饼。羊肝被切成"鱼香茄条"，边角烧得略微焦煳，与洋葱和青椒一起炒得热气腾腾。

张阿美半信半疑地吃了一口，瞬间沉醉其中，这不就是中式炒菜的味道吗？为什么羊肝可以嫩到这个地步！

在张阿美的印象中，羊肝都比较硬，即使做成熘肝尖也不会弹嫩如此。她享受着唇齿间蹦跳的羊肝和熟悉的味道，几乎把没法回国这件事儿忘到爪哇国里去了。

其实，爆炒羊肝在做法上，跟早晨的洋葱炒鸡蛋并无二致，只是放了盐而已，但青椒洋葱的甜中和了仅有的咸味，使之口感丰富起来，向着中华美食无限靠近。而羊肝的鲜嫩，则是这道菜的灵魂所在。

张阿美指着羊肝激动地对阿里说："跟中国的炒菜一样！"

阿里狐疑地盯着张阿美："不可能，我在马来西亚吃过中餐，才不是这个味儿。"不过，阿里很快就得意起来："怎么样，好吃吧，我没骗你吧？"

张阿美根本顾不上回答，不停地往嘴里塞着羊肝，嘴边全都是油花。她这副尊容如果在别处，肯定算得上全无吃相，但在索科特拉岛已经可以称为文质彬彬了。

坐在对面的阿里和哥哥艾哈迈德，同时对张阿美露出满嘴掉渣的笑容。

阿里一边吃一边说："因为食材取自新鲜的小羊，饭馆每天最多只能做几盘羊肝而已，来晚了就不一定能吃得上。"

张阿美咽下一口羊肝，又撕了一块大饼，把阿里的话默默地记在心里，并决定不管滞留多久，从明天开始要顿顿点这个吃！如果能顺利回国，一定要把这道菜强烈推荐给任何一个来索科特拉岛旅游的人。

一辆面包车风驰电掣地开过来，停在旅馆门口不远处，车上下来几个人。阿里催促张阿美快过去："是医疗队来人了！"

张阿美顾不上擦嘴，拔腿就跑过去。

秦拓和几位医生正准备往旅馆里走，被张阿美拦在碎石子路上，并慌慌张张地问好。

秦拓一见张阿美就先安慰起来："因为没得到确切消息，所以一直没给你们打电话。刚才接到通知说，萨那有沙尘暴，飞机无法起飞，明天肯定是走不了了，不过后天应该大有希望。"

几位医生同情地看着张阿美。

秦拓接着说："你们现在住这里有什么困难吗？如果有事儿，可记得吱声啊。"张阿美摇摇头："这里一切都好，请放心。"

秦拓挠挠头："嘿，不跟你客套了，反正你有我电话，随时联系。好了，我们先走了，今晚过来就是为了当面说说这件事儿，也希望你们别担心。坚持一下，咱们很快就能走。"

在张阿美的注视下，面包车又急匆匆地开走了。

阿里追出来，在张阿美身边站定，问是不是有新的指示。

张阿美把秦拓的话跟他说了一遍。

阿里的神情反而放松起来："我就知道你们不可能明天走。

来吧，把你那盘羊肝吃完。"

张阿美也心情轻松起来，跟在阿里身后回到餐桌旁："要是后天走，那岂不是还能再吃几顿羊肝？"

吃过饭，阿里陪张阿美上楼。

张阿美突然意识到和文波应该没在房间，因为房门钥匙在自己手里，猜测她可能在楼顶乘凉。

张阿美、阿里一路找上去，果然看到一个仰头赏月的身影。

他们围坐成一圈，聊了聊今天的事儿。

和文波听到医疗队的消息后，竟没有露出焦虑的神色。经过这些天的磨炼，她成长为一个坚强的人。

然而，在张阿美讲到羊肝的时候，和文波急忙摆摆手："我才不吃肝脏。"

阿里和张阿美都表示万分惋惜。

和文波见他们表情失落，只好补了一句："可以试试里面的青椒。"

阿里再次强调明天下午来接张阿美、和文波去海边玩，还说可以带上鹤久幸。

张阿美懒洋洋地说："那我就先替他谢谢你，你快回家吧，哥哥在楼下等半天了。"

阿里站起来，习惯性地拍拍屁股，边走边告诫她们晚上锁好门，然后消失在了楼梯口。

睡觉前，张阿美问和文波跟上鹤久幸吃得怎么样。她说那个小饭馆只提供炖羊肉和大饼："味道很不错，价格也非常便宜，两个人一共才花了 500 里亚尔。"

张阿美惊讶地问："真那么便宜吗？"

张阿美这才回想起来，怪不得翘臀服务生那么激动。

张阿美躺在床上，脑袋枕着双手不经意地说："这顿饭是上鹤久幸请的吧？昨晚他吃了我好大一块龙虾。"

和文波并没有那么荣幸。上鹤久幸付款后走出饭馆，非常礼貌地对和文波说："你那一半钱等回了旅馆再给我吧。"

　　"或许他真的到了山穷水尽的地步，或许这就是人家的消费观。"在张阿美看来，一顿饭 AA 制 500 里亚尔，结果不就是两个二百五吗？不吉利啊！

口福
——继续享受美味羊肝

4月4日，清晨，张阿美睁开眼，习惯性地摸出手机看了下，已是早晨6点。她正打算朝隔壁床说话，却见床铺整整齐齐的，和文波没有睡在上面。

张阿美懒懒地支起身子，迷迷糊糊想了想，终于记起昨晚临睡前，和文波说要去楼顶看日出。张阿美重新躺下缓了缓神，才正式起床洗脸。

还不到6点半，和文波回来了，但是她面无表情。在张阿美印象里，和文波每次独处一阵，就会变得有点儿消沉。张阿美在门口迎上她，一起下楼吃早饭。张阿美一边把大饼塞进嘴里，一边情不自禁地回忆起昨晚的羊肝。

"早饭最多提供洋葱炒鸡蛋，羊肝恐怕得等中午吧？"张阿美充满希冀地喝下一口茶。

饭后回到房间，张阿美、和文波发现又停电了。停电，简直成了旅馆这几天的习惯性动作。她们无奈地决定去楼顶上待一会儿。

上午，哈迪布正是骄阳似火的时候，虽然汗流浃背，张阿美还是忍着酷热拍了几张照片。

哈迪布的云，永远萦绕在小巧的山峰上，时而荡气回肠，时而黯然神伤。不管什么时候走上楼顶，远眺都能给人不一样的感受。

张阿美在黄山远望过云海，在丹绒亚路看过夕烧，在 ABC 大本营迎接过朝霞，唯独哈迪布的云格外缱绻，让她莫名其妙地产生据为己有的私心。

对面的海，依旧平静。白晃晃的日头下，偌大的操场空无一人，那些晒得像黑炭般的孩子，终究还是怕烈日，躲在家里不敢出门。

房间里自然还是维持着没电的状态。张阿美、和文波只好躺在床上，有一搭没一搭地聊天，不一会儿就睡着了。大约一个小时后，张阿美被敲门声惊醒，她揉着眼睛擦着汗去开门。

阿里在门口皱眉，困惑地瞪着张阿美问："你怎么热成这样？"

张阿美明白阿里在抱怨旅馆的服务能力，她笑了笑，没有说话。

阿里提出就餐的新想法，用阿拉伯语将常吃的菜写在纸上，旁边注明英文，方便她们自己选择。

张阿美、和文波都觉得这个方法非常好。阿里从张阿美的日记本上撕下一张纸，垫在大腿上写起来，边写边埋怨前几天曾经提议过要这样点菜，当时却没人理他。

张阿美感到莫名其妙，她一摊手就开始反驳："怎么可能，我们这么有礼貌的人，怎么会干那么没礼貌的事儿？"

阿里虽然依旧皱着眉，但认真地写着。有那么一瞬，张阿美觉得阿里特别符合一个大学老师的形象，甚至都有点害怕他突然抬头叫自己站起来回答问题。

阿里随手将写好的菜单递过来，张阿美被他的这股"师气"镇住，如同当做成绩单一样，郑重地双手接过。张阿美见开头就是羊肝，不禁咽着口水会心一笑。

坐在对面的阿里见张阿美笑了，立刻眉飞色舞地自夸起来："作为一名王子，我是很关心外宾喜好的。"

和文波在小布包里翻出纸巾包着的里亚尔，发现没剩多少，而她们又很想再买些东西。于是，在阿里站起来拍屁股的时候，她们也准备一起出门。阿里像审犯人一样地问："你们想去哪儿？"

张阿美说去银行换点钱花花。阿里"啧"了一声，去掏上衣口袋，结果什么也没掏出来。

和文波眼尖，发现杂物床上遗落着几张里亚尔。阿里满脸无奈地走过去捡起来，叹着气说："王子身上钱太多，到处撒也是合情合理的。"

张阿美推开阿里捏着里亚尔伸过来的黑手，婉拒了他非要把自己身上所有零花钱都给她们的好意。

阿里不高兴地说："当一个男人肯把他身上所有的钱交出来的时候，你必须感恩戴德地接受，好吗？"

在和文波忍俊不禁的笑声中，张阿美努力绷住脸："可是你这点钱不够花啊，一共才不到1000里亚尔，还到处掉。早知道这样，当初我给你准备礼物的时候，就应该选钱包。"

阿里满不在乎地摆摆手："我们索科特拉男人从来不用钱包，钱多，钱包装不开。"

对于阿里的"无耻言行"，张阿美、和文波早就习以为常。

张阿美帮阿里把那堆零钱卷成卷，插在他上衣口袋里说："感谢王子殿下倾囊相助，我们这儿还有余粮，等花光了再跟你要吧。"

阿里见有台阶下，就顺势抬起头，假装高傲地出门，还回头指挥她们两个"仆人"锁好门。

从旅馆出来，阿里回家要向左走，张阿美、和文波去银行要向右走。阿里坚持要把她们送到银行看着换完钱再送回来。争执不过，张阿美、和文波只好由他"护送"到十几米远的银行。

就在张阿美推门进银行的一刻，她身后跟上来一个行色匆匆的年轻人，也赶着进银行办业务。年轻人发现阿里，止步寒暄了几句。此时，张阿美、和文波正目中无人地背对着阿里享受银行凉爽的空调。

这个行色匆匆的年轻人，大概早就听说阿里负责的两个中国游客砸手里了，他一边跟阿里说话，一边看了张阿美、和文波的背影两眼。办完业务，年轻人又行色匆匆地走了。

换了几十美元后，张阿美、和文波就打发阿里赶紧回家吃饭。阿里埋怨她们不回旅馆非要在外面乱转，让他没法安心。

和文波宽慰阿里说，只去银行旁边的水果一条街看看。阿里这才不情愿地叨叨着要走，但走了几步又返回来，谆谆嘱咐："下午tree o'clock（3点钟），我来接你们去海边散心，做好准备。"

阿里说的是 three，但铲子牙漏风，所以发音成了 tree。

张阿美挑着眉毛，乐呵呵地重复道："好的，tree o'clock，不见不散。"阿里感到自己被戏谑了，忍不住嘴角带笑地加重发音说："tree o'clock，王子定的时间你要好好记着。还有，不可取笑王子！"

阿里走出很远了，被张阿美追上。原来阿里的钱又掉在了地上，而他浑然不觉。张阿美满脸黑线，帮他把钱再次插在上衣兜里。

阿里笑了笑，从兜里掏出那卷钱递给张阿美："拿去买水果吧。"

张阿美摇摇头推了阿里一把，疾步跑回去找和文波，才终于没有被施舍到他身上仅有的那点钱。

阿里的责任感，让他时刻都为张阿美、和文波所累。

自 3 月 28 日起，张阿美、和文波的一切，明明已经不是阿里的责任，但他非要抢过来背在身上，对她们照顾得细致入微。

索科特拉岛民风淳朴，虽然条件简陋、生活清苦，但真的可以做到路不拾遗、夜不闭户。就算也门本土陷入战争，这里的人们也还是一副无忧无虑的样子。可阿里依旧怕她们迷路，怕她们被搭讪，怕她们锁不好门……

张阿美、和文波心存感激的同时，也深深觉得，这份真情已然是还都还不起了。

　　和文波又想吃番石榴了。她们揣着刚换好的热乎新鲜的里亚尔，拐向热热闹闹的水果一条街。

　　她们来到一个摊位前。摊主是两个不怎么会说英语的大男孩儿。大家一起顶着千瓦白炽灯一样的太阳，用手势比比画画地做完了这单生意：500 里亚尔买了 5 个大小不同的番石榴。她们本以为买贵了，谁知后来问阿里时，他说就算是本地人买也是这个价。

　　热气腾腾地回到旅馆，张阿美、和文波一脱衣服，就感觉自己像刚出笼屉的馒头，只好挨个钻进洗手间冲了冲汗。

　　来电了！嗡嗡作响的风扇，让张阿美、和文波弹冠相庆，简直想趁着凉风跳个胡旋舞，可惜这里不是胡地，她们也不是胡姬。

　　张阿美、和文波叫上鹤久幸一起下楼吃午饭，在楼梯拐角遇到小叮当。他穿着浅蓝色衬衫，胳膊下夹着本英语书，一副不高兴的表情，见了面也只是点点头。

　　他们一出现在饭馆门口，翘臀服务生就立刻像打了鸡血一样迎上来。

　　落座后，翘臀服务生"吧吧吧"地冲和文波、上鹤久幸比画着，并伸手指向对面那家小饭馆，嘻嘻哈哈地说着什么。

　　上鹤久幸尴尬地边笑边点头。张阿美假装不明白，心里却有些烦翘臀服务生磨磨叽叽的，不像个爷们儿，便掏出阿里写好的菜单放在桌上给他看。

　　翘臀服务生的注意力立刻被菜单吸引过来。不等张阿美指哪个菜，他先用油乎乎的手在上面指指点点，嘴里念念有词。

　　张阿美心疼"小王子"亲笔书写的菜单，此时已经被翘臀服务生的油手弄得油渍麻花了。

　　翘臀服务生的食指飞快地在羊肝那一行划过。张阿美赶紧指着羊肝说："就要吃这个。"

　　翘臀服务生撇撇嘴，摆着手说："Mafi mafi（没有没有）。"

他表示，羊肝要到晚上才有。

张阿美只好泄气地跟和文波商量，还是吃炸鱼米饭好了。话音未落，翘臀服务生瞬间跑去厨房下单。茶童得到机会补位，送上了三杯不加糖的浓茶。

来饭馆前，张阿美还跟上鹤久幸形容了羊肝的美味，他十分期待，可是中午却没有，不免有些小小的失落。

既然还是跟平常一样的午饭，便没什么好形容的。他们慢慢地吃着。

一位陌生的大爷路过，慈祥地冲他们点点头，并快速地用阿拉伯语问："Bukrah mafi tayarah（明天还没飞机吗）？"

由于身处阿拉伯语环境好些天，张阿美竟然听懂了，她摇摇头苦着脸说没有。

大爷叹口气，念叨着"Mushkele（问题）"，转身走了。

张阿美惊觉自己的阿拉伯语进步神速，还跟和文波好一阵吹嘘。

阿里每次跟她们在一起，都喜欢招呼旁边不认识的人，说自己带的游客会讲一点儿阿拉伯语，别人就惊讶地说"是吗是吗"。每当这个时候，阿里便回过头来让张阿美表演，很有些父母显摆自己孩子会弹钢琴会吹笛子的样子。

张阿美表演了几次就不耐烦了。阿里又一次打算显摆的时候，被张阿美提前说了丑话才作罢。

上鹤久幸跟日本大使馆联系，得到的答复依旧是"无法救援，如果能跟中国游客一起走是最好不过的了"，其实也就是些官方的车轱辘话。

上鹤久幸现在全部的指望，都在张阿美、和文波这儿了。

张阿美掏出手机看看，没有什么来电或短信。

上鹤久幸后知后觉地说，可能里面没钱了，因为昨晚他打了国际长途。

他们急急忙忙跑到旁边的小店，给手机充了500里亚尔，短信显示余额有 400 多里亚尔。

大家终于安下心来，这下就不怕错过短信或者电话了，至少下午阿里来也不用特意上楼通知。

因为知道要去海滩玩，上鹤久幸很高兴。毕竟和张阿美、和文波在一起还有话聊聊，他一个人大部分时间都是自己在外面溜达，语言又不怎么通，想来也是有些孤独。

张阿美把手机放在耳边，睡了一小时。阿里的短信过来，她一看也差不多了，起床叫醒和文波。

和文波背上小布包，和张阿美一起去楼上召唤上鹤久幸。他们下楼，看到阿里和哥哥艾哈迈德已等在大堂沙发上。互道午安后，大家出门上车，一路向东开去。

途中，车子停在索科特拉岛唯一的加油站加油。阿里跳下车去买零食和饮料。

张阿美、和文波、上鹤久幸则被旁边的一车黑黑的少年吸引，纷纷从车窗中探头去看。这些少年打起手鼓唱起歌，唱得豪情红似火……

阿里拎着个塑料袋回到车上，一边跟哥哥艾哈迈德说话一边把冰镇杧果汁分给大家。

张阿美见袋子里还有饼干之类的东西，心里不禁苦笑起来。索科特拉岛的各种零食之难吃让人没法下咽，可又不敢辜负阿里拳拳待客之心，一会儿只能忍着吃一点儿了。

很快抵达了海滩。和文波和上鹤久幸分别在旁边废旧渔船后面换好泳装，兴高采烈地戏水去了。

张阿美用头巾把自己包成非洲人的样子，擦着脖子上的汗水，拢一拢被海风吹得凌乱的长袍，靠着岸边沙子里的渔船坐下。

阿里拿了一个保温大茶壶走过来坐在旁边，用玻璃杯倒了些滚烫的热茶递给张阿美，又拆开饼干和类似虾条的膨化食品让她吃。

张阿美勉为其难地挨个拿了点，转过脸吃下。她之所以要转过脸去，是不希望被阿里看到自己难以控制的嫌弃表情。对于张阿美这个喜爱美食的金牛座来说，被迫吃下难吃的东西，真的很折磨！

张阿美在岸边溜达了一会儿，捡了几颗圆润光滑的石子，其中一颗黑得像在加油站遇到的少年。

阿里接过石子在手中搓搓，仰着下巴又递给张阿美，他语重心长地说："这颗石子是岛上最珍贵的宝物，本王子现在将它赏赐给你，回到中国别忘了索科特拉。"

张阿美诚惶诚恐地把黑石子捧在手心。她突然想起《西游记》中太宗皇帝在玄奘的素酒里弹了一撮土，言道"宁恋本乡一捻土，莫爱他乡万两金"。

如今身在索科特拉岛为异客，张阿美却被阿里一番话搞得好像本来就生于斯长于斯一样。现实是，远方的东土大唐，才是她们日思夜想要回去的家。

几只山羊围了过来，刚才这里明明空无一羊，也不知道它们是打哪儿冒出来的。它们以一种"该来的还是会来"的样子出现在周围，怔怔地盯着张阿美手里的饼干。

和文波先上岸，换了衣服走过来。不一会儿，上鹤久幸也一脸疲惫地回来了，他一屁股坐在大家对面，接过阿里送上的热茶，一边喝一边露出"不知道说点什么好"的尴尬笑容。

阿里换上自己向导的笑脸友好地打破沉默，只是随便聊了几句，就让上鹤久幸自在了许多。

毕竟阿里是张阿美、和文波的向导，上鹤久幸跟着沾光总觉得不好意思。

有一只小羊格外可爱。和文波站在旁边被萌得不行，却也抓不住它。哥哥艾哈迈德善解人意地去追，不一会儿就抱着小羊回来，并送到和文波怀里。和文波高兴地抱给张阿美看。

张阿美却不由自主地咽起了口水，它长得好像在迪胡尔露营时吃的那只啊。

张阿美托起小羊的下巴，猥琐地笑着："来，让大爷看看是孜然味的还是原味的。"

小羊似乎从张阿美的注视中感觉到了什么，那一刻，它的心理阴影面积应该达到有生以来的最大化。

小羊抬头求助似的看了看和文波，这引起了她的母性，把小羊护在怀里，生怕它被吓坏了。

阿里端着茶壶去续水，打算让大家再喝一壶。好像壶底有点漏，他歪着头摆弄起来。

张阿美在后面喊了一声："嘿，王子。"

阿里孩子气地回头，以为张阿美要对他说什么好话，却等到一句"你挡我镜头了"。

阿里摇摇头，走掉了。

张阿美心里美滋滋的，终于可以拍个没人入镜的海岸落日图。

哥哥艾哈迈德坐在车里放着音乐，整个人随着音乐节奏晃来晃去，见张阿美拍摄他，脸上顿时露出婉约的笑容。

暮色慢慢氤氲开来，雪白的沙山，被染上了一层浅浅的粉紫色。周围默契地突然安静了，除了浪头轻轻拍打沙滩，再无动静。

和文波一言不发，入神地望着海的尽头。张阿美顺着她的目光看过去，见一轮烧红镍球般的太阳，正以极快的速度沉入大海，海面上散发出温柔的光芒，天空不见一丝浮云……

和文波的游子思绪满满地铺在整个沙滩上，她想要回家的念头如此之重，竟显得身后拖得长长的影子都是累赘。张阿美有些自责，不该让和文波置身这样的境地，却也只能站在她身后默默地陪着。

阿里见张阿美、和文波都陷入沉默，赶紧招呼大家上车回去吃晚饭。

阿里用张阿美最不能抵抗的东西来诱惑她说："要是不快点儿，羊肝可能就没了。"

张阿美听到羊肝，刚飞走一半的魂魄生生被拽回来，立刻恢复了神采。她一边跟和文波、上鹤久幸形容那已经被自己说了100遍的羊肝，一边跳上车。三个年轻人挤在一辆摩托车上，不紧不慢地追着他们的车，并高兴地打着招呼。

张阿美见他们服装迥异、造型别致，尤其头巾围得各有各的好看，赶紧掏出相机示意他们摆pose（造型）。三个年轻人羞涩地笑起来，其中一人略有些拘谨地比出了万能的剪刀手……

回到哈迪布，已经是晚上6点多了。像以往一样，索科特拉的夜色总是降临得如此匆忙。一行人直奔饭馆。

在饭馆里，阿里应付完全场各种问候回到桌前落座，派头十足地招呼翘臀服务生点菜。翘臀服务生搓着手跑过来，见桌边坐着和文波、上鹤久幸，脸上立刻露出笑容，指着他们俩"吔吔吔"地念叨着。岛上新闻少，翘臀服务生抓住这一个梗，不知道要念叨到何年何月。

张阿美扶着额头，懒得看翘臀服务生。阿里和哥哥艾哈迈德则没有再给翘臀服务生继续叨叨下去的机会。他们说了一大串，翘臀服务生的脑子也不是很够用，他努力地记了记转身跑回厨房。过了不多时，他又回来确认了好几遍。

阿里再次不客气地点评翘臀服务生："傻瓜。"这次，张阿美没有反驳阿里，而温和派的和文波、上鹤久幸也附和地笑了笑。

和文波叫张阿美回头看。

一轮满月从哈迪布标志性的清真寺后冉冉升起，光华大盛，如同海盗头子打开多年珍藏宝盒的瞬间一样，晃得人睁不开眼。张阿美举起相机，随手按了一下快门。

这么热的天，普通冰水又怎能解渴？这个时候，还得靠碳酸饮料才会有"哇，好爽"的感觉，张阿美痛饮。

万众瞩目的羊肝终于被端上桌子。上鹤久幸、和文波同时露出怀疑的神色，似乎在说，这黑乎乎的能好吃吗？

"黑乎乎的是吧？开闪光灯就不黑了。"张阿美赶在大家动筷之前，迅速按下快门。

另一盘羊肝以番茄调味，显得红彤彤的。配菜依旧是鱼杂，但因为有羊肝的关系，张阿美基本没怎么吃它。

上鹤久幸带着疑问尝了一口羊肝，表情顿时变成有些夸张的惊奇。但因为他来自日本，所以一切表情都要控制在一个合理的范围。张阿美注意到，他很快收敛了自己的惊讶，换成礼貌微笑，点着头说确实好吃。

张阿美不是那种光为了介绍美食而停下动作的人，她只是在开头得意了一阵，马上投入战斗。上鹤久幸毕竟是个微胖的中年男子，饭量一点儿也不小。张阿美非常担心上鹤久幸比自己吃得多，决定明天晚饭干脆不叫他，这样就可以自己单独点两盘羊肝，不慌不忙地享受。

阿里和哥哥艾哈迈德依旧优雅地边吃边看，张阿美和上鹤久幸之间无言的争食气氛已经在桌上弥漫开来，他们乐得坐山观虎斗。

这顿晚饭，上鹤久幸承包了一整盘番茄羊肝，之后还用大饼把盘子里剩下的汤汁都蘸干净吃掉，这足以显示羊肝究竟有多美味了。

可怜的和文波真的只吃了些青椒和洋葱，但她对味道予以正式肯定："的确很像中式炒菜。"

饭后，阿里和哥哥艾哈迈德开车回家，上鹤久幸回房间休息，张阿美、和文波决定去楼顶欣赏难得的满月。

眼前一片银白，日间那凌乱又支离破碎的地面，此刻却被月光收拾得齐齐整整，说不清现在到底是白天还是黑夜。好在那属于太阳的光芒经过月亮的反射，已经变得无比温柔。

张阿美抬头看了看几乎满溢的月亮，立刻心情也变得难以言状起来。和文波静静地坐在一块石头上，乌黑的短发在月光下竟白如雪，好像那一腔愁绪都化为白发。

待双眼适应了楼顶上的亮度，四下里的黑暗便显得生动丰富起来。不时有车辆从街上开过，小小的商铺前总有少许人来来往往。汽笛声、聊天声，让月色显得不那么寂寥。放眼望去，整个哈迪布依旧笼罩在一片蒙眬的紫色光芒中。

手机响了一声，是阿里的短信："晚上好，我的客人们，希望你们今晚能好好休息。"

张阿美把短信给和文波看。她忧郁地笑了一下，显然注意力并不在这儿。

"多谢王子今天的招待，我们都很开心。"张阿美回复阿里。

"不要客气。"阿里关切地问，"医疗队那边有新消息吗？"

"还没有，但感觉应该就在这一两天了。如果可以走，真不知道要怎么感谢你才好。"张阿美客气起来。

"别提什么感谢，早就说过，这是我应该做的。"阿里很淡定。

"对了，这几天的房钱和饭钱大约多少？你告诉我，明天见面给你。"张阿美不想让阿里"担心"。

"好了，不聊了。我要去清真寺做礼拜，晚安。"阿里终结了话题。

张阿美失落地放下手机，每次跟阿里谈钱就显得很伤感情，他不是回避就是生气，让人没法继续这个话题。

张阿美把刚才的短信内容向和文波作了汇报，她也很有些过意不去地表示，这个钱一定要塞给阿里。

"如果阿里真的打算一人扛下两个游客的食宿费，那我们岂不是太无耻了？"张阿美心想。

阵阵海风吹来，拂去了白日酷热。张阿美打开手机播放器，伴着风声、祷告声，放起了坂本龙一现场版的《劳伦斯先生的圣诞节》。她感觉此时此刻此情此景，这首曲子再合适不过了，借用网络乐评形容就是："音符里流淌着生命永远无法选择的宿命的悲剧感，对人性纯粹的追求与矜持，对异样情欲的纠缠与否认，对真理信念的盲目与回避……所有这些，有时沉重得无以承受，有时又是那般虚弱无力，孰是孰非的选择，更是令人应接不暇、心力交瘁。"

张阿美再次抬头，看着沐浴在月光下的哈迪布，前一秒清晰无比，后一秒则突然模糊了双眼。当一切都化作未流出的泪水所形成的幻影时，张阿美突然分不清，自己到底是想走还是留下来。

"不能将山谷间那些闪闪的星星摘下打包在旅行箱中，只愿记住这一平凡而朴素的夜晚，好让我在今后每个思念索科特拉岛的夜里都有月光如昼、海不扬波。"张阿美诗意起来。

前几天在旅途中，张阿美的右脚心扎进一根刺，深得挑也挑不出来。现在张阿美的右脚心隐隐地痛起来，每走一步都更痛一点儿。不知为什么，她不想把刺挑出来，心想自己终究是要离开的，这根刺就当做来过索科特拉岛的凭证吧。

撤侨
——国家紧急派遣护航军舰

4月5日清晨，张阿美、和文波打算早饭去萨利姆的小店买几个油炸饼吃，结果满头大汗到了摊位前，她们突然发现谁都没带钱。

"还是老老实实回楼下饭馆吃每人7美元的早饭吧。"趁着萨利姆还没有读懂两个外国人的窘况，张阿美、和文波嬉笑着，匆匆逃离了早点摊。

饭后，张阿美、和文波按照惯例又去楼顶坐了一会儿，原因自然还是旅馆停电，风扇停摆。

不多时，阿里找上来，他们便一起回到闷热的房间，探讨下一步计划，其实就是瞎聊。

阿里指着地上塑料袋里的饮料，问可不可以喝。张阿美连忙掏出一罐果汁打开递给他。张阿美发现袋子里还有在机场那天剩的士力架。和文波问阿里吃不吃，他从善如流地接受了。

阿里半躺在杂物床上，跷起二郎腿，拆开了士力架。

张阿美讨好地问："你们这儿的零食都甜得过分，不如来瓶水吧？"

阿里摇摇头，用鄙视的目光看着为他担忧的张阿美："士力架不甜，是你们中国人接受不了这个口味而已。"

想到号称"甜食之王"的和文波也招架不了的士力架，张阿美看好戏般紧盯着阿里。

一口、两口、三口……终于，阿里的表情由得意变为皱眉，吧唧着嘴喃喃自语："真的太甜了！"

张阿美、和文波顿时忍不住笑了。

和文波递上水，问阿里要不要喝一口冲淡一下那股驹人的甜味。

阿里竟婉拒了："如果喝了水，整体味道就会变得很酸，还不如就这么甜着。"

阿里这真是一句很有道理的话，让她们完全无法反驳。

阿里问："昨晚发完短信，你们就下来睡觉了吧？"

张阿美摇摇头说："为了抒发去国怀乡的情感，我们坐了一个多钟头呢。"

阿里把最后一口士力架努力咽下去，精神抖擞地坐直身体，一脸决绝地说："以后晚上不准上楼顶！"

张阿美、和文波异口同声发问："什么？为何？"

阿里用手背擦擦嘴，神秘地说："哈迪布的白天很热知道吧？所以晚上大家都会抱着凉席到外面睡，尤其那些青壮年夫妇，睡着睡着就可能睡出点花样来，你们上楼顶那不就是去观摩吗？被人看见的话，影响多不好！"

阿里说完，一脸吓到小孩子的得意表情。可他低估了张阿美、和文波的"猥琐"程度，要知道前几天露营的时候，她们可是天天对喷荤段子啊！

在阿里的注视下，张阿美笑嘻嘻地对和文波说："看来晚上再去楼顶，我要戴上近视镜了。"

和文波也眯着眼神往地说："虽然不一定能看清，但阿里的话坚定了我们去楼顶的信念呢。"

阿里见她们挤眉弄眼，也猜到个八九不离十。他挥舞着手严肃起来："我没有开玩笑，你们真的不要再趁着夜色上楼顶了。"

张阿美、和文波敷衍地冲他点点头。

阿里又"喷"了一声，颓然倒在杂物床上："早知道就不告诉你们了。"

房间里越发热起来。"一定是旅馆拉闸限电。"张阿美抱怨。

阿里见张阿美汗如雨下，起身去楼下找旅馆负责人，让他合上电闸。

跟在阿里身后下楼，张阿美却发现上鹤久幸满脸大汗地越过她们冲到一楼。他张开双臂，冲着旅馆负责人急促地喊道："Hot hot hot！Switch on switch on switch on！Please please please！（热死了！快打开快打开！拜托了！）"

张阿美第一次见上鹤久幸语速这么快，虽然显得滑稽，却行之有效，负责人马上合上电闸，风扇"嗡嗡"地转起来。阿里见他的"功劳"被上鹤久幸抢了，便告别回家。

送走了阿里，张阿美、和文波与上鹤久幸聊了几句。

上鹤久幸激动地说老街那边有一家"咖啡厅"，提供现做鸡蛋三明治和鲜榨果汁，便宜又大碗，问她们要不要去那里吃午餐。

听过上鹤久幸的描述，张阿美脑海里浮现出一家干净明亮的小饭馆，几个风扇同时吹着，服务员端上冰凉的果汁和带蔬菜的三明治，他们有说有笑，边吃边唠，还眯眼看街边人来人往，颇有些"大隐隐于市"的高冷感。

即便外面明显热得要死，张阿美、和文波还是决定跟着上鹤久幸去试一试。他们出了门，朝老城方向走去。

哈迪布晌午的太阳，绝对不是普通人能够承受的。这一路，张阿美没敢抬头，走得跟跄跄跄，还吃了不少尘土。

张阿美浮想联翩，如果有航拍机，大家可以看到这样一幅景象：被太阳晒得冒烟的白亮亮的土路上，三个人间距五米呈等边三角形队列，整齐地朝着破旧的老城前进。他们之所以距离这么远，是因为害怕靠近会被彼此身上散发的热气扑倒。

拐到老城的商品一条街，上鹤久幸领着张阿美、和文波直奔一个没有招牌、看起来像山洞的地方。尽管外面光照强烈到需要戴墨镜的程度，但屋里依旧黑漆漆的，要不是隐约看到里面有眼白和白牙在动，张阿美真会以为上鹤久幸在开玩笑。

外面的破旧，已经让人心凉了半截。张阿美看了一眼和文波，她也面露犹豫的神色。

继续往里走，"轰"地飞出一群被惊到的苍蝇，它们倒比里面的人迎出来的还要早。苍蝇飞过，便是阵阵热气扑面而来。

张阿美抬头看看那几乎要撞到头的天花板，四周都安装了风扇，可就是不开，估计这里也在停电吧。

里面的三个男人像见到老熟人一样，跟上鹤久幸打着招呼。上鹤久幸缓慢而迟疑地问今天是否有东西吃。其中一人面露难色，用手抓着下巴思考。

此刻，张阿美在心中祈祷他婉拒上鹤久幸，这样就可以回到旅馆楼下宽敞整洁有风扇的饭馆，享受翘臀服务生送上的冰镇七喜了。

令人郁闷的是，那个人沉吟片刻竟然点了点头。

上鹤久幸转身找了张桌子，让张阿美、和文波就座。张阿美伸手赶了赶落在条凳上的苍蝇，对着脏兮兮的凳子深吸一口气，扭扭捏捏坐了半个屁股上去。和文波挨着张阿美，也小心翼翼地坐下。她们都缩手缩脚，都不愿让身体任何一处再多接触那张桌子和凳子。

上鹤久幸坐在张阿美、和文波对面，尴尬地边笑边擦汗，他在轻声说着什么，可苍蝇飞舞的声音太大，张阿美听不清。

张阿美忍着闷热，掏出纸巾抹了抹额头上流淌的汗珠。和文波无语地把双手放在膝盖上，瞪着脏脏的桌子。她们同时陷入了沉默。

张阿美在心里问了上千遍："上鹤久幸，你是电影《死亡诗社》中的基丁吗？"

过了好一会儿，那人端上来三杯带着冰沙的柠檬汁，一盘切开的鸡蛋三明治。所谓鸡蛋三明治，就是两片非常糙的速食面包夹着刚煮熟的鸡蛋。张阿美每咬一口，都像在吃整个撒哈拉沙漠，下咽非常有难度。幸好还有柠檬汁作陪，但因为又热又渴，张阿美在它刚上桌的时候，差点一口气就喝干。

苍蝇多得令人发指，前仆后继地冲向手里的三明治，她们只能实行"你走我吃，你来我停"的方法。

这下，张阿美、和文波更加沉默了，因为张嘴说话，很有可能连苍蝇一起吞到肚子里。

张阿美好不容易把盘子里的三明治吃完，她长舒了一口气，催促坐在外侧的和文波赶紧起身往外走。

"不是我没礼貌，那地方真的让人一刻都待不住。"张阿美快崩溃了。

回去的路上，大家依旧无话可说，一是被晒的，二是刚才的午餐体验太差了。上鹤久幸也有些自责，他小心翼翼地走在后面不敢说话。

路边偶尔跑过几个晒得油亮的孩子，冲张阿美、和文波打招呼。平时不管怎样，张阿美、和文波都能挤出一个笑脸，现在却无心理会，她们实在是被难吃的三明治和糟糕的就餐环境影响了心情。

好不容易挪到旅馆楼下，张阿美、和文波已经热得浑身湿透。上鹤久幸打算回房间休息。张阿美毅然决然地拉着和文波走进了楼下饭馆，准备来两罐冰镇七喜凉快凉快。

翘臀服务生送来七喜。张阿美一口喝掉一半，她打了个嗝："好舒坦！"

接着，她们又点了烤鱼配米饭。

"明明刚刚吃过一个三明治，可谁叫它难吃呢？下肚都被胃液给鄙视了。这样对比来看，楼下饭馆里烤鱼米饭的味道其实挺不错，就像唐伯虎第一次见秋香回眸，只道是个平凡的女子，可当她身边的牛鬼蛇神一起回头的时候，她就是世间难得的大美女。"张阿美胡思乱想着。

正式吃饱喝足，张阿美、和文波才捧着肚子慢慢回到房间，歪倒在床上发着呆，然后稀里糊涂地睡着了。

不多时，阿里的电话惊醒了张阿美，说田琦大使刚刚打来电话，要跟她们联系。

张阿美顾不上推醒和文波，急忙按照阿里发来的电话号码拨了过去。那边挂掉了张阿美的电话，并立刻回拨过来。

"大使可能是担心我手机里没多少钱吧？"张阿美心想。

电话接通，传来的依旧是那个处变不惊的温和声音。每每听到这个声音，张阿美都觉得整个人瞬间冷静下来，不再慌张。

田琦大使先问了张阿美、和文波的近况，然后把原先制订的"Plan A（A 计划）"简单说了一下：先派飞机来索科特拉岛接她们去萨那跟使馆人员会合，然后转飞巴林。

"不过现在飞机停在吉布提，这是为什么呢？"田琦大使继续说，本来昨天就想飞的，但也门总统阿卜杜·拉布·曼苏尔·哈迪不同意，理由是飞机很有可能被胡塞武装扣留，所以这个计划搁浅。

张阿美分明感觉到，说到这里，田琦大使颇有些不悦。她也觉得总统的说法略微有些奇葩："索科特拉岛若有胡塞武装的话，我们哪敢优哉游哉地去'享受'难吃的鸡蛋三明治呢？"

张阿美担心地问田琦大使："现在留在萨那，你们有没有危险？"

电话那边，田琦大使云淡风轻地回答，这几天使馆的车子被流弹击中，使馆院子里落的弹壳收集起来足有几麻袋。工作人员的住处，也被时不时的袭击搞得无法居住，大家都躲避在使馆地下室，但在尽最大努力寻找尚留在也门的同胞。

听到使馆情况如此危险，张阿美不禁觉得鼻子有些发酸：危机四伏的萨那，我们的使馆人员还在冒着枪林弹雨坚守岗位，只为保证每位同胞的人身安全。此等大事，以前只在新闻中看到过，谈不上不关心，只觉得离自己太遥远。而如今身处其中，切实感受到真挚的家国之情，完全可以将自己的性命托付于祖国而不必有后顾之忧。

田琦大使打趣自己，今年1月20日上任，短短几个月时间风云变幻，没想到会发生这么大的事儿，希望战争很快结束，这样也好实现去索科特拉岛看看的愿望。

张阿美忍住眼泪说："如果可以，让我请您吃羊肝吧？"

田琦大使笑起来，连说没问题。

田琦大使讲了新的"Plan B（B 计划）"：国家将派军舰开赴索科特拉岛，接上滞留人员去阿曼塞拉莱，希望她们做好准备。

田琦大使叫张阿美记下中国驻阿曼大使馆于福龙大使的电话号码，还留下了他自己的北京手机号码。

田琦大使说："因缘际会，人生难得一次这样的经历。回国后有空，你可以写个故事了。"

在田琦大使的叮咛中挂了电话，张阿美怔怔地看着手机屏幕暗了下去。

"阿曼？什么是缘分？"张阿美几进几出阿曼，没想到从也门撤离的关键之地还是阿曼，而且是她没去过的塞拉莱。

"塞拉莱在阿曼人眼中，是本国最著名的景区。说来好笑，我一个号称深入过阿曼的吃货，竟从未染指过塞拉莱，连当地人都忍不住多次嘲笑我根本没来过阿曼。"张阿美走神了。

和文波早就被张阿美的打电话声吵醒。听张阿美描述通话内容后，和文波迷迷糊糊的眼睛中闪过一丝光亮。

这时有人敲门。张阿美打开门，发现是住在隔壁的大叔 A。他和大叔 B 打算过一会儿去楼下吃晚饭，问她们要不要同去。

由于跟阿里定了碰面的时间，张阿美只好跟大叔 A 说可能无法一块吃饭了。正巧，阿里也过来了，站在门口元气十足地大声问好。张阿美、和文波同他一起出门，准备买点驱蚊乳液和电蚊香。

露营的时候从来没被蚊子叮过，可住在哈迪布的日子里，终于体会到了索科特拉岛蚊子的可怕。张阿美每天穿着长袍盖着毯子睡觉，诡异的是所有蚊子包都集中在大腿上。而和文波则被叮得不停挠胳膊。被蚊子叮过以后，不会有很大的包出现，只是很小的一个个凸起，但瘙痒程度则是普通蚊子的几十倍。只要周围没人，张阿美就赶紧挠大腿，后来痒到即使有人都忍不住去挠，搞得腿上血淋淋的。张阿美虽然带了驱蚊花露水，可这么多天每日猛喷几乎用光了，还不怎么见效，只好叫阿里带着去买点别的驱蚊用品。

阿里边走边奇怪地问："怎么今天才想起来买这些东西？你们倒真能撑。"

被蚊子叮了几天后，张阿美、和文波终于反应过来，不由得感叹自己大脑的反射弧还真是长。她们决定，即便明天就走，今晚也决不让蚊子再多叮一个包。

一路上，阿里说张阿美、和文波世上最坚强，张阿美、和文波说阿里世上最善良。

来到医院附近的药店，一个老大爷在看店，他把胡子染成了橘色。阿里问有没有止痒的药膏。橘胡子大爷在柜台里翻了翻，找出一个白色的盒子递过来。此时，张阿美还不知道阿里在干什么，直到他读完盒子上的"止痒消炎"使用说明又拿给她看才明白。

"阿里大概早就注意到我不停地挠大腿了。"张阿美不好意思地笑笑，接过了盒子。

然而不等和文波掏钱，阿里已经从上衣口袋里潇洒地拿出钱付账了。

橘胡子大爷问张阿美、和文波什么时候走。她们摊摊手表示可能是明天。他叹口气说："祝你们一切顺利。"

接着，张阿美、和文波又开始去寻找防蚊乳液。路过一家女性用品商店的时候，张阿美好奇地问阿里，这儿会不会有卖卸妆乳的。

阿里想了半天才明白张阿美说的是什么，于是领着她们进去问。店主是个胖胖的中年男子，听完阿里的描述后便蹲下去寻找。店里三面墙摆满各种化妆品，还有一面墙挂着许多女士内衣。

趁店主还在找卸妆乳，张阿美低声问阿里："岛上风俗这么传统，女人想买内衣怎么办？是自己来买吗？"阿里摇摇头说："当然不啦，都是由她们的老公来买。"

张阿美脑补了一下那个销魂的场景：一位胡子拉碴儿的男人走进这个以粉红色为基调的店里，跟胖乎乎的男店主说，给我来一个蕾丝胸罩，尺码是……这样的话，店主岂不是知道岛上所有女人的尺寸？张阿美隐约觉得，阿里是在忽悠她。

店主拿出一个大瓶的卸妆乳。张阿美高兴地接过，放进和文波的包里。阿里照例胳膊一挡付了账，并打了个响指："我们走。"

防蚊乳液还真不好找，问了好几家店铺都说没有。好不容易有个老板说有货，张阿美正想掏钱，阿里却拿过乳液的包装盒仔细看起来。

张阿美指着上面画了叉的蚊子叨叨："这不是很明显的标志嘛，赶紧买了回去吃饭。"

阿里白了张阿美一眼："这些乳液都过期了，大小姐。"

不愧是长期混迹于服务行业的"王子殿下"，如此心细。张阿美还有什么可说的，只好哈巴狗一样跟在阿里身后，继续沿街寻找防蚊乳液。

张阿美讨好地说："你真是我们的小天使啊！"阿里有些羞涩，摆摆手，露出难以抑制的笑容。

终于找到还在保质期内的防蚊乳液，张阿美买了十几盒收入囊中。旁边就是电器行，阿里进去买来一个电蚊香。这一晚插了电蚊香，果真没有被蚊子骚扰。

天色早已黑下来，他们有说有笑地朝着旅馆走去。走到哈迪布主干道的时候，对面一个人远远地冲阿里打招呼。

在张阿美看来，招呼打得颇有趣，"哎哟哎哟"了好长一段时间，才说："阿里你好吗？你家里怎么样？"阿里微笑着回礼。

阿里不等张阿美、和文波发问就解释，那个人是因为离得远看不清是谁，但目光相对不打招呼也是不礼貌的，所以他先"哎哟哎哟"起来，待看清是谁以后，再顺口叫出名字。

走到旅馆楼下，张阿美、和文波央求阿里一起吃晚饭。本来计划好回家陪妈妈的阿里，心一软留下来。

他们坐在饭馆的露天桌子前，吃得满嘴掉渣嘻嘻哈哈，颇有些今朝有"饼"今朝醉的感觉。虽然明天可能就要走了，他们席间却绝口不提告别，只有夹杂在谈笑间的几句话，"东西收拾了吗？""今晚可以睡个好觉。""听话，不要再上楼顶了。"

可张阿美、和文波注定是要好奇地去楼顶的，观摩观摩纳凉夫妻的夜生活。急急忙忙打发走了阿里，她们把背包扔回房间，一溜烟爬上楼顶。

谁承想，哈迪布今晚又被云层遮住，连满月都显得羞怯起来。这种天象，似乎在揶揄中国游客："呵呵，你们什么也看不清。"

淡紫色的月光下，张阿美、和文波并没想到，这竟是她们在索科特拉岛的最后一夜。

观摩未果。她们有些失望，只好悻悻地回房间躺下。

晚上 10 点多，张阿美被耳边的电话声吵醒，发现是从阿曼打来的。她立刻坐起，按下接听键。

中国驻阿曼大使馆工作人员说，接到通知，后天早晨 8 点她们会抵达塞拉莱……

可没说几句话，电话竟断了。

"一定是接国际长途余额不足！"张阿美迅速弄醒和文波，拿着手机和钱冲到楼下，去找小卖店充值。

天已经晚了，街上开着的店铺寥寥无几。

慌乱间，张阿美、和文波看到一个亮着灯的手机店，她们赶紧跑进去，比画着让店主帮忙充值。

店主是个精干的小伙子，他表示自己的店里没有充值卡卖，但可以帮她们去找别人充。

小伙子动作敏捷地从一米多高的柜台内纵身跳出来，拿着她们的手机一骑绝尘地跑进黑暗的胡同里。

"要不是小伙子的店还在，真还以为他是在抢劫。"张阿美感慨。

不一会儿，小伙子跑回来对张阿美、和文波说，别人家也没有充值卡，现在只能把他手机的余额转到她们手机上，不过余额很少。张阿美、和文波拜托他帮忙，不一会儿手机上多了200里亚尔。她们感激涕零地把钱塞给小伙子，转身往旅馆跑。

途中，阿里打来电话，说医疗队的人马上到楼下，叫她们赶紧去迎接。

张阿美、和文波跑到旅馆门口，果然见医疗队的面包车停在那儿，几位医生都在。

秦拓略去客套话，开门见山地告诉张阿美、和文波："明早6点在码头待命，等小船送我们上军舰。"

可为什么要坐小船上军舰呢？按照国际惯例，未经也门国防部门许可，军舰是不能进入其12海里领海内的，否则被视为入侵。再说了，就算也门国防部门许可，索科特拉岛的小码头根本无法停靠前来撤侨的微山湖舰这样的万吨级军舰，只能通过小船换乘。

"所以说，这件事终于百分之百确定了？"张阿美抓着秦拓的手问。

秦拓笑着点点头。

医生们脸上也都露出兴奋之色。

秦拓叫张阿美、和文波收拾好东西早点睡，明天要保证到码头的时间。随后，他们像一阵风一样，开着面包车回驻地收拾行李去了。

张阿美在得到消息的那一刻，心情很复杂，既有尘埃落定的坦然，又有一丝酸酸的东西从心脏深处蜿蜒向上，让人如鲠在喉却无法表达。

既然已经确定了明天就走，张阿美、和文波赶紧跑去向大叔们道别。她们跑到三楼敲开大叔Ａ的房门，把刚刚得到的撤离消息告诉了他。大叔Ａ脸上露出发自内心的笑容，并祝福她们平安回国。

三个人都微笑着站在三楼大堂内。风扇"嗡嗡"转着。片刻，气氛变得有些微妙。张阿美想，这个时候，每个人都不约而同地感觉到，也许这就是彼此间最后一次相遇。

和文波问大叔Ａ，是否打算继续留在索科特拉岛上。

大叔Ａ微微耸了一下肩，笑道："除此之外，也没别的办法。"

张阿美望着他的眼睛，有些不忍地问："您家人都好吗？"

大叔Ａ的目光顿时黯淡下去，点点头，声音颤抖地说："全家老小都在萨那，自己每天都在担心。幸运的是家人都无恙，目前正准备举家搬离萨那，前往周边的小村子里躲避轰炸。"

眼看着一个五大三粗的中年汉子由神情轻松慢慢变为眼眶发红，身体也不受控制地有点儿发抖，张阿美无法想象他是怎样煎熬地度过这些天的。而他居然在这样寝食难安的状况下，依然力所能及地坚持帮助陌生的中国游客。

张阿美低头看着地板，喃喃地说："我们明天就要走了，希望今天能跟您说一声谢谢，谢谢您这样亲切的照顾……"

张阿美话没说完，眼泪已经夺眶而出。和文波也泪流满面。

"我们的眼泪并非为担心自己安危而流，大叔Ａ这样好的人却要遭受骨肉分别的痛苦，究竟是为什么？战火纷飞下的萨那，还有多少同样心地善良的人，心惊胆战地躲避着流弹与轰炸？虽未亲自见到萨那的地狱之象，然而大使的电话、大叔Ａ的眼泪，都让我们感受到了战争的可怕，这不是电视里播报的国际新闻，这是实实在在发生在眼前的事儿。"张阿美悲伤着。

张阿美、和文波围上去拥抱大叔 A，并祝他全家平安。

大叔 A 一边哭一边不断地安慰："你们会没事的，你们一定能安全与家人团聚。"

敲开大叔 B 的房门，他见是肿着眼泡的张阿美、和文波，不由地露出诧异的神色。

张阿美刚说出"明天我们要走了"，就忍不住又哭起来。和文波也情绪激动，完全无法说出一个囫囵句子。

大叔 B 虽然英语不好，但听明白这件事儿还是很容易的。他立刻张开双臂走出来，将张阿美、和文波揽入怀中。

大叔 B 低着头，像爸爸哄孩子一样，伸出食指指着天说："你们会安全回国，不再担惊受怕。"

听到这里，张阿美反而哭得更厉害了："都什么时候了，您还有心思顾着我们啊？"

大叔 B 神情恳切地继续比画着对张阿美、和文波表示，已经留了电子邮箱，回去后记得给他发邮件，不要担心他们。

大叔 B 充满自信地说："索科特拉岛是非常安全的。"

这一刻，大叔 B 坚定乐观的神情深深感染了张阿美。而两位大叔不同的情感流露与相同的祝福，让张阿美、和文波更增添了一分对索科特拉岛的挂念。

红着眼睛再三与大叔们道别，张阿美、和文波回到房间难受了好一阵。她们检查着自己的行李，装作没事地一边收拾一边聊天。

这时，阿里发短信问："是不是明天走？"

在得到肯定的回答后，阿里只简短地回复了一句："明早 5 点我来送你们。"

张阿美曾多次想象过，离开索科特拉岛时要如何跟阿里说再见。

场景一：战争从未发生过。在岛上玩了一个星期后，她们依依不舍地被送到机场。登机前分别与阿里拥抱道别，然后一步三回头地走向舷梯……

场景二：战争爆发了。大使馆派来接她们的飞机停在索科特拉岛机场。她们哭着跟阿里拥抱道别，一步三回头地登上飞机，走到舱门口猛一回头，泪流满面地大喊："我会回来看你的。"这个时候，阿里露出"其实我们再也见不到了"的和蔼笑容，瘦小的身躯在飞机轰鸣中慢慢向航站楼退去……

"然而阿里并没有我想象的那么蹩脚，分别在即，他只是尝试去接受这件事儿，就如同战争降临，他也只能接受并习惯战争带来的一切危机与不便。阿里虽然只有 24 岁，于我们来说他的角色却并非年轻的向导。在等待撤离的日子里，阿里如父如兄地照顾着我们，一副瘦小的身躯却如同穿着铠甲的勇士，不断地替我们披荆斩棘……"张阿美再次动情了。

张阿美、和文波跑上楼，通知上鹤久幸打包行李。他连连点头，并保证明早一定第一个下楼在大堂等候。从时间观念这一点儿来说，上鹤久幸绝对是值得信任的。

回到已经收拾妥当的房间，张阿美、和文波望着难得整洁一新的杂物床，相视一笑。

这一夜，张阿美、和文波和衣而卧……

离别
——无法交付的五百美元

4月6日凌晨还不到4点，和文波就迫不及待地叫醒张阿美。她们迅速洗漱并收拾零散物品。

这时，阿里发来短信，说他从医疗队司机那里得到消息，早晨6点码头没有船。张阿美当然不信，她翻出秦拓的电话号打了过去，但信号不好没有打通，又给医疗队翻译崔露凡打电话，还是没有打通。

不一会儿，阿里和哥哥艾哈迈德已经到了楼下。张阿美、和文波匆匆跑下去。

阿里表情严肃地对张阿美说："快，我带你去医疗队驻地问问情况。"

小叮当从一楼大堂的柜台后走出来，冲张阿美、和文波打着手势，表示他得到的消息也是码头没船。

阿里黑着眼圈，一副没睡好的样子。张阿美问怎么搞的，他说由于最近频繁断电没法用风扇，通常很晚才睡，还有时候睡到半夜活生生被热醒，只好睁着眼挺到天亮。

张阿美把和文波留在旅馆，只身上车去了医疗队。

不一会儿，越野车停在一处整洁的大院门口，院子里的两栋房子看起来非常安静。张阿美推开铁门蹑手蹑脚地走进院子，阿里和哥哥艾哈迈德留在车里。张阿美回头看他们的时候，只见车里两对黑洞下的眼睛嵌在黑黑的脸蛋上，她感觉有些滑稽。

张阿美敲敲一栋房子的大门，没什么动静。她只好惴惴不安地压低声音朝里面喊了一声："有人吗？"

很快，秦拓应声出来。他见是张阿美，非常不好意思地说："目前还在等军舰上的消息，要得到批准才能坐船过去。"

对于一再说"暂时走不了"，秦拓也感到很抱歉。

张阿美认为好事多磨，既然到了临门一脚，多等等也没关系，可一想到带着这个消息回去面对和文波、上鹤久幸，她便觉得额角有汗渗出来。

阿里把张阿美送回旅馆。和文波、上鹤久幸不约而同地从大堂沙发上弹起来，期盼地盯着张阿美。张阿美刚说出得到的消息，他们又垂头丧气地坐了回去。

阿里站在一边，劝大家不管怎样，先去把早饭吃了。

张阿美一拍脑门说："对了，要是今天就走，我应该把旅馆饭馆的钱算给你。"张阿美估算了一下，应该不会超过500美元。

阿里"啧"了一声，仿佛张阿美说的是什么荒唐话，转身出去叫哥哥艾哈迈德带他回家。

没多久，阿里又回来了，要走了他们的护照，打算帮着去盖离境章。

其实，张阿美从医疗队驻地回到旅馆，也不过才早上5点40分。6点多的时候，秦拓就接到了微山湖舰指挥员陶新阶的电话。原来，舰上得到消息，说岛上除张阿美、和文波、上鹤久幸外，还有两名法国游客，要联系到他们一起带走。后来终于打通法国人的电话，发现他们早在2月就离开索科特拉岛回国了。撤离因此耽搁了一上午。

上鹤久幸老老实实地跟着张阿美、和文波去饭馆吃早饭。翘臀服务生铺好桌布，"吧吧吧"地指点着他们跑开了。

喝着茶童送上的奶茶，张阿美不由得心里琢磨："这真是在索科特拉岛上的最后一顿早饭吗？"

看到张阿美、和文波、上鹤久幸吃完饭，翘臀服务生拿着自己的破手机求合影。"在他这儿吃了这么多天饭，今儿却突然来合影，似乎预示着我们要走了。"张阿美心想。他们分批次跟翘臀服务生合影。

上鹤久幸还掏出自己的小相机，与翘臀服务生合影留了个纪念。张阿美、和文波因为心思完全不在这里，连一张翘臀服务生的照片都没留下。

这一天，日本大使馆跟上鹤久幸的联络也多了起来，隔一会儿就会打个电话，确认他的情况。

眼瞅着手机里那点余额是不够支撑的了，唯恐还要用到，他们就去旁边的小店买充值卡。

谁知老板面露难色："现在整个素科特拉岛的充值卡都已经卖完了，如果实在想充值，得去银行让柜台职员帮忙充。"

想不到连充值卡也有卖光的时候，形势显得更加紧迫了。这时银行尚未开门，他们只好回到旅馆耐心地等着。

打开那扇熟悉的房门，望着空荡荡的房间，张阿美不禁念念有词："斯是陋室，唯我独尊……"

最后的素科特拉岛的早晨！张阿美透过窗子的防盗网看去，小山和云都被分割成了一块块的，就像她胸腔里这颗不甘离去的心。

一早，田琦大使发来短信，简短几个字，却是张阿美、和文波最后的定心丸："See you in Beijing（北京见）。"

张阿美把短信给和文波看了看，以稳定军心。和文波欣喜地笑了笑，躺在床上抚着胸口缓神。

张阿美背对着和文波，坐在床沿摆弄手机。突然，和文波"嗷"一嗓子，发出一声她们相处 20 年来从没有过的惊叫。

张阿美急忙回头，发现她已经"腾"地一个后滚翻，从床上翻到了地上。动作之利落，简直让人以为她被龙虎武师附体。张阿美顺着和文波颤抖的手所指方向定睛一看，一只巨大的蟑螂正在她刚才躺过的地方，慢悠悠地散步……

惧怕蟑螂的张阿美顿时头皮发麻，这么大的蟑螂真是此生罕见。张阿美带着哭腔，拉着和文波朝门外跑去。

和文波惊魂未定地向张阿美描述，刚才正迷迷糊糊要睡着，突然觉得胳膊有点痒，还以为她在捣乱，睁眼一看却是蟑螂的"亲密接触"。

张阿美完全不敢想象，如果换作是自己会有什么样的表现。但可以肯定的是，和文波已经很勇敢了。

住了这么多天，只有今天才被蟑螂"赶"出了房间，难道这也是一个预兆？

张阿美对和文波说："今天必须走，那个房间我无论如何不敢回去了。"

站在三楼大堂里慌乱了一阵，张阿美、和文波决定去楼上阴凉处待一会儿。

上鹤久幸不知去了哪里。

张阿美、和文波面对面坐在四楼大堂桌子前吹着穿堂风。几只大胆的"哇 bee"，时不时轻盈迅捷地掠过脸庞。她们继续玩成语接龙，试图忘掉刚才的惊魂时刻。

上鹤久幸背着包擦着汗，一步一步走上来。见张阿美、和文波都在，上鹤久幸露出谦和的微笑，说他刚刚去了已经开门的银行，自作主张地给手机充了 2000 里亚尔。据说，银行里充值的人在排长队。

和文波想与上鹤久幸分担话费，他笑着婉拒："就这样吧，就这样吧。"

上鹤久幸把挎包放在桌子上，坐在张阿美旁边。起初，上鹤久幸还能聊两句，伴着"哇 bee"的嗡嗡声和风声，他打起了哈欠，不一会儿就妥协地用手支着头，假寐起来。

相比张阿美、和文波，上鹤久幸更加着急一些。他一早起来就到楼下退了房，钥匙也交还给了小叮当。这样一来，他就是再困也只能坐在桌边困。

张阿美、和文波则是有房间不能回。她们想，如果上鹤久幸不嫌弃，其实可以去蟑螂房里睡一会儿。

时光已经漫长到除了对坐发呆，没有任何事可做的地步。

张阿美好几次低头瞌睡又忽然醒来，看看时间又颓然闭上眼睛。风渐渐变得热起来，外面的光照越来越强烈。张阿美想向外看两眼，但感觉必须戴上墨镜才舒服。

无尽的等待终于在阿里的拖鞋声中结束。他疲惫地爬上来，把三份盖好离境章的文件和护照递给大家。阿里身上散发着因为暴晒和忙碌而产生的过期味道。

"只是三本护照，他们竟然用了这么长时间！"阿里气呼呼地埋怨出入境管理处的慢作为。

张阿美还未来得及感谢阿里，突然接到秦拓的电话，让她们马上下楼。

飞奔下楼，张阿美见医疗队的面包车已经停在旅馆门口。秦拓迎上前说："中午1点半在码头会合，这次是真的要走了。"

医疗队的面包车绝尘而去。此时，张阿美竟有点儿不敢回头看站在身后的阿里。当离别真正到来之际，张阿美一切想象中的情绪激动、痛哭流涕，都不及那一秒钟的晃神。她人还在白晃晃的哈迪布街头站着，心里却"扑通"一声，轰然坐倒在地上。

张阿美的心情错综复杂。她不记得自己是如何将秦拓的话转达给阿里的，也不记得大家是怎样一起吃了一顿毫无胃口的午饭。

等张阿美、和文波、上鹤久幸搬上行李，哥哥艾哈迈德发动了越野车，朝医疗队驻地驶去。

张阿美没来得及回头再看一眼尘土中的旅馆，也没来得及跟小叮当说声再见。

下午1点钟，越野车停在医疗队驻地门外。

阿里从副驾驶上扭过头："先等医生们出发我们再跟上，保证时间上的一致性。"

张阿美神情颓唐，只是点了点头。

阿里便半开玩笑地说："能不能跟军舰上商量一下，把我也带到中国去？"

张阿美僵着脸："一点儿也不好笑。"

阿里扯了扯嘴角，还想说点什么，但终究没再说出一句话。他把头转回去，看着远处的大海，默不作声。

上鹤久幸下车舒展筋骨，他看到医疗队的驻地，掏出相机又想拍照。虽然知道上鹤久幸并无恶意，可阿里还是警觉地叫和文波提醒他不要随便拍。上鹤久幸不好意思地收起了相机。

上鹤久幸是个在路上见到一块砖头都要大惊小怪拍照的人。张阿美猜测，他今天会憋得很惨，毕竟很少有人会见到其他国家的军舰，他却有幸登上中国军舰。但是，军事禁区可不是随便让人拍照的地方。

张阿美有气无力地拿出只用了一晚上的电蚊香搁在座椅上，让阿里拿回家去用，并再次要求他把这几天旅馆、饭馆的钱大致算个数。说着，张阿美伸手就从和文波的背包里掏钱。

阿里有些生气地说："你只管走就是，早就告诉你们不要考虑什么钱不钱的。"

见阿里执拗地不愿要钱，和文波与张阿美对视了一下，决定等到了码头再把钱塞给他。

医疗队的车子从驻地缓缓驶出，哥哥艾哈迈德马上发动引擎，不紧不慢地保持一定距离跟在后面。不一会儿，车队就来到了位于哈迪布东边的小码头。

前几天，他们曾在这里跟印度船长讨价还价。那天的码头乌烟瘴气、人声鼎沸，到处都是灰头土脸的水手。今天则完全不同，张阿美放眼望去，除了被晒得冒烟的小山和沙石，就是碧蓝无波的大海。

秦拓在一群当地人中，来来回回地接打电话。

每隔五分钟，上鹤久幸就接到一通日本大使馆打来的电话。

张阿美好奇地问，这么多电话有啥可聊的。上鹤久幸叹口气说，内容都是一样的，问他在哪儿，是否与中方人员会合，是否登船……问到最后，连一向耐心温和的上鹤久幸都冒出不耐烦的语气。

自下车后，阿里就不见了。他隐藏在人群中，看起来是在为收集信息奔忙，实际上是在躲张阿美。阿里怕张阿美塞钱给他，也怕张阿美触景生情地拉着他郑重告别。

张阿美有些暗自埋怨阿里不敢站出来大大方方地握手、拥抱。张阿美事后想想，阿里也只是一个 24 岁的大男孩儿，这样的经历、这样的场景，对他来说又何尝不艰难万分？

之后，张阿美翻遍 4 月 6 日拍摄的所有照片寻找阿里，但"人群中找不到你的影子，那么多穿裙子的人，没有一个是你"！

和文波被晒得躲在车子的阴凉下，她焦虑地问："阿里呢？我们还没给他钱啊！"

张阿美摇摇头，手搭凉棚朝人堆里看去。

张阿美依稀想起，午饭时阿里跟她开过一个玩笑："萨阿迪亚，你就要登上军舰了，等你老了，可以给你的孙子、重孙子讲讲这个故事。我想他们一定会说：'哇，奶奶你太酷了。'"

由于医疗队在索科特拉岛上兢兢业业地救死扶伤，赢得当地政府和人民的尊敬，同时中国驻也门大使馆也与索科特拉省进行了沟通，因此这次撤离备受关注。

索科特拉省省长亲自到码头欢送，并派遣海岸警卫队动用一艘小艇送大家上军舰。这艘小艇虽说是警用的，但在张阿美眼里，它比中国三线小城市公园里的游艇也好不到哪去。张阿美之所以这么想，或许是因为小艇浑身斑驳吧。

张阿美站在 5 米高的码头平台上往下观望，发现水手们正帮着把他们的行李一件件搬到小艇上。

整个小艇也就刚刚好装得下十来个人。

"果然一副逃难的样子啊！"张阿美苦笑着对和文波说。

索科特拉省省长派遣三名海警护送大家。在码头上耽搁的时间，其实是在等三名海警的到来。海警一到，大家就可以登船了。

"我们即将登船，回国！"医疗队队员、抚顺市中心医院普外科主治医师杜权给妻子发出一条微信。

医疗队队员每天最高兴的就是能在 QQ、微信里向家人报一声平安。平安，这是所有滞留在索科特拉岛的中国人的共同期盼。

张阿美回头寻找阿里，不光为说再见，还想趁着最后的机会，把将近 500 美元的食宿费给他。

秦拓招呼张阿美上船。

东张西望不见阿里，张阿美只好在秦拓的搀扶下，从码头平台上攀着石头一点点移步下来，又小心翼翼地登上小艇。和文波紧跟在张阿美身后，也登上小艇。大家穿上救生衣。

当最后一名海警跳上小艇时，另一名海警发动了马达。

一切都发生在匆忙和嘈杂中。不仅没有张阿美脑补的动人道别场面，甚至连说声简单的"Good bye（再见）"都没有。

张阿美挪到小艇后面，仰头试图找到码头平台上的阿里，哪怕冲他摆摆手也好。但阿里顽固地藏在人群后面，不愿说再见。

"可是阿里，你要知道，一别两隔，再见太难。"张阿美心里难过起来。

海上太晒，张阿美用和文波的纱巾罩住头。当小艇驶离码头 10 米多远时，张阿美心想，再也看不到阿里了。

突然，张阿美听到码头上有人冲小艇大喊，小艇又"突突突"地折返回去。

只见一个瘦得像猴子一样的人，穿着拖鞋迅速从平台上攀着石头下来。他卷卷的头发顽皮地翘着，一口铲子牙在日光下明晃晃地反着光。他一手扶着石头保持平衡，一手顺势抓住小艇的边沿，身体前倾说："我还是跟你们去吧，海警英语不好，我可以帮忙翻译。"

阿里！是的，是阿里！

秦拓问明阿里的来意，冲张阿美摇摇头："已经跟军舰上汇报过有三位海警护送，多一个人恐怕不合适，而且应该用不到翻译了。"

张阿美把秦拓的话转达给阿里。他表示理解地点点头，将身体撤回石头上，顺手使劲推了一把小艇。

这是阿里在张阿美眼中最后的影像：一位裙摆迎风飞舞的青年，一手扶着石头，一手背在身后，孩子气的脸上布满老气横秋的成熟。他的两只眼睛隐藏在深深的眼窝里，像两个深不见底的黑洞，注视着缓缓离去的小艇。他的头发纷乱，眉头紧紧拧在一起……

"王子"阿里总是有偶像包袱和天生的骄傲，他不想在任何时候丢失皇家分寸。此刻，阿里的脸严肃如石像，张阿美不由得想起他在机场迎接时那礼数十足的笑容。

回家
——国旗招展在阿拉伯海上

这次是真的要离开索科特拉岛了！小艇开足马力，义无反顾地朝着大海深处冲去。

张阿美用纱巾挡住脸，把头埋在和文波背后。她怕这是此生最后一次和阿里见面。

战火纷飞中，谁能护得了阿里周全？在当时的情形下，张阿美没法把索科特拉岛的未来想象得很美好。事实也正是如此，战火的余烬持续炙烤着索科特拉岛。

向后飞速撤去的海面上，一个个鲜活的索科特拉人的形象，如幻灯片一样，在张阿美脑海里闪现又消失。

张阿美突然想起一位挚友看完《哈利·波特》后的总结：给你指来路的人，并不能为你指去路；保护得了你的人，却保护不了他自己。

大海波光粼粼，小艇飞快划过，激起长长的航迹。

海风很大，无遮无掩地冲进人们的口鼻。

一望无际的大海上，一船人依偎在一起。

"终于体会到了新闻里地中海难民的感觉。"张阿美触景生情地感慨。

一名海警站在船头，用望远镜四处寻找着微山湖舰。

根据约定，微山湖舰将停泊在距离索科特拉岛 15 海里的海域等候。微山湖舰指挥员陶新阶早已告知了秦拓军舰停泊的经纬度。然而，小艇却没有导航系统。

秦拓心里没底，问海警怎么才能确定军舰位置。海警随手晃了晃望远镜。

"当时秦队心里肯定凉了半截，但他并没有表现出来。"张阿美揣摩着。

张阿美将自己的索科特拉岛模式调整为回家模式。她虽然眼神不好，但还可以调整相机镜头焦距四处寻找军舰的踪迹。

小艇在海上飞驰了一个多小时，一名海警忽然指着前方大喊起来。人们在颠簸的小艇上无法站直，只好互相搀扶着，微微直起上身，尽量向远处望去。

秦拓走到小艇最前面，用海警的望远镜看了一会儿，脸上浮现出难得的笑意。

张阿美身后的几位医生，都兴奋地大喊起来："看到了！看到了！看到了！"

张阿美努力眯缝着近视眼，朝海警指的方向看去。在她视力所及的海平面的氤氲雾气下，有一个即使远观都可见其巨大的物体静静停泊在那儿。

张阿美听说水中蛟龙最会吐蜃气，凝而结为亭台楼阁，但愿远处模糊的影子，是这一路要找的微山湖舰。这是张阿美头一次不希望脑海中的神话故事冒出来打扰心智。

秦拓转身，在包里掏啊掏，不知在找什么。一位男医生从小艇后面挤过去，帮忙一起找。张阿美正诧异他们所为何事，忽然被魔术般流泻出来的红色屏蔽了双眼。原来，秦拓是在找国旗，他找出了一面鲜红夺目的五星红旗！

强劲的阿拉伯海风，将鲜艳的五星红旗吹得猎猎作响。在大家的帮助下，秦拓将国旗小心翼翼地展开。秦拓和三名医疗队队员迎风站成一排，用身体做旗杆，将国旗升起在茫茫阿拉伯海的一艘小艇上。

不管小艇有多大幅度的晃动，他们始终站得挺拔。

两名海警也挤上前，分别帮忙握住国旗的一角。

对张阿美而言，国旗是学校升旗时的目光凝聚所在，是奥运会奏国歌时运动员泪水中的倒影，是新闻中冉冉升起的一国尊严……

张阿美从未如此近距离接触国旗，也从未想到有朝一日，国旗竟会"屈尊"出现在这样一艘小艇上。然而，国旗就这样出现了，用自己醒目的鲜红，帮助一群游子寻找回家的路。

当秦拓将国旗展开时，整个小艇上的人都受到了心灵洗礼，大家由刚才的兴奋大喊转为静静注视。四周除了小艇的马达轰鸣，就只剩下国旗的猎猎作响。身为一名漂泊在外的中国人，在国旗展开的刹那，张阿美陡然找到了自己的归属感。

一部手机响起来。翻译崔露凡挤到前面，把手机递给秦拓。秦拓一边继续举着国旗一边接电话。马达声太大，张阿美听不清秦拓在说什么，猜想应该是军舰上的官兵发现了小艇，打电话确认身份。

秦拓已经决定将国旗收起来。海警们坐回船头，目不转睛地望着远方渐渐清晰起来的军舰。

"沾沾喜气。"张阿美逮到机会往前挤了挤，帮秦拓收国旗。

不多时，军舰上派了一艘军用快艇前来接应。远远看去，快艇只是一个小黑点的模样。

渐渐地，快艇接近了。张阿美看到，上面的官兵在向他们招手示意。

快艇绕着小艇转了一圈，停在了右舷不远处。快艇上的官兵微笑着跟大家打招呼，先询问大家是否安好，然后跟秦拓核实人数，并检查了海警携带的枪支——两支破旧的索科特拉岛风格的步枪。

例行检查完毕，一名海军军官冲大家招了招手说："跟着快艇走就行了。"

海面上，快艇像一幅黑白剪影一样，轻盈地朝着母舰飞去。海与天的颜色是那么接近，以至张阿美很难分清哪是海面哪是天空。

上鹤久幸急忙从小艇后面挤到最前面，看着不远处的微山湖舰感叹不已。张阿美隐约听到他在喃喃自语："真是太厉害了！"

上鹤久幸再回头时，脸上满是笑意。

海警们也松了口气，终于安全把中国友人送到了，他们也衷心地为大家高兴。是的，他们是索科特拉人，还有什么比帮助别人更能令他们露出如此轻松的笑容呢？

张阿美不必眯眼睛就可以清楚地看到微山湖舰了，她第一眼望过去，心里只有一个念头：这艘船怎么造得这么大？

微山湖舰灰色的舰体和微微泛光的海平面浑然一体，气势磅礴又淡定从容，显示着中国海军的威武强大。

在当时的情形下，不管是谁都会油然而升崇敬之情，即使是张阿美这样不听话的"坏孩子"。她揶揄自己："活得久真好，不仅可以亲眼看到自己国家的军舰，还能亲身登上去住一晚，这辈子值了。"

不光张阿美一个人在拍照，小艇上的每个人，都在用不同设备朝着微山湖舰"咔嚓咔嚓"个不停。当然，上鹤久幸除外。

上鹤久幸回头看了大家好几眼，咽了咽口水又把话收回肚子里。张阿美看得出，他费了好大劲儿才忍住不去摸自己的相机。张阿美幸灾乐祸地笑起来。

1000 米，800 米，500 米……

随着和微山湖舰的距离拉近，大家的心情越来越激动。

和文波拉住张阿美问："舰上是挂了一个条幅吗？"

张阿美又眯起眼睛仔细辨认，确实看到有一条长长的红布挂在舰岛上。

当小艇与微山湖舰靠得足够近的时候，张阿美看到条幅上红底黄字写着"祖国派军舰接亲人回家"。

小艇上的人激动地一起大喊起来，使劲地朝军舰上挥手。

"心惊胆战这么多天，看到条幅的一刹那，再坚强的人也绷不住了。"起初，张阿美有些不敢相信自己的眼睛，这样电影般的故事镜头竟然会发生在自己眼前，为了营救孤岛上被困的9名中国人，祖国冲破艰难险阻，派了这样大的一艘军舰前来救援。

有如此强大的祖国做后盾，张阿美发自肺腑地骄傲万分。

"简直像在梦里一样！"张阿美对和文波说。

和文波使劲地点点头。

小艇贴着微山湖舰停稳，一条舷梯垂下来。几名海军官兵扶大家爬上梯子登上军舰。同时，舰上垂下绳索，将所有人的行李绑好吊了上去。

作为感谢，微山湖舰官兵送了几箱饮用水和食品给索科特拉省海警。他们欢天喜地地接过礼物，掉转小艇返回岛上去了。

军舰是流动的国土！当真正踏上军舰的时候，张阿美、和文波这十多天的漂泊终于走到了尽头。

张阿美放眼望去，舰上处处都是喜笑颜开的黄皮肤黑头发，年轻的海军战士热情地迎接大家，并把饮用水和两面小国旗递到每个人手里。有军医在不住地询问，是否有人不舒服。

大家被引领到一条长桌前，坐在这里的官兵一一核实登舰同胞的身份信息，当然还有日本友人上鹤久幸，然后发给每人一张"登微山湖舰牌"。持有这张登舰牌，大家就具备了乘坐军舰撤离的身份。

张阿美刚刚登记完身份信息，突然见上鹤久幸匆匆穿过人群走来，他举着在索科特拉岛购买的手机喊着："阿里，阿里。"

张阿美接过手机，此时距离索科特拉岛已经20海里开外，信号非常不好，阿里那熟悉的声音模糊得好像是从另一个星球传来的一样。

阿里急切地问："你们都好吗？安全登上军舰了吗？"

张阿美大声冲手机喊："我们都很好，谢谢你，阿里！"

张阿美试图再多说几句什么，可声音太过模糊，只好匆匆跟阿里说了再见，打算到了阿曼再打给他报平安。

一通电话，让本来心情喜悦的张阿美又陷入了忧郁之中："我们安全了，可帮助过我们的阿里呢？他今晚是否又要忍受没电的酷热，在低矮昏暗的房檐下数着星星挺到天亮？今天岛上充值卡销售殆尽，是不是意味着接下来其他物资也会慢慢变得匮乏？只有不过百斤体重的瘦小阿里，会因饥饿而皮包骨头吗？"

在一片欢声笑语中，张阿美不经意地发现，上鹤久幸走向甲板，放下行李，脱帽，朝着军舰主桅杆上迎风飘扬的五星红旗和八一军旗，深深地鞠了一躬……

"在让上鹤久幸跟着我们一同吃苦这么多天后，终于履行承诺，带他一起撤离了孤岛。他的行礼，相信是发自内心的感谢。"望着上鹤久幸，张阿美心想。

是的，上鹤久幸是发自内心的感谢。

"我在岛上困了 11 天，不知道未来会怎么样，感到很担心，这个时候中国政府救了我。我是第一次乘军舰，开始的时候有些紧张，但是大家对我很亲切很友善，让我感到很安心！"事后，在接受媒体采访时，上鹤久幸依然难掩感激之情。

人们在海军官兵的引领下，按部就班地进行安检、拍照、存行李。

两位女兵引领着张阿美、和文波和医疗队的女医生进入她们的 8 人宿舍。为了让女同胞有地方睡觉，住在这间宿舍的几名女兵都挤到别的宿舍去了。

负责食宿安排的女兵说："咱们舰上条件很好，由于是补给舰，所以空间比其他军舰大一些。"

张阿美四顾，只见几张整洁小巧的上下床分布在宿舍内，每张床上都有深蓝色的被褥和小小的拉帘。正对着门口的舷窗前，桌子上摆着一盘新鲜水果。女兵招呼大家吃点水果，并说晚上 6 点多就开饭。

女医生们高兴地四处参观，情不自禁地感叹："这下真的是到家了。"

女兵搬了一个小凳子坐下，招呼大家围坐在一起唠唠嗑。

当得知张阿美、和文波就是那两名被困的游客后，女兵忍不住惊讶地问："你们为什么跑到这儿来旅游啊？"

张阿美、和文波对望一下，分别露出一言难尽的笑容。

张阿美掏出相机，一张张照片展示着索科特拉岛的美景：龙血树、瓶子树、高原、峡谷、海滩、海豚……

大家一边看一边感叹："果然是人间奇景！"

但张阿美最想说的是，岛上有那么一群无忧无虑的人，他们在自己国家四分五裂的时候，仍不忘对她们伸出援手。索科特拉岛的"王子"阿里用瘦弱的身躯，担负起两名中国游客10多天的食宿费用，并无微不至地照顾着她们。

初来索科特拉岛，张阿美只为看一看那些奇特的植物，经此波折，倒让她觉得能认识这样一群有趣又勇敢的人是多么幸运。

晚饭前，每个人都得到一个可以给家人打电话的机会。

轮到张阿美时，她跟和文波商议："这个电话，不如打给阿里吧！"

军舰开出很远后，手机在印度洋上彻底没了信号，自然也没办法发短信。上鹤久幸的小手机，也沦为摆设。

和文波使劲点了点头，大力支持张阿美的这个决定。电话接通的一刻，阿里非常惊讶，但很快恢复了淡定。他就像每天站在旅馆房间门口一样，先大声问好，然后才问其他情况。

张阿美知无不言地向阿里汇报情况，并再三表示，下次去索科特拉岛一定要把钱还给他。

阿里漏风的笑声穿越电波："萨阿迪亚，忘了钱的事吧，回国后告诉我一下，我们全家人都盼望着你们平安。"

在微山湖舰"五星红旗我为你骄傲"的鲜红条幅背景下，

撤离人员与微山湖舰官兵在甲板上合影。撤离索科特拉岛的10个人站在最中间，海军官兵簇拥着他们，象征着团团地把他们守卫起来。微山湖舰政委李思伟形象地把这张照片誉为"胜利之照"。

每个撤离人员都洗上了久违的热水澡。厨房里，官兵们准备了一顿丰盛的晚餐。听说撤离的同胞们很长时间吃不上肉，官兵们一起动手包起了饺子……战士们把最好的床位腾出来让撤离人员休息，每餐保证八菜一汤，饺子、饼和蔬菜瓜果应有尽有。当然，军舰上还为撤离人员开通了亲情电话，方便与家人联系报平安。

政委李思伟说："官兵们希望通过自己的努力，让撤离的中国同胞有回家的感觉，感受祖国的温暖。"

夜幕降临，微山湖舰为撤离人员举行了欢迎晚宴。政委李思伟微笑着说："都是一些家常菜，大家不要客气。"

"太奢侈了，我已经半年多没吃过饺子了。今天能吃到饺子，太幸福了！"医疗队的一位女医生满眼热泪。

"吃了半个月没有酱油的随意性极强的食物后，终于可以吃到正宗中国菜了。"在丰盛的菜品中，张阿美小心翼翼地夹起一个饺子，感慨万千地一口吞掉，熟悉的味道熨帖着肠胃。

一位女兵还郑重地介绍了一道麻婆豆腐。这是舰上自己磨豆子做的豆腐，做豆腐的战士叫广海，所以又叫"广海豆腐"。其实，在张阿美、和文波看来，就算是速食豆腐也很美味，更何况这是人家精心做的豆腐，味道当然堪比龙肝凤髓。

秦拓率先站起来举杯，代表大家感谢舰上全体官兵的鼎力相救。大家也跟着站起来，一起向官兵们表达谢意。

李思伟举起杯中的饮料一饮而尽，他让大家赶快坐下，并十分诚恳地说："就算岛上只有一个中国人，我们也要把他安全接回家！"

饭后，大家互相拍照留念，然后在微山湖舰航海日志上写下感言。

张阿美拿起航海日志，看撤离人员写下的肺腑之言——

祖国永远是我们的坚强后盾，一路走来，我们感受到了祖国的温暖。回家的感觉真好！我们为有强大的祖国感到自豪和骄傲！

——抚顺援也门医疗队队长、抚顺市第三医院主任医师秦拓

我们从索科特拉岛乘当地小船登上中国的微山湖舰，刚上军舰就感受到了官兵的热情，如家人般的温暖，使我终生难忘。在这里让我发自肺腑地说一声：感谢军舰的全体官兵，感谢祖国让我们平安到家！

——抚顺市第三医院金维艳

登上军舰的那一刻，像回到家一样，温暖，贴心。感谢祖国，感谢军舰上的所有官兵。永远铭记这一经历。为祖国的日益强大而骄傲，为身为一名中国人而骄傲。

——抚顺市第三医院孙璞

作为90后的我，生活了25年，今天是我最有意义并难忘的一天。在也门的炮火中，我们作为最后一批从也门撤离的中国公民，在微山湖舰的帮助下成功撤离。舰上的战士提供了家一般的温暖和照顾，五星红旗是我们的骄傲。

——抚顺市第三医院崔露凡

今天终于回家了。当我坐着小艇去军舰的时候，当我看见军舰的时候，我深深地感受到了作为一名中国人的骄傲和自豪。看见军舰的那一刻，心里突然想起"五星红旗，我为你自豪"的歌声，也不由自主地哼唱起来。上到军舰后，得到了部队指

战员的热情接待，一时间就有了回家的感觉。我的祖国，强大！

——抚顺市第三医院宫影

　　和文波拿起笔，在航海日志上留言：在海上远远看到军舰的那一刻，心情十分激动，体会到了异国他乡见亲人的感受。舰上的官兵十分亲切，让我感到十分温暖。在此对全体官兵说一声谢谢！

　　张阿美也抑制不住激动之情，挥笔疾书：作为一名游客，真的没想到会在有生之年登上祖国的军舰。当终于看到迎接我们的大红（条）幅时，心中的感觉难以形容，非常感谢全舰官兵对我们的亲切招待，真切感受到了回家的温暖。

　　回到宿舍洗漱休息时，陪伴的女兵说："明天上午，我们就可以抵达阿曼塞拉莱了。"

　　张阿美爬上床铺拉起拉帘，掏出跟随了自己半个月的日记本。圆珠笔试图在粗糙的牛皮纸本子上写字，却因为莫名的生涩而半天划拉不出一个道道。张阿美用力晃了晃笔杆，它又能正常工作了。

　　"是不是它感知到自己已经不在那个需要记录的岛屿，所以罢工沉睡，又被我这个无良主人从梦中唤醒了呢？"张阿美心里念叨着。

　　"不能留下，也不想离开。"晚上9点，张阿美趴在微微摇晃的宿舍上铺，借着床头小灯，用同样摇晃的频率在日记本上写下了这一行字。

　　这时，四周已经安静下来。几位女医生都洗漱完毕，偶有轻轻关闭洗手间门的声音和细细的说话声。而睡在张阿美对面铺上的和文波，早就去见周公了。

　　"我这是在哪儿？"张阿美在心里轻轻问自己。

　　"我与和文波实现了自己飞越'仙境瀑布'的夙愿，在这美好又煎熬的半个月里，我们认识了很多可爱的人，得到了很多无私的帮助，特别是带走一切恐惧并让人直面困难的'王子'阿里。"张阿美心潮澎湃，"旅途从未停止过，又或许可以说，索科特拉岛就是我一直寻找的旅途终点。在那个遥不可及的平行世界里，我从未离开过，我与你同在，穿越战火，我带着余烬来爱你。"

当地时间4月7日9时20分许，微山湖舰抵达阿曼塞拉莱港。

烈日下，中国驻阿曼大使馆大使于福龙率领使馆工作人员与中资公司员工早早等候在码头，他们挥舞着小国旗，向舰上官兵和撤离人员致意。

人群中，"热烈欢迎中国同胞回家"的鲜红条幅格外醒目……

"这几天来都没睡过这么香的觉。"离舰时，有人恋恋不舍，缠着舰长汪科，"能不能再住两晚？"

是啊，张阿美、和文波也舍不得，她们也真想在舰上再住两晚。

秦拓等七名医疗队员，在这里拿到了他们放在中国驻也门大使馆的护照。

"回家的感觉真好！"秦拓动情地说。

上鹤久幸头戴一顶微山湖舰舰帽，在码头上与张阿美、和文波告别。等了一会儿，他就被日本外交人员派来的一辆面包车接走了。

当地时间4月8日下午4时左右，张阿美、和文波乘坐阿曼航空客机，由塞拉莱飞往迪拜。当地时间4月9日凌晨4时10分，她们登上阿联酋航空EK306航班，从迪拜飞往北京。经过七个小时的飞行，北京时间4月9日下午3时许，飞机进入北京上空。

张阿美透过舷窗看着北京时，一种难以名状的情绪涌上心头。相隔19天，北京在她心中的意义早已不是一处住所，它象征着美好的期待与亲人的挂念。

　　舷窗外的红日映照在和文波脸庞上。与 4 月 3 日夕阳中的痛哭相比，此刻她笑得那么灿烂。19 天的风云变幻，让张阿美在 30 岁时第一次明白了共同经历磨难的交情是什么样的感觉，也让她这个小老百姓，对"祖国"二字有了更加刻骨铭心的情感体验。

　　回首那些心焦等待的日子，虽然历经了各种坎坷与波折，但每一个中国人都始终坚信："祖国不会不管我们，无论走到哪里，祖国都在你身后！"

　　张阿美想："这种坚信，源自我的祖国叫中国！"

离开
——情牵梦绕的开始

离开，并不意味着失去，而是情牵梦绕的开始。

在社交媒体照片墙上，张阿美发布了一些索科特拉岛的照片寄托思念之情，并加了标签"索科特拉"。

一天，张阿美发现，索科特拉岛向导萨尼加她为好友。

张阿美与萨尼是有一面之缘的，只是当时谁也没在意谁，更别说打招呼了。

那是在 4 月 4 日，张阿美、和文波到银行换钱的时候，身后那个行色匆匆并和阿里寒暄了几句的年轻人就是萨尼。当时，因为听说有两名中国游客砸在阿里手里，他还看了张阿美、和文波的背影两眼。

现在，萨尼每次提到那次邂逅总是后悔地说："当时实在应该跟你们打个招呼，好歹也算是郑重地见过面了啊。"

在社交媒体上，萨尼成为张阿美周游索科特拉岛的第二向导。阿里第一向导的地位，自然是谁也难以撼动的。

阿里的手机太破，什么 App 都下载不了，而且他家里的网络信号也不是很好，导致张阿美无法时刻与他取得联系并获得一些索科特拉岛的信息。为此，张阿美有事没事就与萨尼互通一下信息有无。

萨尼与阿里的关系很好。其实，整个索科特拉岛的向导都互为不错的朋友。

萨尼有时候会发一些当日拍摄的索科特拉岛照片，通报一下"大家很好"，让张阿美安心。

张阿美曾经问过萨尼："阿里在你们心中是个什么样的人？"

萨尼回答："阿里没有短板，他做什么都能做到最好，他是整个岛上最聪明的几个人之一，不然也不会拿到奖学金出国留学。"

在回答这个问题时，萨尼的语速很快。由此，张阿美感觉到萨尼非常敬佩阿里。这也让张阿美觉得，索科特拉岛之行能找上阿里做向导，实在是有运气的成分存在。

作为索科特拉岛向导，萨尼问张阿美对岛上哪些景点最感兴趣。张阿美毫不犹豫地脱口而出："阿赫尔！"

随即，张阿美把露营晚上遇到帐篷里发光的事讲给了萨尼，并再三澄清自己当时没有神志不清。

萨尼迅速回复："我相信阿赫尔是有一些神秘东西存在的，因为很多人在那里遇见了不太好解释的事情。"

相对于阿里和艾哈迈德当时持续地笑话人胆小，萨尼的态度让张阿美像遇到知音一般高兴，于是缠着他讲一讲。

萨尼饶有兴趣地讲了两个曾经发生在阿赫尔的故事。

故事一：这段故事是萨尼亲身经历的，所以他印象非常深刻。一次，萨尼与好友在阿赫尔露营，他们并排躺在沙滩上睡觉。半夜，朋友突然鬼压床一样大喊大叫起来，却动不了身，也清醒不过来。萨尼吓了一跳，费了好大劲儿才把朋友推醒。朋友惊魂未定地跟萨尼描述，刚才做梦，梦到周围燃烧起熊熊火焰，他倒在一个蒙面女人的怀里，惊恐地看着大火烧过来。他想跑，可那个女人劲儿很大，胳膊像铁链一样牢牢地将他禁锢在地上无法挣脱。就在他觉得自己要被熊熊大火吞噬的时候，萨尼把他弄醒了。

故事二：季风时节的索科特拉岛总是阴雨不断。一天晚上，几个当地人在阿赫尔躲雨。雨过天晴，大家坐在沙滩上聊天，突然发现身后接近白色大沙丘的树丛里冒出浓烟，随之一团大火燃烧起来。大家慌忙跑过去准备灭火，但发现什么都没有……

　　"半夜三更听到这种故事，真是让人直冒冷汗啊！尤其是第二个故事，听起来非常有《酉阳杂俎》的古朴志怪感，戛然而止的恐怖最吓人了。"张阿美心想。

　　萨尼总结说："阿赫尔肯定是有什么东西存在的，但它们顶多是吓吓人，从来没有伤害过人，不要害怕。"

　　"从萨尼讲的两个故事来看，阿赫尔一带'开玩笑'的东西大概是走'火系魔法风格'，每次闹事都要来点发光发热的特技。回想起自己看见帐篷里有规律地发出的黄光，以及那里似乎被龙喷过火焰的地表特征，下次再去玩，要随身佩戴我国水神共工的图腾才能镇得住吧，或者用火神祝融以毒攻毒才行。"张阿美控制不住，再次脑洞大开。

　　在张阿美看来，不要以为 Hadiboh 翻译成"哈迪布"就会让它显得比较有阳刚气息。其实，哈迪布本是纯粹的女性名字，当地人相信岛上有一类女性精灵存在。这些精灵在索科特拉语中被称为哈迪·博纳。她们会分别选择一处房子居住，并成为这户人家的一员。你永远都看不到她们，但她们会留下自己存在的信息。当地人会定期在房子的角落放点食物，她们会悄悄地取走享用。她们法力高超，秉性纯良，可以护佑人人健康、家宅平安。如果家人集体出门旅游，她们的作用就是防止小偷进来偷东西，方法嘛，大概就是变成鬼怪的样子出来吓唬小偷。当然，如果出门比较久，一定要记得给她们留下一些吃的。

　　哈迪·博纳是和平的精灵，想知道一户人家有没有她们的存在，要问家里最年长的人才能知道。

　　如今，在哈迪布居住的人越来越多，这里已经鲜有她们出现的痕迹。小道消息，她们转移到了比较偏僻的小乡村里，有时会选择一些倒塌损毁的房子居住。附近的村民若是发觉她们的存在，会定期悄悄地放些食物。

所以，若是你在索科特拉岛的一些小村子闲逛，遇到无人居住的破房子，千万不要随便进去，哈迪·博纳可能会因为你偷窥了她们的隐私而生气。

现在的哈迪布城里已经没有了哈迪·博纳。在张阿美看来，颇有些人去楼空的小小悲情，可谓"精灵不知何处去，小城依旧笑春风"。

失去了保护神的哈迪布，如今空留下一个美丽的名字。若没有人向张阿美仔细讲解，她也完全不会知道哈迪布会跟一群女性精灵有关系。

"长此以往，哈迪·博纳大概会在不远的将来被人们彻底遗忘吧？"张阿美心想。

向张阿美讲述这些民间异闻的人，还是萨尼。他帮张阿美补全了一切疏漏，正所谓"野导游也有春天"。

张阿美对萨尼负责的态度充满感激与敬意。尽管现在索科特拉岛上的生活较之以往更加辛苦，但萨尼从来没流露过半点伤感。张阿美能感觉到他并非故意报喜不报忧，而是秉承了索科特拉人的乐天派精神。

索科特拉岛的"羊上桌"给张阿美留下深刻印象。她一直以为，流窜在街里的各色山羊是没有主人的，是一群流浪羊。直到萨尼解惑提醒："你不能随意在街上抓一只羊就下手打骂，也不能杀来吃，因为每只羊都属于一个家庭。如果仔细看的话，你会发现它们的耳朵上都钉着各自主人家庭信息的标签。所以，服务生们也不好意思真的把山羊打出鼻血，只能随手赶一赶。"

听完萨尼的答疑解惑，张阿美真有点后怕："若不是自己手无缚鸡之力，真的在等待回家的日子里无聊到手欠抓只羊自个儿杀来吃，恐怕会被人毫不客气地问责吧？"

萨尼给张阿美传来的照片中有些是拍摄山洞的，山洞里的石头上刻着神秘文字。张阿美不由得想起，在和大叔 C 一起吃饭时，他说起岛上通用的索科特拉语和刻有神秘文字的山洞。

当时，由于怕苦怕累，张阿美终究没有央求阿里带她们去山洞里看看。现在回想起来，她十分后悔。

萨尼补充说，有部分研究表明，索科特拉岛的神秘文字跟希伯来语有关系。

张阿美立刻追问："那你们是不是能听懂犹太人说话？"

萨尼在回复时打了一大串"No"，表示差别还是蛮大的，互相根本不可能听得懂。但他同时又说，现在阿曼塞拉莱有一个扎巴里族，使用的语言跟索科特拉语一样。萨尼还发来阿曼塞拉莱扎巴里人的照片，他们大约算是索科特拉人的"远亲"。

张阿美听得心向往之：不知道多久以前，岛民的祖先勇敢地带着神龙的传说来到索科特拉岛定居，而另一部分人则留在了本土上。几千年过去，语言的相通证明着他们曾经的渊源，历史真的是很浪漫。

临撤离的时候，张阿美把电蚊香放在车上留给了阿里，却忘了蚊香盒的盖子还在自己兜里。于是，蚊香盖子成了张阿美众多索科特拉岛纪念品中的一个，纪念着"王子"对她们的关心。

自从沙特领衔发起代号为"果断风暴"的军事行动打击胡塞武装以来，索科特拉岛一直被遗忘着，没有飞机也没有商船。或许是由于进入季风季，风高浪急，连骁勇的海盗都不敢出来了。

目前，岛上的老人、孕妇、重症病人，再也无法找中国医疗队看病，也不能像以前一样去本土买药。往严重点说，除了祈祷多福不要生病，再也没有任何办法。直到当年7月，才传来一个好消息：亚丁国际机场在沙特军队的保护下重新运转，连也门航空也再次开通了往返索科特拉岛的航班，只是这趟航班只适合急需诊治和买药的病人或者终于得到机会返乡探亲的岛民。

亚丁的朋友给张阿美发来亚丁机场的照片，他握成心形的双手围着建筑物上的"亚丁"两个字，背景是负责安保的沙特武装人员。

张阿美忍不住登录也门航空查看航班信息。每个周日、周一都会有这样的航班往返，这意味着索科特拉岛结束了彻底的孤立生活，那些重症病人也有机会得到救治了。

虽然和平之路还很漫长，虽然这条线路非常不适合任何游客前往索科特拉岛玩耍，但它给人们打开了一扇希望之门。

"让我们一起祈愿：世上永无战争。"张阿美情不自禁地双手合十。

7月26日，在困苦中煎熬的索科特拉岛迎来了战时的第一班飞机。

为了这趟航班开通，从舷梯上走下来的也门渔业部长法赫德·萨利姆·卡费安操碎了心，他多次跑去沙特斡旋求情，终于等到这来之不易的一刻。

渔业部长法赫德·萨利姆·卡费安是索科特拉岛首个位居国家行政要职的原住民，他此次来是想看看岛上居民存在着什么样的困难。

"上次也门航空飞机落地索科特拉岛袖珍机场，还是3月22日我们乘坐的 IY853 航班，再次通航已经是7月的尾巴。"张阿美仔细想想，感觉很幸运，"不过相隔数月，却已时过境迁，若非我国强大海军相救，我们大概要到7月27日才能离开索科特拉岛吧。"

距离航班开通仅仅一个多月，坏消息来了：由于也门首都萨那战况即将进入白热化，通航索科特拉岛的飞机又停飞了。人们期盼随着9月的来临，季风季马上就要结束，商船就可以顺利地来往运送物资了。

虽然也门实行免费医疗制度，但阿里在给张阿美发邮件时，有些绝望地说，医生基本都撤离了索科特拉岛，加之季风季不仅没有飞机，连轮船也没法过来，导致病人缺医少药。

"他们以前还可以坐飞机、轮船去本土治疗，现在……就是等死吧。"阿里郁闷地说。

一时间，张阿美也不知道该怎么安慰他。

"在孤岛上，不知道小叮当的英语考试通过了没有。如果我有足够幸运下次再去，希望他可以用英语流利地表达自己的想法。"张阿美的思绪又飞回到索科特拉岛上。

萨尼向张阿美友情提供了一些索科特拉岛老照片：20世纪60年代马赫里苏丹王的小小护卫队、1967年以前索科特拉人的护照等。

其中还有一张阿里姥爷的照片。

"阿里跟姥爷长得像吗？"张阿美端详着阿里姥爷的照片，心里又揣摩起阿里的模样。

阿里姥爷手里的长刀，是也门常见的腰刀，也是苏丹国徽上的主要元素。当地的腰刀制作技术，可以溯源到几千年前，是也门古代文化的象征。

过去，也门人常常佩腰刀以自卫。而今，腰刀不再用作武器，而和一些佩戴的小饰物一样，成为也门男子装饰的重要部分。腰刀和咖啡一样，常常被也门人当作礼品馈赠好友。此外，也门成年男人每逢婚宴或其他一些重要的喜庆场合，就会挥舞腰刀相庆，有的甚至还挎着枪支，聚众行歌，应节而舞。此情此景，是也门独有的一道风景。

时过境迁，张阿美的索科特拉岛之行，没有看到一个佩带腰刀的男子。作为礼品，也没人馈赠一把腰刀给张阿美，比如阿里，或许是怕她乘坐飞机安检时遇到麻烦吧。

空余时间，张阿美玩起了"金属切割"游戏。

张阿美把不少龙血树硬币送给了朋友，手里没剩下多少。她想了想，决定把龙血树硬币打孔当吊坠。

硬币材质坚硬，张阿美先在上面钻孔，然后穿入细小的合金锯一点点地锯，将孔扩大一些。

这是个考验耐心的活儿，稍微有点闪失就会全盘皆输。张阿美接连锯坏好几个硬币，好在屡败屡战，费了好大一番心思，又把中间的龙血树切割出来，终于收获了一枚漂亮的吊坠。她打算当传家宝细心保存。

张阿美不断得到索科特拉岛上的消息：岛民们情绪稳定地生活，但大家已经在失去经济来源的边缘，岛上大部分人靠旅游业生活，没有游客就意味着失业了。据说，因为旅游业停滞，当地的银行也无法维持营业了。

屋漏偏逢连夜雨！刚刚送走季风季的亚丁湾，10月底迎来了罕见的四级飓风查帕拉。阿曼的陆军、海军已做好万全准备，其中也有一些被派往也门亚丁进行救援。飓风中心距离阿曼佐法尔省620英里，预计在10月31日夜晚路过索科特拉岛。让张阿美非常担忧的是，这次超强飓风很可能会给索科特拉岛带来无法预料的强降雨和自然灾害。她祈愿飓风不要给索科特拉岛造成任何大的损害，岛上的居民已经够倒霉的了。

张阿美的担忧不是多余的。索科特拉岛还是遭遇狂风暴雨，天好像被翻了过来，很多地方被洪水冲毁，树木被连根拔起，房屋损毁，小岛岌岌可危。也门本土却无法对索科特拉岛进行救援，因为战火中的本土已自顾不暇。

"周日，气旋风暴查帕拉经过也门南部海域上的索科特拉岛，造成至少一人死亡和九人受伤，至少二十座房屋被毁……"张阿美看到半岛新闻的报道，为阿里一家和全岛其他人担心起来，直到两天后得到索科特拉岛"除了房屋损毁、牲畜死伤，并无人员伤亡出现"的消息，她才长舒了一口气。

风暴一离去，索科特拉人立即投入灾后重建中。

虽然历经风暴的洗礼，但索科特拉人是乐观的，他们在社交媒体图片墙上展示了一张被冲上岸的海星图片，并评论："风暴也不见得就是坏事，像这样的海星已经好多年没见过了，大风过去，它们再次出现了呢！"

友人发来一段 11 月 2 日拍摄的视频，拍摄地点就在张阿美、和文波滞留索科特拉岛时所住旅馆的楼下。

视频中，有经常出现在张阿美镜头里的清真寺和通往医院的路，还有 7 美元饭馆和夜间羊上桌的院子，只是饭馆大门紧闭……

"不知道翘臀服务生他们是否安好。"看着视频中熟悉的一切，张阿美仿佛自己重新站在旅馆楼下，忧心忡忡地四顾……

11 月 3 日 15 时，一架满载救援物资的飞机从阿曼出发，带着张阿美的牵挂直飞索科特拉岛。

这是灾后第一架为索科特拉岛运送救援物资的飞机。

"可见，阿曼与索科特拉岛的股肱之情不浅。"张阿美感叹。

幸运的是，经过张阿美几天不停的恳求，在阿曼外交部朋友的帮忙斡旋下，她给阿里一家人购买的食品和药品就在这架飞机上。

"阿里看到了，是不是又嘴唇包不住铲子牙了呢？"张阿美想着，忍俊不禁地开心着。

虽然张阿美给阿里家购买的食品和药品早已超过 500 美元，但她还是期待战争结束再去索科特拉岛，亲自把滞留期间的食宿费和大家的牵挂带给他。

阿曼、阿联酋、科威特都在持续向索科特拉岛派出运送救援物资的飞机……

好景不长，11 月 8 日，台风"梅格"席卷索科特拉岛。较之上次飓风查帕拉路过索科特拉岛，这次是风暴眼：唯一的码头损毁严重，已经不能接收船只停泊；岛上唯一的袖珍机场受到严重破坏，已经不能起降飞机；在迪哈姆里保护区，大片珊瑚礁死去；山路上不时有巨石滚落，道路中断；阿联酋的救援船远道而来，搁浅在海滩附近；有些房屋被彻底摧毁，已知十人死亡，还有十四人在风暴来临前出海捕鱼，生死未卜……

萨尼给张阿美发信息说，自他记事起，就没见过这么大的风。

大量的动物尸体、生活垃圾以及成群的蚊子，似乎预示着灾后瘟疫即将来临。

萨尼只是告诉张阿美："不要担心，我们会好起来的。"

11 月 12 日，沙特一家慈善基金会紧急为索科特拉岛灾民送去重达 20 吨的毛毯、帐篷以及其他物资，阿联酋则通过海运送去 750 吨食品、药品……

让张阿美痛心的还有，飓风造成索科特拉岛标志性植物——龙血树种群中度受损，霍姆希尔保护区 800 多棵成年龙血树被连根拔起……

所幸索科特拉岛还有网可以上，阿里给张阿美发来信息，告知他全家平安。由于岛上缺少蔬菜水果，加上这几个月维生素补充不足，所有人都有些营养不良，体重不足百斤的阿里更瘦了。

情急之下，张阿美画了一棵"风中哭泣的龙血树"……

2016 年 3 月 21 日，不知不觉距离张阿美、和文波索科特拉岛之行已经一年了。张阿美感叹时光无情飞逝，希望可以等到索科特拉岛重新开放的那一天。她情不自禁提笔，在日记本上疾书：

你何时来？

你何时走？

你走了之后是否会再来？

你再来时是否会回到这里？

你回到这里时是否会回到今天？

那时的你是快乐还是忧伤？

一些好的、坏的消息断断续续传来：

2016 年 5 月，索科特拉岛难得下了一场雨。炎热过后，是即将到来的季风季。有几个胆大的游客从阿曼坐了一天船，前往索科特拉岛游玩，尚不知他们怎么回去……

索科特拉岛与本土的交通一直是个很大的问题，在无法保证有周期性航班通行的情况下，很多人铤而走险，乘坐毫无保障的渔船往来，或是探亲，或是携带生活必需品。

2016年12月7日，一艘载有六十四人的客船从也门哈德拉毛省穆卡拉出发，在阿拉伯海航行途中，沉没在索科特拉岛西北部。救援队设法营救了至少五名乘客，但其他乘客仍然下落不明，客船下沉原因也处于未知状态。生还者亲眼见到妇女儿童沉入水中，再也看不见踪影……

张阿美明白，其实沉船的原因就是超载，每个人都尽自己所能带了很多行李。张阿美突然想起那些乘坐"诺亚方舟"逃离索科特拉岛的欧洲游客，至今也不知道他们是否一路平安。

此次沉船事故，促使很多索科特拉岛人走上街头游行，呼吁也门政府为他们开辟一条生路。所幸，这次他们得到了回应——一艘崭新的游轮将定期往返于穆卡拉和索科特拉……

"如果游轮真的能够定期通航，这可是索科特拉岛人民的福分。"张阿美心想。

相聚
——祖国就在你身后

时间飞逝，抹不掉的是刻骨铭心的记忆。

发生在 2015 年的也门撤侨事件中，中国人最为扬眉吐气。在张阿美的记忆里，难忘危难之时字正腔圆的乡音，难忘猎猎飘扬在阿拉伯海上的五星红旗，更难忘微山湖舰上"祖国派军舰接亲人回家"的鲜红条幅……

2017 年国庆节前夕，张阿美受邀参加央视国庆特别访谈节目，让她意想不到的是，这竟是一次特殊的聚会。

在节目现场，张阿美安静地坐着听着。

"张阿美，你好！你能听出我的声音吗？"节目现场，突然传来一个声音，"我们使馆一定会尽全力协助你们撤离出也门。"

张阿美听了，先是一愣，然后会心一笑："我记得这个声音，字正腔圆的乡音。"

一个年轻人走来，他是中国驻也门大使馆田琦大使的助手林聪。

张阿美起身迎上前，与林聪紧紧拥抱在一起。

林聪随身携带着一个盒子。盒子很小，却沉甸甸的。他打开盒子，里面是一片片炮弹弹片。

"这是当时我们使馆院里落下的流弹弹片。在撤离之前，我们使馆的武警战士帮我捡回来一些。其实，真实的撤侨，比电影里更惊心动魄。"林聪感慨地说。

在林聪波澜不惊的讲述中，张阿美眼前出现了一个个画面：3 月 26 日凌晨 2 点多，大使馆的工作人员开完会回到宿舍。林聪刚躺下休息，突然间无数的炮弹在附近爆炸，整个房屋在爆炸声中震颤。大使馆工作人员立即集结到地下室。这个时候，大家发现田琦大使等使馆领导不见踪影，都情不自禁地担心起来。原来，使馆领导首先想到的是在也门还有六百多名中国同胞，他们的安危如何？他们是否有伤亡？使馆领导宁可冒着生命危险，也要在办公室完成应急工作，因为地下室的通信条件是有限的。他们不顾个人安危，直到完成了应急工作才来到地下室避险。

这一幕，让林聪非常感动，也感动了节目现场的每一个人。

滞留索科特拉岛上的九名中国人，大使馆是如何注意到的呢？

"其实，我们在空袭发生之前，已经掌握了在也门中国公民的信息。所以，我们第一时间就跟张阿美取得了联系。当时打电话，我觉得张阿美快要崩溃了。"林聪回忆。

由于交通中断，大使馆工作人员无法亲自抵达索科特拉岛进行撤侨工作。在危机时刻，大使馆联系到了索科特拉省长。在长期的友好交往中，中国给予也门无私的帮助。在索科特拉岛上，中国医疗队常年为当地人民服务，他们救死扶伤的高尚品质，赢得岛民的爱戴。听了中国大使馆的请求，索科特拉省长当即表示："中国人的事情，就是我自己的事情。"

索科特拉省长协助中国医疗队办理各种离境手续，并派遣海岸警卫队用小艇护送他们登舰。

张阿美突然想起，撤离前阿里曾对她说："哎呀，省长，省长都照顾你们，好大的面子啊！"

"其实，也门人民很乐意帮助中国人。我们跟索科特拉省长的关系非常友好，这也是这次撤侨能够快速、安全、有效并零伤亡的一个非常重要的因素。"林聪说。

对于林聪此言，张阿美十分赞同并深信不疑："是啊，我们在岛上，也受到当地人无微不至的照顾。"

"没想到……没想到祖国会以这样一种方式迎接我们回家。"让张阿美动情的，还有登上微山湖舰后一幕幕感人的场景，至今都像电影蒙太奇一样，不时在脑海里闪现。而一直萦绕在张阿美耳畔的，是微山湖舰政委李思伟的那句暖心的话："就算岛上只有一个中国人，我们也要把他安全接回家！"

当一位中年海军军官走来时，张阿美不由得一愣："政委——"

来人正是中国海军南海舰队微山湖舰政委李思伟。

"阿美，在这里见到你，真想不到。"李思伟也看见了张阿美。

张阿美、李思伟紧紧拥抱在一起。

也门撤侨的经历，对于李思伟来说，同样是难以忘怀的。

2015年4月5日19时20分，亚丁湾东部海域，中国海军导弹护卫舰临沂舰、潍坊舰和综合补给舰微山湖舰正在劈风斩浪行进，守护着各国过往商船的安全。

"微山湖舰，微山湖舰，命令你舰前往索科特拉岛执行撤侨任务……"正在执行护航任务的微山湖舰，突然接到海军基地的命令。

针对也门局势急剧恶化的现状，中国驻也门大使馆审时度势，紧急向外交部提出撤侨建议，并引起党中央的高度重视。

海军新闻发言人梁阳说，事实上，在3月26日深夜，根据习近平主席和中央军委命令，中国海军舰艇编队正式接到了赴也门执行撤离中国公民的任务。

3月28日，微山湖舰接到海军基地"停止护航，前往亚丁湾附近集结待命"的命令。3月30日下午，微山湖舰和潍坊舰奉命抵达也门荷台达港，冒着炮火组织四百四十九名中国公民和六名中企外籍员工撤离，第二天上午安全抵达吉布提港。

此次索科特拉岛之行，微山湖舰官兵奉命撤离被困岛上的九名中国公民，其中七名为中国援助也门医疗队队员，两名为游客，还有一名孤立无援的日本游客。这是微山湖舰第二次执行也门撤侨任务，也是首次单舰执行撤侨任务。

索科特拉岛，对于微山湖舰官兵来说，是一个陌生的地方。接到单舰执行撤侨任务，微山湖舰舰长汪科感觉"光荣而艰巨"。同时，入伍21年的他还有些担心："岛上的危险程度到底有多大？撤离的人有中国人，也有外国人，他们的身体状况怎么样？也门恐怖组织活动猖獗，恐怖分子会不会趁机混入撤离队伍？"

为了成功撤侨，作为舰长，汪科不能疏忽每一个细节。

针对索科特拉岛复杂多变的形势，微山湖舰官兵做好了充足准备，制定了多种预案，以确保撤侨行动顺利进行。在第一次执行撤侨任务之前，微山湖舰官兵进行了行之有效的撤离演练，成功撤侨又为这次执行撤侨任务积累了宝贵经验。

"行进目标，索科特拉岛！"随着指挥员一声令下，微山湖舰转舵，朝着索科特拉岛的方向劈风斩浪。

海军官兵连夜悬挂在军舰舰岛上的鲜红条幅与上面那暖心的话语——"五星红旗我为你骄傲""祖国派军舰接亲人回家"，一起迎风飘扬……

九名中国公民，一艘两万三千吨的大型补给军舰，在这个不对称的经济方程式中，让官兵们切身体会到什么叫"大国民贵"！

夜航的微山湖舰上，全体官兵从接到赴索科特拉岛执行撤侨任务的那一刻起，都有着一个共同愿望：全速赶到任务海域，早一刻让被困同胞登舰脱离险境。

棘手的是，微山湖舰并没有获得也门国防部门授权进入其领海12海里。即便获得授权许可，索科特拉岛的小码头也无法停泊微山湖舰这样的大吨位军舰。经电话联系，医疗队队长秦拓说，索科特拉省派出协助登舰的警用小艇可乘坐下所有撤离人员。微山湖舰指挥员陶新阶果断决定，微山湖舰在距离索科特拉岛15海里的海域进行接应。

撤离人员没有海图，也没有精确经纬度的定位设备，甚至没有高频通讯工具，他们只有一部手机可供联系。索科特拉岛通信非常差，出了 12 海里以后，手机很有可能就没有信号了。在茫茫大海中，汪科非常担心，如果找错目标，那就更麻烦了。

汪科眉宇紧锁，也门附近海域，海盗出没频繁，风险较大。一般来讲，出于安全考虑，是不允许不明身份的小艇抵近微山湖舰的。为了及时辨认小艇，当时官兵们想了不少办法，但都不太理想。

"在不少影视剧中，老百姓被解救后不是都会展示国旗、标语吗？"汪科灵机一动，问秦拓有没有国旗。秦拓说正好有一面。汪科告诉秦拓，出海后看见军舰就展开国旗，军舰官兵就能确定他们是自己人了。

在等待中，微山湖舰雷达发现，一艘小艇向军舰急驶而来。观察哨同时发现并报告：小艇上展开一面中国国旗。

汪科迅速下达命令，由一名舰领导带领两名全副武装的特战队队员乘坐快艇接近目标进行查证。

此时，微山湖舰的雷达继续搜索附近可疑目标，舰上各个战位进入作战状态，以免发生不测。最终，官兵顺利接应撤离人员登舰。

在李思伟看来，在执行也门撤侨任务中有三组反义词。

一是"进"与"出"。2015 年 3 月 29 日，在微山湖舰奉命向也门荷台达港疾进的过程中，有商船通过国际频道——十六频道呼叫舰上官兵："也门局势比较紧张，你们为什么还要往那边去呢？"

"他们商船都是不停地往外走，而我们是不停地往里走。这一进一出，我想应该算 2015 年的最美逆行。"李思伟说。

二是"大"与"小"。这个"大"与"小"，与微山湖舰、索科特拉省警用小艇有关。当时，微山湖舰官兵了解到的情况是，岛上将会派一艘很漂亮的大船，把张阿美、和文波、上鹤久幸和医疗队队员送过来登舰。

李思伟热切期盼着大船的到来。他站在舰上最高地儿，手持望远镜看啊看，可看了半天，心生疑惑："怎么半天还没看见像样的船呢？"

"大船"越来越近。

"哎哟，一看这个小艇，在我们两万多吨大军舰面前，简直小得可怜。这也让我感觉到，正如平常讲的，我们人民海军为人民，光有精神信仰是不够的，必须有强大的物质力量做支撑。"李思伟说。

三是"多"与"少"。也门撤侨，第一批撤离一百二十四人，第二批撤离四百五十五人。第一批，海军派了一艘军舰，因为要撤离人员只有一百多人。第二批，海军派了两艘军舰，因为要撤离人员有四百五十五人。

那么，几个人，要不要派一艘军舰去？如果从经济学角度来讲，这好像不划算，太吃亏了。

"但是，在接张阿美几个人的时候，我们同样派了一艘两万多吨的军舰。这是什么概念呢？就要表达一个思想，这就是'大国民贵'！"李思伟说，"我当时就感觉，他们见到了我们，就相当于回到了家。所以，安全登舰后，他们所有的担忧，都抛到大海里去吧！"

"今天是一个喜庆的日子，也是我们护航三方团圆的日子，为让我们这个团圆的日子更加完美，我拨通一个电话。"李思伟留下一个悬念，掏出手机开始拨打。

电话接通了，一个声音传来："您好，我是田琦。"

张阿美激动起来："田大使，很久没见了！"

田琦："阿美，你好！"

张阿美关切地问："您现在好不好？"

田琦笑了："托你的福，挺好的。谢谢！"

中国在也门的撤侨行动，在国际上赢得广泛赞誉。作为撤侨行动的亲历者，田琦大使深有感触。

"中国外交工作首先要忠诚于国家和人民，把国家利益和人民安危放在第一位。其次，外交工作还需要投入和牺牲。我觉得新时期外交人员也需要有血性，危险面前绝不退缩，关键时候要冲得上，顶得住，打得赢。作为大使，首先要这么要求自己。撤侨和闭馆是对使馆工作的总检验。这次撤侨行动迅速、安全、有序，无一人员伤亡，这在以往各国撤侨行动中，都是比较罕见的。党中央、国务院和中央军委，特别是习近平主席果断决策，充分展现了党和政府捍卫国家利益、保护人民安全的坚定意志和决心，也展现了我们日益强大的综合国力，这些都令全国人民振奋，也给国际社会留下深刻印象。"田琦说，"在我国首次使用军舰进行撤侨任务中，外交人员与解放军齐心协力，坚决落实习近平主席的命令和中央的指示，圆满完成撤侨任务，展现了'有灵魂、有本事、有血性、有品德'的新一代军人形象，以及外交人员不负重托、不怕牺牲的'忠诚、使命、奉献'精神。当时，使馆所有工作人员都是在炮声中圆满完成撤侨任务的。3月29日首批人员撤离时，使馆人员无一例外，全都主动要求留下来。其中包括再有几个月就退休的老同志和好几个90后，包括一名90后女同志。这支外交队伍的每个人都非常英勇，互相之间都有非常深厚的感情。这是我国新时期外交队伍的缩影。"

张阿美听得泪眼婆娑。

"在战火中，我们还帮助十五个国家的二百七十九名公民撤离，这是我国首次动用军舰帮助其他国家的公民撤离，充分体现了在习近平主席领导下中国外交的大国担当和国际担当，是中国特色大国外交的成功实践，赢得国际社会的普遍赞誉。而我们强大的国防，始终是大国外交的坚强后盾和有力支撑。"田琦大使说。

听到田琦大使的这番话，张阿美不禁想起上鹤久幸。

2015年4月7日，日本内阁官房长官菅义伟在例行记者会上，被问及一名日本游客随中国军舰自也门撤离之事时表示，日本政府方面就此向中国政府表示感谢。菅义伟称，据日本外务省报告的信息，由于也门局势恶化，正在位于印度洋的也门索科特拉岛旅行的一名日本公民，搭乘中国海军舰船，已安全撤离至阿曼。他称，由于当时索科特拉岛上有多名滞留的中国公民，通过滞留当地的中国人，该日本游客被建议同乘中国舰船撤离而获接纳。

张阿美看到这条新闻时欣慰地笑了。她实在没想到，平凡的自己竟因一个小小的举动，引发了一个国际新闻，成为中日外交的佳话。

因也门撤侨行动，张阿美也成为新闻人物，多次接受央视等媒体采访。

"危急关头，中国公民对使馆的信任感很强，大家把使馆当成依靠。也门索科特拉岛动植物生态系统别致，被誉为'最像外星球的岛'，是游览的好去处。然而，因为索科特拉岛并无较大港口，物资运送和人员来往基本靠空运，所以本次沙特展开空袭后，有两名中国游客被困在了岛上。当时虽无即时危险，但我了解到情况后，便通过当地导游与这两名游客联络，并通过海军护航编队将她们成功撤回。两名游客表示，在岛上的外国游客都自行租船冒险逃往阿曼时，我使馆主动找到她们，她们也坚持等使馆来救援。无论是在关键时刻，还是在平时，使馆都会积极掌握当地定居的中国公民及游客等人员情况，并向他们提供领事保护。很多具体的事例都说明国家政府奉行的以人为本、执政为民的理念已深入人心。"2015 年 4 月 27 日，张阿美看到田琦大使在接受国内媒体采访时提到她们，不由得心头一热，眼睛湿润了。

在大使馆的协助下，张阿美、和文波等人登舰及时撤离了索科特拉岛。自然，张阿美也就没有兑现在索科特拉岛请田琦大使吃羊肝的许诺。等田琦大使撤离回国后，张阿美强行把他拉到一个大排档对坐小酌。

"相聚大排档，只能说大使太平易近人了。"张阿美向田琦大使展示了自己拍摄的索科特拉岛独特风貌的照片。美不胜收的索科特拉岛美景，让田琦大使赞不绝口。

"在我们撤离前空袭最惨烈的一个夜晚，我曾经对使馆的同事说，如此绚丽的夜晚，可惜不是欢庆的烟火，而是残酷的炮火，和平弥足珍贵，坚强有力的政府弥足珍贵，强大的国防弥足珍贵。和平应该成为每个国家人民生活的必需品，而不是奢侈品。"田琦大使娓娓道来。张阿美听得入神。

借助相约大排档的机会，张阿美客串了一把新闻记者，她太想了解中国在也门本土撤侨的故事。自然，田琦大使也有成人之美的意愿。

张阿美直入主题："田大使，当时大使馆是怎么掌握滞留也门中国公民情况的？"

田琦大使微微一笑："如果使馆平时无法掌握中国公民的真实情况或关键时刻中国公民不找使馆，使馆在撤侨工作中就会陷于被动。今年1月20日，我刚到也门时，当地有近千名中国公民。在与中方企业负责人的座谈会上，我建议先让一部分人员回国过春节。当时共回来三百多人。元宵节招待会时，使馆还掌握了当地四十多名中国留学生的情况。空袭前几天，使馆安排在比较危险地区进行医疗援助工作的中方医疗队部分人员先行转移。这都为后来的成功撤离打下了基础。看似一场说走就走的撤离，实则是一场有准备有把握之战。这都基于我们对也门形势演变的预判。"

张阿美追问："掌握了在也门中国公民的情况，使馆采取了哪些有效措施？"

田琦大使端起茶杯的手停下来："空袭第一天，使馆就向沙特通报了中方在也门的机构，包括留学生居所的位置坐标，要求其保障安全。撤离之前，使馆要求也门政府保护中方所有机构安全。我们还找了当地保安公司负责中方机构资产安全，聘用当地对华友好人士负责看管。他们及时向我们通报情况，恪尽职守。"

张阿美又问："当时撤侨面临怎样的困难？"

田琦大使说："空袭导致也门禁空，而机场、塔台、跑道都被炸毁，因此本次行动主要是经陆路转海路。这种情况对国家实力和使馆工作能力提出了考验。撤离时最让人担心的还有230公里的陆路交通安全问题。当地道路海拔3000多米，都是单车道、急转弯，海事卫星电话都没信号。在大山里，路边是数百上千米的悬崖、峭壁。由40多辆车组成的混合车队，最后都平安通过。沿途需要穿过许多部落的控制区，经过7个检查站，也全部放行。本次撤离行动最为关键的230公里长的公路，就是20世纪60年代初中国援建项目——荷萨公路，这也是也门的第一条公路，建筑质量非常好，几十年无大修，路面整体完好，这为撤离行动提供了有利条件。"

张阿美点了点头："作为友好国家，也门政府在我们撤侨中提供了哪些帮助？"

田琦大使又微微一笑："撤侨行动得以圆满快速完成，也离不开也门政府的大力支持。当时安全形势紧张，当地许多政府部门多已暂停办公。级别较高的人员出于安全考虑，手机不随身携带，然而他们一旦看到中国朋友的电话便会立即回复。他们对我们不仅有求必应，而且还及时落实，将事情办成。当时我们提出'办理许可、为撤离提供安保及加强使馆外围保卫'三点要求，对方均在当天落实，并且每项事务都提供了对接者的联系方式，负责的态度令人印象深刻。在关键时刻，在危难时刻，中国与也门的患难真情得到了体现。对方在自身安全受到威胁的情况下，能如此办实事，这种感情实属难得。撤侨任务完成，我刚回到北京的家，便收到也门全国人民大会党负责人的致电问候。这些细节都说明中也友谊患难与共，能经受住考验。"

张阿美笑容满面："您怎么评价这次撤侨工作？"

田琦大使喝了一口茶，高兴地说："3月26日沙特对也门展开空袭。3月29日、30日和4月2日、6日，中方分五批，共将九百零八人安全从也门撤离。本次撤侨行动安全、有序、迅速，这一点在以往各国的撤离行动中都比较罕见，行动较为圆满成功。快速成功撤离，是中国综合国力提升的体现。本次撤离以军舰为主要手段，当时中方的海军护航编队就在附近，而中方商船也早已做好准备。我们请到的都是当地最好的司机，租用的都是当地最好的车，这为中方撤离行动的40多辆混合车队在230公里险要山路的通行提供了安全保障。本次撤离是中国特色大国外交的一个重要体现，反映的是国家的综合实力和外交工作的整体能力水平。"

有了索科特拉岛之行，张阿美更加深切地感受到，和平是弥足珍贵的，生活在中国是幸福的！

游园
——邂逅在妫水河畔

2019 年 4 月 29 日，北京。晨曦中，北京的街头已是车水马龙，沉寂一晚的大都市变得步履匆匆。

张阿美在公交站候车。她拉了一下双肩包的背带，跳上世园会专线直通车。直通车在行进，阳光穿过人行道上树木枝叶的间隙，洒在车窗里，洒在张阿美脸上。摩天大楼在车外向后飞驰。

张阿美脸上的倦意被兴奋淹没，酷爱旅游的她，要去延庆"周游世界"。张阿美的心情和直通车一样，一路狂奔……

在雄伟的长城脚下、美丽的妫水河畔，110 个国家和国际组织在共赴一场"绿色之约"，中国与世界在这里交相辉映，人与自然在这里精彩相遇。

张阿美走进北京世界园艺博览会园区，恍若走进人与自然和谐共生的美丽画卷。这是一场文明对话，美美与共的彼此欣赏和交流互鉴在这里和鸣共振。

开园仪式上精彩绝伦的各国巡游表演，没有吸引住张阿美匆匆的脚步，她直奔国际展园。

德国园、英国园、土耳其园、柬埔寨园、吉尔吉斯斯坦园、泰国园……张阿美一路走来，一个个独立展园，汇聚成一场鲜花与绿植的全球盛宴。

张阿美突然停下脚步，任凭人们在她身旁川流不息。她的目光所及，是也门园！

"也门，索科特拉岛……"张阿美喃喃自语。

也门园门口，有一株人造景观树：枝繁叶茂的树冠整体上翘，形成倒伞状。景观树美丽得让人窒息。张阿美情不自禁又喃喃自语："龙血树！"

凝重与激动交织的神色，浮现在张阿美的脸上。她的脚步轻轻，轻轻地走向也门园。

也门园的主题为"阿拉伯的幸运之地：智慧和多样性"。

也门园的两侧墙体，一面按照首都萨那老城特色建筑仿建，另一面是希巴姆古城风光。庭院中间，是仿建的索科特拉岛，岛上种植着当地特有的龙血树和沙漠玫瑰。

索科特拉岛，已经成为张阿美青春记忆中的刻骨铭心之地。

"也门是阿拉伯世界古代文明的摇篮之一，拥有3000多年文字记载的历史。也门地域广阔，风光旖旎，拥有平原、大海、高原等各种自然景观，著名的景点包括萨那老城、希巴姆古城、索科特拉岛等历史和自然文化遗产。"在也门园里，一位男性负责人在向游客介绍着。他的汉语很流利。

张阿美静静地站在游人中，恭听着讲解……

"这种树叫龙血树，在世界上极其罕见，仅存于也门索科特拉岛上，被誉为植物中的'寿星'和'活化石'。"也门园负责人一指岛上的龙血树，继续介绍着，"龙血树的生长十分缓慢，树龄最长可达8000年。"

"阿里——"闲暇片刻间，有人朝也门园负责人喊了一声，他应声走了过去。

"阿里？"张阿美情不自禁地心头一颤，目光追逐着阿里的背影。

又一拨游客走进来，他们对奇特的龙血树产生浓厚兴趣，虽然那仅仅是一株人造景观，但逼真程度和奇特造型还是吸引了许多游人的目光和脚步。

"龙血树是索科特拉岛的名片，也是也门的名片。"张阿美忍不住喧宾夺主地当起了也门园的讲解员。

"龙血树的故事就像阿拉伯民间故事集《一千零一夜》那样朴实易懂，你甚至可以由开头就猜到结尾。"张阿美绘声绘色地给大家讲起了一个"听来的故事"：

在很久很久以前，有一位公主生了重病。国王焦急万分，遍寻名医无果，只好发榜全国悬赏，若有人可以治好公主的病，要什么给什么。

眼看公主就要病入膏肓，一个青年男子来到王宫中。他声称遥远的大海中有座孤岛，岛上神奇的石榴可以治愈一切疾病。青年带着国王最锋利的宝剑，还有最精良的船队，向着孤岛的方向出发了。

一路历经艰险，青年终于抵达了孤岛。

青年提着宝剑在岛上四处寻找，最终发现了一棵闪光的石榴树，树上果实累累。他信步上前，摘了一颗石榴仔细欣赏。

突然，空中刮起一阵狂风，一条巨龙从天而降出现在青年面前。

巨龙像所有故事中的魔王一样说："若想得到石榴，先打败我再说。"

青年与巨龙大战了三天三夜，并砍下了巨龙的一只翅膀。与中国的传说不同，在也门，巨龙是长着一对翅膀的。

负伤的巨龙告诫青年：救命的石榴只可用一次，若忘记忠告再来拿，所有的石榴都会魔力尽失，并永远酸涩无比。

巨龙飞走时伤口在流血，鲜血星星点点落下，岛上漫山遍野长出一棵棵倒伞状树冠的龙血树。

青年带着石榴回到王宫，治好了公主的病。他如愿以偿地当上驸马，与公主快乐地生活着。

许多年以后，青年早已忘记巨龙的告诫，他领着公主与随从再次来到孤岛上，打算拿走一些石榴。当他摘下石榴的瞬间，石榴树顿时失去了光华。所有的石榴都变得酸涩起来，并难以下咽。

青年和公主在孤岛上住了下来，成为最早的居民。这个孤岛，就是现在的索科特拉岛⋯⋯

"直到今天，索科特拉岛上的石榴依然酸涩难吃。"讲完故事，张阿美微微一笑，"贪心的人类，不是偷吃苹果就是偷摘石榴。"

游客们听得津津有味，并报以热烈的掌声。

这个"听来的故事"，是张阿美赴索科特拉岛之前，阿里通过邮件讲给她的。

"欢迎大家来到也门园！在持续 162 天的北京世园会期间，也门园将举行多场活动，介绍也门的传统服饰、特色手工艺品和当地美食。"阿里返回来，继续向游客介绍着。

送走一拨游客，阿里疾步上前，热情地向张阿美伸出手说："我是也门园负责人阿姆鲁·阿里。感谢您刚才对也门园的介绍，您对我们国家很熟悉啊！"

张阿美微微一笑："我去过索科特拉岛，在 2015 年春天⋯⋯"

阿姆鲁·阿里沉思了一下："这么说，您是冒着战火去的，我知道中国海军撤侨的事儿。"

"我也是被我们的军舰接回家的。"张阿美感到自己的眼圈一热。

"你们国家还好吧？"张阿美话音一落，顿时感觉到自己的冒失。因为在近期，满世界关于也门的消息，全是负能量的：袭击、激战、爆炸、伤亡、失业、失学、流离失所、饥饿、疫情爆发⋯⋯

阿姆鲁·阿里的脸色黯淡下来。他说，由于常年战乱，安全局势恶化，也门民不聊生，曾是最重要经济支柱的旅游业已经完全瘫痪。

张阿美轻轻地拍了拍阿姆鲁·阿里的肩，以示安慰。

"也门此次积极参加北京世园会，就是为了向世界表达一种'向往和平、远离战争'的心愿，期待战争早日结束，生活恢复正常。"阿姆鲁·阿里的眼里，闪烁出希望之光。

"阿姨，也门在哪儿？有多远啊？"一个小女孩儿走上前，牵着张阿美的衣襟问。

张阿美俯身，对小女孩儿说："也门在阿拉伯半岛西南端，濒临红海、亚丁湾和阿拉伯海。听说过'不远万里'这个词吧，也门距离我们有多远，是可以用这个词来形容的。"

"那么远，这要是去一趟，太费劲了吧？"小女孩儿又问。

"现在交通发达，如果没有战争，去一趟也不是很困难，只不过要一路舟车劳顿罢了。"张阿美说，"要知道，在很久以前，咱们中国人就漂洋过海去也门了。"

"谁呀，那么大的勇气？"小女孩儿的神情里流露出好奇和敬佩之情。

"听说过郑和下西洋的故事吗？"张阿美问。

"妈妈给我讲过郑和下西洋的故事。"小女孩儿使劲点点头。

"15 世纪，咱们伟大的航海家郑和，曾经不远万里率船队数次到达位于红海和阿拉伯海交汇处的也门亚丁，为促进中国与阿拉伯地区及亚非各国的贸易往来、人文交流做出了巨大贡献。"张阿美抚摸了一下小女孩儿的头，"等你长大了，如果有机会去也门亚丁，可以看到那里至今矗立着郑和纪念碑。"

游客们听得认真，阿姆鲁·阿里也听得认真。

"郑和是咱们国家最早去也门的航海家吗？"小女孩儿歪着小脑袋又问。

"自古以来呀，也门就是东西方海上丝绸之路的交通要道，兴衰起伏长达 300 年，史称'乳香之路'。公元 7 世纪以前，咱们中国和也门间的贸易关系以海上间接贸易为主。咱们国家的丝绸等商品，首先运到斯里兰卡，然后由也门、埃塞俄比亚和波斯等地的商人运到波斯湾、亚丁湾和红海。到达也门港口的中国商品，或供当地消费，或沿海路继续北上抵达埃及，或由阿拉伯半岛的香料之路北上，运到巴勒斯坦、叙利亚、埃及等地。"张阿美说，"咱们中国的这些商人，在海上丝绸之路来来往往，可比郑和去的时间早多了。"

"这么说，中国与也门人民的友好往来源远流长啊！"小女孩儿露出灿烂的笑容。

在掌声中，一位游客问张阿美："姑娘，你是也门园的中方雇员吗？"

"不是……啊，是，是的，我是也门园的中方雇员！"张阿美微笑着回应。

接下来的半天里，张阿美已经没有兴致继续周游世界，而是在也门园当起了志愿者，向络绎不绝的游人介绍也门共和国，介绍索科特拉岛……

"我又遇见了你——索科特拉岛！"当天晚上，张阿美情不自禁地在日记里写道。

尾声
——没有画上句号的故事

也门本土持续燃烧的战火，让索科特拉岛越来越不平静。

2019 年 5 月 6 日，一艘军舰出现在索科特拉岛附近。正当码头附近的岛民惊诧之际，军舰上放下几艘小艇，一百多名身穿平民服装的武装人员喧宾夺主地跳上码头。

岛民猜测这群不速之客的来意。自然，他们猜测不出什么结果。没过几天，也门政府给出答案：这些人是阿联酋在也门南部城市亚丁训练的武装人员，他们的目标是进驻索科特拉岛。

此前，也门政府官员就曾批评阿联酋这类举动偏离多国联军在也门的军事规划，"我们与联军的伙伴关系是打击胡塞武装，不是分享对已解放领土的治理权"。

但阿联酋否认派兵企图控制索科特拉岛。

"阿联酋是打击也门胡塞武装的多国联军的重要成员，按说也是也门政府军的军事盟友。可在战争中，各方都打着自己的小算盘，让局势节外生枝。"张阿美多愁善感起来。

萨尼在邮件中告诉张阿美，其实早在 2018 年，阿联酋就在索科特拉岛部署多辆坦克和部分作战人员。也门政府指责阿联酋企图占领索科特拉岛，双方军队一度在岛上剑拔弩张地对峙。联军领衔国——沙特急忙调停，才避免了擦枪走火。

阿联酋入侵索科特拉岛，让张阿美不禁回想起自己在岛上看到的一辆辆锈迹斑斑的废弃坦克。看来，一直以来，索科特拉岛并非一片净土，战争的阴霾时常让岛上云遮月。

"不知道曾言'如果有朝一日真的有人侵略到索科特拉岛，

先踏过我们的尸体再说'的阿里，面对索科特拉岛目前错综复杂的局势作何感想。"但张阿美清醒地认识到，在世界任何一个地方，没有一个强大的祖国，没有强大的国防，是没有和平可言的，人民是难以安居乐业的。

2020年1月，一场突如其来的新冠疫情爆发，并在全国蔓延。在这场看不见硝烟的疫情阻击战中，居家隔离成为许多中国人的日常生活模式。张阿美也不例外。

喜欢满世界游走的张阿美，被疫情羁绊住了脚步。当然，和疫情一样羁绊她脚步的，是她有了小宝宝。

自新冠疫情在中国爆发以来，疫情一直牵动着也门人民的心。也门领导人、政府官员、政党领袖和社会各界友好人士，纷纷通过致信、发推特等方式，表达对中国抗击疫情的关心和支持。

在华的也门侨民，一直同中国人民共同抗击疫情。他们为疫区捐款捐物，走上街头担任防疫志愿者，著文作诗为武汉祈福，制作视频和图片为抗击疫情加油打气……

随着新冠疫情在周边国家的蔓延，也门政府、胡塞武装、南方过渡委员会三方势力控制下的地区，学校停课、商超关门、工厂停产、海关闭关、交通中断……

"连年的战争让也门遍体鳞伤，也门已无力承担一场新的更艰难、代价更大的战争。如疫情传播至也门，必将带来灾难性的后果，进一步加深也门人民的苦难。病毒没有国界，疫情不分敌我。新冠疫情面前人类一荣俱荣，一损俱损。希望也门各派能以国家及也门人民利益为重，尽快停止国内战争，联手抵御疫情，为也门人民创造一个和平、稳定、健康的明天，为人类防疫战、抗疫战做出贡献！"在新冠疫情蔓延下，中国驻也门大使馆及时并多次向也门各政治派别发出和平呼吁。中国驻也门大使馆的和平呼吁，拨动着也门人民的心弦，引发也门网友广泛共鸣。

张阿美注意到，为帮助也门更好地防控新冠疫情，中国驻也门大使馆在官方网站上发布"应对新冠疫情中国经验知识库"网页链接及二维码，积极与当地民众分享中国抗疫经验，还从国内紧急采购，多次向也门副总统办公室、总理办公室、外交部、卫生部、哈德拉毛省赛云卫生局药品供应委员会捐赠抗击新冠疫情医疗物资。

阿里那个破手机一定是还没换，张阿美和他联系费死了劲儿。还好，萨尼告诉张阿美，索科特拉岛至今无一例感染病例出现。张阿美听到这个消息，暗自为索科特拉岛上的人们庆幸。

疫情并没有阻止一些政治势力的野心，也门内战在持续。也门人民正遭受着战火、疫情、疾病、自然灾害、饥饿等多重煎熬。

战火也在索科特拉岛燃起。

2020 年 6 月 19 日，枪炮声在索科特拉岛响起。这是也门南方过渡委员会武装人员登陆索科特拉岛，与也门政府支持的武装人员爆发冲突。第二天，南方过渡委员会武装人员完成部署控制了索科特拉岛，并宣布在岛上实施自治。也门政府要求南方过渡委员会武装无条件撤出索科特拉岛，并呼吁沙特阿拉伯领导的多国联军介入调解。

"在战火和疫情的蔓延中，与世隔绝的索科特拉岛会是个什么样子呢？阿里和家人又会是个什么样子呢？是不是连个口罩也抢购不上？"张阿美不由得担心起来，"在物资匮乏的索科特拉岛上，原本瘦猴一般的阿里，是不是更瘦了呢？"张阿美坐卧不宁，寝食难安，她的眼前浮现阿里那瘦弱的身影。

2020 年 11 月 23 日，张阿美发现中国驻也门大使馆再次发布安全提醒：

2015 年以来，外交部和中国驻也门使馆留守组根据也门安全形势连续发布暂勿前往也门的安全提醒。根据也门当前安全形势，现发布新一期安全提醒，有效期至 2021 年 4 月 30 日：

目前也门战事持续，安全形势严峻，中国驻也门使领馆已暂时关闭。外交部和中国驻也门使馆留守组提醒中国公民近期暂勿前往也门，请在当地的中国公民和机构尽快撤离。

张阿美心想，就也门目前内战局势而言，她与和文波肯定是最后一批前往索科特拉岛旅游的中国人，人们的未来之行尚不可期。

中国海军护航编队苏丹撤侨，成为张阿美每天的关注热点。

根据部署，中国海军南宁舰、微山湖舰 27 日完成第一批转运任务后，迅即再赴苏丹港。由南宁舰在附近海域机动警戒和支援准备，微山湖舰靠泊苏丹港，于当地时间 28 日 8 时许展开转运接收工作。撤离人员全部安全登舰后，微山湖舰解缆起航，在南宁舰护航下驶离苏丹港，于当地时间 29 日 9 时许（北京时间 29 日 14 时许）靠泊沙特吉达港，圆满完成第二批人员转运任务。第二批从苏丹撤离人员共四百九十三人，除二百七十二名中国公民外，应相关国家请求，中国海军军舰还搭载了二百二十一名巴基斯坦、巴西等国人员。

张阿美想起，在也门撤侨时，微山湖舰和潍坊舰抵达也门荷台达港执行撤侨任务后，又单舰前往索科特拉岛执行第二次撤侨任务。这一次苏丹撤侨，微山湖舰在南宁舰护卫下又是两进两出，圆满完成撤侨任务。

"战争和制裁不是解决争端的根本之道，对话协商才是化解分歧的有效途径。"2023 年 2 月 21 日，中国发布《全球安全倡议概念文件》，倡导并践行共同、综合、合作、可持续的安全观，为应对国际安全挑战贡献了中国智慧。

3 月 6 日至 10 日，在中国斡旋下，断交 8 年之久的沙特和伊朗在北京举行对话，中、沙、伊三方签署并发表联合声明，宣布沙伊双方同意恢复外交关系。4 月 6 日，沙伊双方签署联合声明，两国宣布即日起恢复外交关系。

随着伊朗与沙特对话复交，中东地区掀起一股"和解潮"：

沙特和叙利亚分别宣布恢复中断十多年的外交关系；阿拉伯国家联盟恢复叙利亚成员国资格；巴林决定恢复与黎巴嫩大使级外交关系……

美国前资深外交官傅立民表示，中国帮助促成沙特和伊朗之间亟须的和解，"这为降低两国紧张关系，解决也门冲突以及地区的和平共处打开了大门"。

自 2015 年 3 月沙特领衔多国联军对也门反政府武装——胡塞武装发起军事打击行动以来，中国一直与国际社会一道劝和促谈，希望推动也门休战并早日实现和平。

也门的和平进程，是张阿美所关心的。中国驻也门大使馆官方网站是张阿美获取也门信息的重要渠道，她登录网站，查看相关新闻。

"让我们共同努力，在也门给对话一个机会，给和平一个机会！" 3 月 19 日，中国驻也门大使馆临时代办邵峥在他发表的署名文章《沙伊（朗）北京对话是对话的胜利，是和平的胜利》中呼吁：

也门战争已持续多年，也门人民所受苦难不断加深，也门人道主义危机不断加剧，令人痛心。多年来，也门各方、地区国家、国际社会一直寻找实现和平、安全、稳定的真正机会。希望沙伊（朗）北京对话及重要成果能为也门局势的改善创造有利条件，让也门各方以此为契机建立互信，寻找共识，尽快就延长休战达成一致，重回谈判桌，开启新阶段。中国将继续与也门各方加强接触，与地区国家保持协调，与国际社会共同努力，支持联合国秘书长也门问题特使格伦德伯格的斡旋工作，让和平曙光照亮也门大地，让也门人民享受安全、幸福、繁荣的生活。

2023 年 3 月 21 日，距离张阿美、和文波赴索科特拉岛之旅已 8 年之久。

张阿美期待着也门大地上和平现曙光。

4月9日，沙特与胡塞武装高层在也门首都萨那会面，为实现停火展开对话，讨论"实现地区全面持久和平的方式"。随后，沙特领衔的多国联军、也门政府军和胡塞武装进行了大规模换俘行动……

也门安全局势近来有所缓和，但零星交火事件仍时有发生，并造成平民伤亡。

4月28日10时许，在浙江舟山某军港，伴随着嘹亮的军乐声，由导弹驱逐舰淄博舰、导弹护卫舰荆州舰和综合补给舰千岛湖舰组成的中国海军第四十四批护航编队解缆起航，赴亚丁湾、索马里海域接替第四十三批护航编队执行护航任务。

张阿美情不自禁地想，要是我们的军舰再去一次索科特拉岛就好了，这样就可以再给阿里和他的家人捎去一些食品和药品，还可以捎去当年没有机会付给他的500美元食宿费。

张阿美发现，在联合国，中国代表一次次为推进也门的和平进程努力着。

5月17日，在安理会也门问题公开会上，中国常驻联合国副代表耿爽说："敦促也门各方以人民利益为重，坚持政治解决，摒弃军事手段，积极配合联合国特使工作，尽早实现全面停火，为政治进程创造良好环境。"

6月8日，在联合国同阿拉伯国家联盟合作问题安理会公开会上，中国常驻联合国代表张军发言时强调："也门政治进程保持积极势头，各方就恢复休战保持密切沟通，展现出政治解决问题的前景。中方希望各方以也门人民利益为重，加紧对话协商，设置合理预期，体现适当灵活，尽早推动也门政治进程取得进展。"

战火中的也门人民生灵涂炭，让张阿美感慨万千，禁不住泪水涟涟。

"中国和也门政府之间进行着密切的友好往来，我这个平头小老百姓，是不是也应该再进行一次民间外交呢？"张阿美忍不住掏出手机，拨出了一个通往索科特拉岛的国际长途……